LOTHAR VON SELTMANN · DU BIST WERTVOLL, JACQUELINE!

Lothar von Seltmann

Du bist wertvoll, Jacqueline!

Romanbiografie

SCM R.Brockhaus

SCM

Stiftung Christliche Medien

Umschlag: Provinzglück GmbH, www.provinzglueck.com
Satz: QuadroMedienService, Bergisch Gladbach-Bensberg
Druck: CPI – Ebner & Spiegel, Ulm
ISBN 978-3-417-26291-9
Bestell-Nr. 226.291

Inhalt

Abgeliefert

»Hallo Sie, entschuldigen Sie, in dieser Straße soll es ein Kinderheim geben.« Die junge Frau mit dem Kind an der Hand blieb vor der Hofeinfahrt stehen, hinter der ein Mann, wohl der Großvater des Hauses, in der warmen Frühjahrssonne auf einer Bank saß und sich mit seinem Hund unterhielt. Dabei kaute er auf dem Mundstück seiner offenbar kalten Pfeife und hantierte an einem Reisigbesen herum. Der Mann hatte die Frage wohl nicht gehört.

»Hallo!«, wiederholte die Frau ein wenig lauter und tat ein paar Schritte in den kleinen Hof hinein. »Können Sie mir vielleicht weiterhelfen?«

Jetzt war es der Hund, der sein Herrchen knurrend auf die beiden fremden Menschen in der Einfahrt aufmerksam machte. Der Bauer blickte auf, befahl dem Tier, still zu sein, schickte es in seine Hütte und erhob sich schwerfällig von seinem Platz. Dann schlurfte er ein paar Schritte näher. Dabei stützte er sich mit seiner linken Hand auf den Stiel seines Besens, nahm mit der anderen die Pfeife aus dem Mund und musterte Mutter und Kind mit kritischem Blick. Fremde Menschen im Dorf! Und in welcher Aufmachung! Eine langhaarige und noch sehr jung erscheinende Frau in einem offenen hellen Mantel, darunter ein unanständig eng anliegendes und weit und tief ausgeschnittenes Kleid in grellen Farben, dessen Saum gerade einmal bis zur Hälfte ihrer drallen Oberschenkel reichte. Dazu trug sie eine große dunkle Sonnenbrille mit auffallenden Bügeln. Und was hatte die für Schuhe an ihren Füßen! Die taugten doch überhaupt nicht zum Laufen! Dass die Frau sich nicht schämte, in solch einem aufreizenden Aufzug herumzulaufen! Und das hier in Birstein, in seinem Dorf unter den Augen des fürstlichen Hauses von Isenburg, in dem Sitte und Anstand herrschten und Zucht und Ordnung großgeschrieben wurden!

Der alte Herr rückte seine Brille zurecht, als wolle er noch einmal genau hinschauen. Dann legte er die Pfeifenhand hinter sein Ohr und fragte mit zittriger Stimme zurück: »Was wollen Sie von mir?«

Die junge Frau stellte den Koffer, den sie in der Hand hielt und der in Form und Farbe so gar nicht zu ihr passte, auf den Boden und nahm ihre Sonnenbrille ab. Das erforderte jetzt wohl der Anstand. »In dieser Straße soll es ein Kinderheim geben«, sagte sie noch einmal und sprach jetzt ein wenig lauter. Das kleine Mädchen an ihrer Hand hätte sich dabei wohl gerne von der Mutter gelöst, um zu dem Hund zu laufen und ihn zu streicheln. »Nix da! Du bleibst hier!«, herrschte die Frau das Kind an und fasste seine kleine Hand noch fester. »Der Hund beißt! *It's a bad dog.*«

Das hatte der alte Mann nun verstanden, zumindest den ersten Satz, und an die Kleine gewandt widersprach er nachdrücklich: »Vor dem Harras brauchst du keine Angst zu haben, Kindchen, der ist friedlich. Da kann deine Mutter dich ruhig hinlassen. – Aber was sucht ihr beiden hier in der Reichenbacher Straße? Das Kinderheim der gestrengen frommen Mühlhausen-Schwestern?«

»Ob strenge und fromme Schwestern, weiß ich nicht«, gab die Frau etwas spitz zurück, »aber Kinderheim ist richtig.«

»Da sind Sie aber in der falschen Richtung unterwegs, meine Dame«, sagte der Mann und schlurfte an der Frau vorbei, sodass er in die Straße einsehen konnte. Mit der freien Hand zeigte er nach links in die aufsteigende Hauptstraße. »Gehen Sie da hinauf. Dort hinten macht die Hauptstraße eine scharfe Rechtskurve. Da müssen Sie rum. Die Kirche lassen Sie links liegen. Dann sind Sie schon auf der Lauterbacher Straße. In der gehen Sie vielleicht zweihundert Meter weiter ein Stück am alten Amtsgericht vorbei. Die vornehme Villa des fürstlichen Rentkammermeisters liegt auf der anderen Straßenseite unterhalb des Wingerts in einem kleinen Park und hat die Hausnummer 13. Bei diesem Wetter sind die Tanten mit den Kindern sicher draußen auf der Wiese unter den Bäumen. Wenn das Tor geschlossen ist – und das ist meistens geschlossen –, dann müssen Sie sich bemerkbar machen. Die Klingel funktioniert schon lange nicht mehr.« Nach diesem Hinweis schaute der alte Herr noch einmal auf die Stöckelschuhe der jungen Frau und fügte an: »Aber passen Sie auf Ihre Füße auf, dass Ihnen die dünnen Stöckelabsätze darunter nicht abbrechen. Unsere Pflasterstraßen sind für so vornehme Treter nicht geeignet.«

»Was gehen Sie meine Schuhe an, Opa! Die sind jedenfalls besser als die Schlappen an Ihren alten Füßen«, mokierte sich die Frau, besann sich aber dann doch wieder der gebotenen Höflich-

Luftkurort Birstein/Vogelsberg

keit. »Danke für die Hilfe. Wir finden den Weg«, sagte sie etwas freundlicher, setzte ihre große Sonnenbrille wieder auf, griff den Koffer und schickte sich an, der Weisung des alten Herrn zu folgen. »Komm, Jacky, *let's go.* Bringen wir es hinter uns.«

Mit der letzten Bemerkung konnte der Mann nicht viel anfangen. Aber eine weitere kritische Bemerkung zum Aussehen der jungen Frau konnte er sich doch nicht verkneifen: »Wenn Sie länger hier in Birstein bleiben wollen, sollten Sie sich anders anziehen. Hier sind unsere Weibsbilder noch anständig und laufen nicht halb nackt und sündig herum.«

»Ich bin Ihnen wohl eine Versuchung, alter Herr«, spottete die Frau über die Schulter zurück, »aber seien Sie unbesorgt. Ich werde die braven Männer Ihres Dorfes nicht verführen und die anständigen Frauen auch nicht. Ich bleibe nicht lange und komme wohl auch kaum wieder.« Dann überquerte die Mutter die Hauptstraße, um sich den beschriebenen Weg zu suchen. Dabei musste sie ihre Jacky mehr hinter sich herziehen, als dass das Kind ihr gerne und freiwillig folgte. Die Kleine hätte wohl lieber erst noch den Hund gestreichelt.

Der alte Herr blickte den beiden Menschen noch eine Weile kopfschüttelnd nach, wie sie die Hauptstraße hinaufgingen, bis sie schließlich oben in der Kurve zur Lauterbacher Straße verschwunden waren. Dann steckte er sich die Pfeife wieder zwischen die

Zähne und schlurfte an seinen Platz zurück. Wie konnte eine junge Frau und Mutter sich nur so geben und vorführen! Wohin sollte das führen, wenn sich diese aufreizende Mode verbreitete? Gut, dass die jungen Mädchen im Dorf sich noch gesittet kleideten. Und gut, dass die Männer des Dorfes zu dieser frühen Nachmittagszeit bei ihrer Arbeit waren und dieser leibhaftigen Verführung nicht begegnen konnten. Gut, dass überhaupt nur wenige Leute auf der Straße waren.

Aber was wollte diese Mutter mit ihrem Kind bei den »Tanten«, den beiden Schwestern Mühlhausen, wenn sie sich nicht lange aufhalten und auch so bald nicht wiederkommen wollte? Arbeiten wollte sie dort ja offenbar nicht. Vielleicht das Kind abliefern? Dann war sie aber wohl doch nicht die Mutter. Im Kinderheim lebten seines Wissens nur Waisenkinder. Und auch nur ganz wenige Kleinkinder. Bis auf einen Jungen waren das alles Schulkinder. Nun ja, was ging es ihn an? Er würde es schon noch erfahren, weil im Dorf nichts verborgen blieb und jede Neuigkeit sich rasch unter den Leuten verbreitete.

Wenige Minuten später saßen Mutter und Tochter auf einer der Bänke im kleinen Park des großen vornehmen Herrenhauses. Sie möge sich ein wenig gedulden, bis die Heimleiterin für sie und ihr Anliegen frei sei, war der Mutter des Mädchens gesagt worden. Warten zu müssen war der Frau allerdings gar nicht recht. In etwas mehr als einer Stunde ging der nächste Bus zurück nach Gelnhausen. Den wollte sie unbedingt erreichen und sich hier keine Minute länger aufhalten als eben notwendig. Hoffentlich machte ihre Jacqueline nachher keinen Aufstand, wenn sie feststellte, dass sie, die Mutter, ohne ihr Kind zurückfahren würde.

Als hätte die Kleine diesen Gedanken gelesen, sagte sie in die Nachmittagsstille des kleinen Parks hinein: *»I will not go inside!«*

Sofort kam es scharf von der Mutter zurück: »*You will!* Du gehst hinein und bleibst für ein paar Wochen hier, bis die Mama eine Wohnung und eine Arbeit hat. *We've talked about it, my dear, okay?«*

»I will not stay here!«, widersprach das Mädchen trotzig.

Die junge Frau atmete ein paar Mal tief durch und sprach dann etwas freundlicher auf das Kind ein. »Jackylein, *you must stay for some weeks, only for some weeks, okay?* Es wird dir hier gut gefallen. Hier sind viele Kinder *you can play with*. Hier sind liebe Tanten, die dir alles geben *what you need*. Dir wird es gut gefallen. *It will be very nice here.*«

Jacqueline rutschte von der Bank, stellte sich vor ihre Mutter und stampfte mit dem Fuß auf. *»I want my Daddy! Okay, Mum!?«*, sagte sie in heftigem Ton und begann zu weinen.

»Dein *Daddy* ist in Amerika, Kind«, versuchte die Mutter zu trösten und fand doch nicht den richtigen Ton. Dafür war sie innerlich zu erregt. *»That's far away*. Da kannst du jetzt nicht hin. Du bleibst hier bei den Tanten und bei den anderen Kindern. *That's okay! And now stop it!*« Die Frau stand abrupt und deutlich verärgert von ihrem Platz auf und entfernte sich ein paar Meter von der Bank. Dabei zog sie ihren kurzen Rock zurecht, der durch das Sitzen noch weiter nach oben gerutscht war. Die »frommen Schwestern« würden sicher gleich ebenso missbilligend auf ihre Schenkel schauen wie vorhin der Opa in seinem Hof und die Leute, die ihr auf dem Weg nach hier begegnet waren, ging es der Frau für einen Moment durch den Sinn. Aber das ging vorbei, und wenn die leidigen Formalitäten erledigt waren und sie wieder auf dem Rückweg, musste es sie nicht mehr kümmern, was die Menschen in diesem Kaff über sie dachten.

Wenn Jacqueline nur friedlich blieb und sich fügte. Leider sprach die Kleine bisher wenig Deutsch, wobei sie weit mehr verstand, als sie wiedergeben konnte. In ihrem bisherigen Zuhause in Milwaukee im US-Staat Wisconsin hatte sie die Heimatsprache ihrer Mutter kaum gehört. Was sie sprechen konnte, hatte sie in den wenigen Wochen Aufenthalt bei den deutschen Verwandten in Gelnhausen gelernt. Den Rest würde sie sicher in wenigen Wochen in diesem Haus lernen, wenn sie täglich mit den Kindern und den Tanten und möglichen anderen Leuten im Haus umging, bei denen ja nur Deutsch gesprochen wurde. Ihr amerikanisches Englisch und ihr geliebtes *»okay«* würde die Kleine dann sicher bald vergessen. – Hoffentlich wurde sie bald mit dem Kind ins Büro gerufen, damit diese Geschichte hier ihr Ende fand …

Minuten später befand sich Jacqueline in der Obhut von Fräulein Ursula Mühlhausen – »Für die Kinder Tante Ursula«, wie sich die Kinderfrau vorgestellt hatte –, und die Heimkehrerin aus den USA saß der Heimleiterin in deren vornehmem Büro gegenüber.

Anneliese Mühlhausen war eine Frau Mitte fünfzig und die jüngere der beiden »gestrengen frommen Schwestern«, wie der alte Herr von vorhin sie genannt hatte. Sie thronte, anständig gekleidet in züchtigem Rock und hochgeschlossener Bluse, die brünetten Haare in einer strengen Knotenfrisur gehalten, hinter ihrem Schreibtisch und schaute tatsächlich nicht sehr freundlich drein. Sie betrachtete ihr Gegenüber eher missbilligend. Die junge Frau blickte nicht nur deshalb unsicher auf ihre Knie, die sie verschämt mit ihrem Mantel bedeckt hielt. Sie mochte wohl auch den Spruch nicht vor Augen haben, der hinter der Heimleiterin kalligrafisch gestaltet die Wand zierte: *Siehe, Kinder sind eine Gabe des Herrn!* Die Aussage des Königs Salomo aus Psalm 127, an die sie sich aus ihrer eigenen Kindheit erinnern konnte, irritierte sie ebenso wie das Bild daneben. Es zeigte eine Szene, in der Frauen mit Kindern auf den Armen und an den Händen einem Mann gegenüberstanden, der seine Hände zwei von den Kleinen auf die Köpfe gelegt hatte. »Jesus, der Heiland, segnet die Kinder«, stand unter der Szene. Auch an diese Geschichte aus dem Neuen Testament erinnerte sie sich. Allerdings war ihr auch diese Erinnerung in diesem Moment alles andere als angenehm.

Zusätzlich verunsicherte es Margit Garrigan auf ihrem Platz vor dem Schreibtisch, dass sie ihren tiefen Ausschnitt, der mehr von ihrer üppigen Weiblichkeit freigab, als er zu verbergen vermochte, nicht ebenso wie ihre Oberschenkel bedecken und verstecken konnte. Dass ihre moderne und aufreizende Kleidung hier kein Wohlgefallen fand, hatte sie schon bei der kurzen Begrüßung bemerkt. Dass ihr Anliegen, die Tochter dem Heim zu überlassen, ebenso wenig auf spontane Gegenliebe stieß, machte der kühle Ton deutlich, in dem die Heimleiterin das Gespräch führte. Es ging sehr formell zu in Frage und Nachfrage und in den Kommentaren zu den Antworten. Aber die Formalitäten mussten schließlich geklärt werden.

»Das Jugendamt in Gelnhausen hat mir die Unterlagen bereits zugeschickt, Frau Garrigan. Dennoch zum Vergleich: Sie sind …?«

»… Margit Helene Garrigan, geborene Lars, zurzeit wohnhaft in Gelnhausen.«

»Die Daten des Kindes, bitte.«

»Jacqueline Lee Garrigan, geboren am 11. August 1965 in Gelnhausen.«

»Der Vater?«

»Mein geschiedener Mann, Jacquelines Vater John Garrigan, ist Amerikaner und lebt in den USA. Das Scheidungsgericht in Milwaukee Wisconsin hat mir das Sorgerecht zugesprochen.«

»Welche Staatsangehörigkeit hat das Kind?«

»Jacky ist Amerikanerin wie ihr Vater. Wenn sie deutsche Papiere braucht, müsste man sie beantragen.«

»Das hat sicher Zeit. – Welche Konfession?«

»Jacky ist evangelisch getauft.«

»Gut. Gibt es irgendwelche gesundheitlichen Probleme oder Unverträglichkeiten oder Besonderheiten, die wir wissen müssten?«

»Keine akuten. Jacky ist nach Vorschrift geimpft. Sie hat in den Staaten die Masern gehabt und war gelegentlich erkältet. Ihre Zähne sind gesund. Die letzte ärztliche Untersuchung hat keinen Befund ergeben. Das Papier müsste mit dem Impfschein bei den Unterlagen sein.«

»Stimmt. Hier ist beides. Müssen wir sonst etwas über Ihre Tochter wissen?«

»Wir sind erst seit ein paar Wochen wieder in Deutschland. Deshalb spricht Jacky noch wenig Deutsch. Sie versteht allerdings das meiste, was andere sagen.«

»Das eine ist gut und das andere gibt sich. Kinder in dem Alter lernen spielend. Hatte Jacqueline Kinder zum Spielen?«

»Nicht viele. Aber es hat nie Probleme gegeben, wenn sie mit anderen Kindern zusammen war. Sie liebt Tiere über alles, egal welche, und sie kann sehr wild sein.«

»Das reguliert sich in der Gemeinschaft mit den anderen. Sie wird sich einfügen. Sie ist die Jüngste unter den Kindern, die wir haben.« Tante Anneliese bzw. Fräulein Mühlhausen unterbrach sich selbst und schwieg ein paar Momente, ehe sie fortfuhr: »Gut, Frau Garrigan. Das wär's dann. Aber ich frage Sie doch noch einmal: Sind Sie sich wirklich sicher, dass Sie Ihre Tochter hierlassen wollen? Und für wie lange? Werden Sie das Kind eines Tages zurücknehmen?«

Die junge Mutter hob jetzt ihren Blick und antwortete, als sei sie über die Fragen verärgert: »Das ist doch alles mit dem Jugendamt geklärt, Frau Mühlhausen – *sorry*, ich wollte sagen: Fräulein Mühlhausen. Ich muss Jacky hierlassen. Ich muss arbeiten und Geld verdienen. *Okay?* Ich habe niemanden, der sich um sie kümmert. Ich brauche den Freiraum, bis ich selbst weiß, wo ich bleibe. Ist das *okay?* Zumindest für die nächsten Monate?!« Die letzte Bemerkung wirkte angehängt und war mit gesenktem Blick sehr leise gesprochen.

»Ich verstehe, Sie brauchen den Freiraum«, wiederholte die Heimleiterin mit einem deutlichen Unterton die Worte der jungen Frau und Mutter. »Und werden Sie sich kümmern, wenn wir Jacqueline hierbehalten?«

»Ich werde selbstverständlich Kontakt zu Ihnen halten«, beeilte sich Margit Garrigan zu antworten. »Glauben Sie etwa, ich wollte nicht wissen, wie es Jacky bei Ihnen geht? Soweit es angebracht ist und mir möglich ist, werde ich auch hierherkommen und meine Tochter besuchen. Vielleicht kann ich sie ja auch später wieder zu mir nehmen.«

Den letzten Satz hatte die junge Mutter wieder eher leise angefügt. Ihr Gegenüber hinter dem Schreibtisch ging nicht darauf ein – sie schien zu ahnen, dass das nicht wirklich in ihrer Absicht lag.

»Dann vergessen Sie bitte nicht, sich anzumelden, wenn Sie vorhaben, herzukommen. Besuche müssen gut vorbereitet sein, wenn sie dem Wohl des Kindes dienen sollen. Besuche haben auch immer Bedeutung für die Kinder, die selbst keine Besuche bekommen, weil es niemanden gibt, der sie besuchen könnte. – Unsere Telefonnummer haben Sie?! Lassen Sie den Koffer hier oder nur seinen Inhalt?«

»Es bleibt alles hier«, gab Frau Garrigan zurück und schaute auf ihre Armbanduhr. »Ich würde gerne gehen. Ich muss den nächsten Bus nach Wächtersbach erreichen.«

Fräulein Mühlhausen schaute ihre Besucherin mit einem traurigen, aber durchdringenden Blick an. »Sie werden ihn erreichen. Wir sind ja fertig miteinander. Ich brauche nur noch ein paar Unterschriften von Ihnen. Sie müssen uns schließlich die Erziehungsberechtigung über Jacqueline offiziell übertragen.«

Die junge Frau rückte etwas näher an den Schreibtisch heran, bedeckte mit der linken Hand ihren Ausschnitt, unterschrieb mit der rechten die vorgelegten Papiere und erhob sich dann von ihrem Stuhl. Dabei zupfte sie ihren Rock wieder zurecht, der dadurch freilich nicht länger wurde.

»Kann ich jetzt …?«, fragte sie und hatte es spürbar eilig, Raum und Haus zu verlassen.

»Wollen Sie sich denn nicht von Ihrer Tochter … Ist sie Ihnen das nicht wert?«, fragte die Heimleiterin.

»Entschuldigen Sie, Fräulein Mühlhausen, aber das schaffe ich nicht. Das wird mir zu schwer. Und für Jacky ist das sicher auch nicht gut. Sie ist doch mit Ihrer Mitarbeiterin bei den anderen Kindern. Lassen Sie sie dort. Sie ist bei denen draußen jetzt besser aufgehoben. Da ist sie abgelenkt. Sie werden ihr schon erklären, warum ich schon weg bin. Aber lassen Sie mich jetzt bitte gehen. *Okay?*«

»Nun gut, wie Sie meinen, Frau Garrigan«, gestand die Heimleiterin zu und reichte der jungen Frau die Hand. »Jacqueline wird es bei uns gut haben. Sie wird uns wertvoll sein, wie alle Kinder. Gehen Sie und finden Sie Ihren Weg. – Meine Schwester, ich meine Tante Ursula, ist übrigens mit den Kleinen zum Spielen hinterm Haus. Kommen Sie wenigstens für einen Moment hier ans Fenster und werfen Sie Ihrem Kind einen letzten Blick zu.«

Margit Helene Garrigan folgte deutlich widerstrebend der Aufforderung und schaute auf den kleinen Spielplatz hinaus. Dort saß die Kindertante vor einem Gartenhäuschen auf der Bank, hielt Jacqueline auf ihrem Schoß und zeigte ihr Bilder oder las aus einem Buch vor, während ein kleiner Junge daneben stand, der sich offenbar für das neue Mädchen interessierte und für das, was Tante Ursula ihm erzählte. Ein paar andere Kinder, von denen die meisten bereits deutlich im schulpflichtigen Alter waren, waren in der Nähe mit allerlei Spielzeug und anderen Dingen beschäftigt. Es waren aber wohl nicht alle Kinder draußen.

»Das ist Karlheinz, der mit an der Bank steht«, bemerkte die jüngere der beiden Mühlhausen-Schwestern wie beiläufig. »Auch so ein armer Tropf, der bei uns ist, weil ihn keiner wollte und er selbst niemanden hat, der sich kümmert.«

Bei dieser Bemerkung schnürte es der Mutter für einen Moment den Hals zu, als mache ihr es doch Probleme, was sie hier tat. »… weil ihn keiner wollte und er selbst niemanden hat …« Dann riss sie sich los von dieser Szene draußen und damit auch von ihrem Kind. Sie wandte sich um und reichte dem Fräulein noch einmal die Hand. »Danke, dass Sie Jacky in Ihre Hausgemeinschaft aufnehmen.«

»Es entspricht unserer Christenpflicht, Frau Garrigan, heimatlosen Kindern Heimat zu geben. Teilen Sie uns bitte Ihre jeweilige Anschrift mit, damit wir Kontakt halten können. Ich wünsche Ihnen den Segen Gottes. Auf Wiedersehen.« Das klang kühl und abweisend und entsprach wohl auch den Gefühlen, die die Heimleiterin bewegten. Dass eine Mutter ihr Kind so einfach abgeben konnte und es zum Abschied nicht einmal mehr in die Arme schließen wollte, das war ihr schon merkwürdig, und sie empfand es einfach als eine schlimme Sache.

Sekunden später verließ die junge Mutter in großer Eile und beinah fluchtartig das Gebäude und das Gelände des Kinderheims, um möglichst rasch die Bushaltestelle zu erreichen. Der Hinweis auf den Jungen, die letzte Bemerkung der Leiterin und der Ton, in dem beides gesprochen war, hatten sie doch noch einmal getroffen, wie zuvor schon der Spruch an der Wand und das Bild mit dem die Kinder segnenden Heiland. Die Frau hatte ja recht mit ihrer Aussage. Erst hatte der Vater ihr und dem Kind die Heimat verweigert. Dann hatte sie, die Mutter, ihrem Kind keine Heimat geboten, und – zugegeben – sie wollte ihm auch keine bieten. Nein, ihre Tochter Jacqueline Lee Garrigan war hier bei diesen frommen Frauen sicher bestens aufgehoben, auf jeden Fall besser als bei ihr. Sie selbst als jetzt wieder alleinstehende Frau war noch zu jung, um sich mit einem Kind zu binden und ihre Freiheit zu begrenzen. Dagegen war sie alt genug, sich ihr eigenes Leben aufzubauen, in dem ein Kind einfach keinen Platz hatte. Den Segen Gottes sollten die frommen Tanten für ihren neuen Schützling gerne erbitten. Sie, die jetzt wieder Freie, die ihr Kind mit keinem Gedanken als eine »Gabe des Herrn« angenommen hatte – Frommes kannte sie zwar, aber es war ihr schon immer fremd gewesen –, wollte und konnte damit ohnehin nichts anfangen.

Die beiden Schwestern Mühlhausen hatten es bis zum Abend dieses sonst so freundlichen Tages nicht leicht, die kleine Jacqueline zu beruhigen, als die ihre *»Mum«* plötzlich vermisste und ihr *»Daddy«* auch nicht herbeizuholen war. Die Erzieherinnen mussten alle möglichen pädagogischen Register ziehen, um dem Kind seine neue Situation zu erklären, es von seinem Verlangen nach der so plötzlich verschwundenen Mutter abzulenken und es zu ermuntern, die Villa als ihr neues Zuhause, sie beide, Tante

Das Kinderheim in Birstein

Anneliese und Tante Ursula, als ihre neuen »Eltern« und die anderen Kinder als ihre »Geschwister« anzunehmen. Und auch die gaben sich alle Mühe – besonders der um ein Jahr ältere Karlheinz –, ihre neue »Schwester« zu trösten und sie abzulenken. Dabei konnten sicher nicht alle Mädchen und Jungen die innere Not erkennen, in der sich ihre kleine neue Mitbewohnerin mit der merkwürdigen Sprache befand. Aber wer mochte bei einem Kind schon gerne Schluchzen hören und Tränen sehen?

Es dauerte ein paar Tage, bis die letzten Tränen um die *»Mum«* und den *»Daddy«* endlich getrocknet waren und sich das kleine Ding beruhigt und in die neuen Verhältnisse seines kleinen Lebens geschickt hatte. Der durch den Neuzugang gestörte Alltag im Kinderheim konnte wieder seinen normalen Gang nehmen.

Kinderheim-Jahre

Nein, dieser Mai 1968 war für Jacqueline Lee Garrigan, die in ihrem neuen Zuhause von den anderen Jungen und Mädchen nur »Jacky« oder »Jack« genannt wurde, kein Wonnemonat. Wie gut, dass das Kind von Natur aus ein heiteres Gemüt und mit fremden Menschen keine Mühe hatte. Ihre »Geschwister« gewannen die Kleine bald lieb und auch sie freundete sich mit ihnen an. Freilich zog es sie mehr zu den älteren Kindern als zu den etwa gleichaltrigen und auch mehr zu den Jungen als zu den Mädchen. Warum das so war, blieb ihr Geheimnis. In ihr selbst schien ohnehin eher ein Junge verborgen zu sein, so wild wie sie sich zuweilen gebärdete. Kein Spiel war Jacqueline zu rau, kein Strauch war ihr zu dornig, kein Baum war ihr zu hoch. In jede noch so kleine Pfütze und in jede Schlammkuhle musste die Kleine hineintreten. Jeder *»earthworm«*, jeder *»caterpillar«*, jeder *»sweet butterfly«* vermochte sie zu begeistern und sie hatte großes Geschick darin, *»spiders«*, *»snails«* mit und ohne Häuschen und *»cockchafers«* zu fangen – den hellen »Müller« konnte sie bald vom dunkleren »Schornsteinfeger« unterscheiden –, sie in eine Dose oder Pappschachtel zu sperren und sie als ihre *»special friends«* und Spielgefährten auf ihrem Schränkchen oder unter ihrem Bett aufzubewahren. Immer wieder mussten die Tanten oder auch eins der größeren Kinder die Dosen und Schachteln nach draußen bringen, um ihre Bewohner aus den Gefängnissen zu befreien, in die Jacqueline sie eingesperrt hatte. Dass die befreiten Tierchen, zumindest die Maikäfer und die Schnecken, dann umgehend getötet wurden, während die Spinnen meistens weiterleben durften, vermochte das Mädchen allerdings nicht zu begreifen. Ihr Protest gegen die Befreiungs- und Tötungsaktion war jedes Mal laut und heftig. Jacqueline tröstete sich dann damit, dass sie beim nächsten Aufenthalt im Freien sicher wieder neue *»friends«* finden würde.

Draußen im Park unter den großen Platanen, Rotbuchen, Linden und Birken zu sein und sich im niedrigen Fichten-, Hasel- und Birkengesträuch zu verstecken, das liebte das Mädchen über alles. Tage, die wegen des Wetters im Haus verbracht werden mussten, mochte Jacqueline dagegen überhaupt nicht. In den Schlafräumen in den oberen Etagen des dreistöckigen Hauses durfte sich tagsüber niemand aufhalten. Das waren Räume nur für die Nacht oder für den Mittagschlaf oder auch für die erzwungene Bettruhe, die manchmal zur Strafe für Ungezogenheiten verhängt wurde. In den Aufenthaltsräumen unten durfte nicht getobt werden. Da mussten die Schulkinder ihre Aufgaben erledigen, und die anderen durften dann nur leise auf dem Fußboden spielen oder am großen Tisch sitzen und sich dort beschäftigen. Aber sich für längere Zeit still auf einem Platz zu verhalten, egal wo der war, behagte der Kleinen ganz und gar nicht. Bauklötze stapeln und mit Stiften kritzeln und Bilderbücher anschauen, nein, so etwas doch nicht! Und wenn es sich doch nicht vermeiden ließ, dann höchstens für wenige Minuten. Den »Geschwistern« ihre Türme umwerfen und die Blätter unter den Stiften wegreißen und ihnen die Bücher zuklappen oder auch wegnehmen, das machte Spaß.

Mit diesen Unarten handelte sich Jacqueline allerdings immer wieder deutlichen und zuweilen auch handfesten Protest und Widerspruch ihrer »Geschwister« ein. Wenn dann die Tanten eingreifen mussten, gab es auch den einen oder anderen Klaps auf den Po oder auf die Finger, wenn sie denn gar nicht anders zur Raison zu bringen war. Die beiden Erzieherinnen liebten »ihre« Kinder, aber sie konnten auch sehr streng sein, wenn ein Kind nicht aufs Wort gehorchte.

Jacqueline lernte es im Laufe der Zeit, die strengen Regeln des Zusammenlebens zu beachten und Strafmaßnahmen zu vermeiden. Wenn sie dann doch wieder einmal gemaßregelt werden musste, setzte sie sich anschließend stumm und mit dickem Gesicht in eine Ecke und schmollte – so lange, bis eine der Tanten oder eins der anderen Kinder schließlich zu ihr kam und ihr gut zuredete. Diese besondere Zuwendung gefiel ihr, die genoss sie sogar. Danach war dann aber alles Böse und Widrige auch wieder vergessen. In all dem war Jacqueline Lee Garrigan ein Mädchen wie die meisten anderen und auch kaum anders als die Jungen ihres Alters.

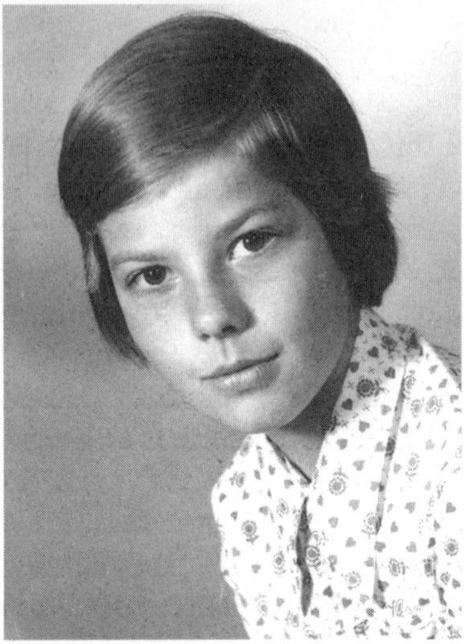

Jacqueline Lee Garrigan im Grundschulalter

Es gab allerdings auch Zeiten, in denen Jacqueline still und aufmerksam auf ihrem Platz saß und wie gebannt an den Lippen von Tante Anneliese oder von Tante Ursula hing und dabei auf Geschichten und Lieder hörte, die die beiden ihren Kindern in der täglichen Erzählstunde nach dem Abendessen immer wieder mit viel Liebe und Zuwendung nahebrachten. Bei gutem und warmem Wetter fanden diese Stunden draußen auf der großen überdachten Terrasse statt, bei kühlem Wetter im Aufenthaltsraum am großen grünen Kachelofen, der eine so mollige Wärme abgab. In diesen Stunden brauchte niemand gerade zu sitzen, wie bei den Mahlzeiten am Tisch oder beim Schulaufgaben-Machen. Hier bekam keiner einen Besenstiel als Streckhilfe für seinen Rücken in die Kleidung gesteckt. Hier durfte jeder sitzen und sich lümmeln, wo und wie er wollte. Das war bequem und viel angenehmer und reizte auch viel weniger dazu, andere Kinder zu necken oder zu ärgern.

Wenn die Leiterin selbst erzählte, ging es in der Regel um biblische Geschichten, die sie ihren Kleinen sehr einfühlsam und spannend wiedergeben konnte. Sie handelten von dem Vater im Himmel, der die *»earthworms«* und *»bugs«* und *»butterflies«* gemacht und auch die Menschen geschaffen hatte, die für ihn sehr wertvoll waren und die er deshalb alle sehr liebte. In den Geschichten ging es auch um Menschen, die diesen himmlischen Vater geliebt hatten und immer von ihm versorgt worden waren. Von Noah war die Rede und von den vielen Tieren, von denen jeweils ein Männchen und ein Weibchen durch die wilde Sintflut gerettet worden waren. Die war gekommen, weil die Menschen so böse zu Gott und zueinander gewesen waren. Als dann das Wasser endlich verschwunden war und die Sonne wieder schien, hatte am Himmel der schöne bunte Regenbogen gestanden, den man auch heute noch jedes Mal dann sehen konnte, wenn die Sonne ihre Strahlen durch einen Regenschleier schickte. Dieser Regenbogen sollte Gottes Zeichen dafür sein, dass es nie wieder eine solche Sintflut geben sollte, obwohl die Menschen immer noch böse waren. Von Abraham wurde erzählt, der die leuchtenden Sterne über sich nicht zählen konnte und der seinen Sohn Isaak nur deshalb behalten durfte, weil er Gott gehorsam war und die Prüfung bestanden hatte, die Gott ihm auferlegt hatte. Von Jakob war die Rede und von der großen Himmelsleiter; von Lot, dessen Frau deshalb zur Salzsäule wurde, weil sie sich im Ungehorsam umgedreht hatte, um zu sehen, wie Gott die bösen Städte Sodom und Gomorra mit Feuer verbrannte. Das war keine schöne Geschichte. Die von David, der den starken Goliath mit einem kleinen Stein aus seiner Schleuder besiegt hatte, war viel schöner. Und am schönsten waren die Geschichten, die Tante Anneliese von dem Gottessohn erzählte, von dem Heiland aller Menschen, der sich um Arme und kranke Leute kümmerte, der Jesus hieß und der besonders die Kinder lieb hatte. »Wie auf dem Bild im Büro von Tante Anneliese.« Der Jesus hatte sogar seine Freunde ausgeschimpft, weil die die Kinder anscheinend nicht liebten, sondern wegjagen wollten. – Tolle Geschichten, die Jacqueline ähnlich wie die meisten ihrer »Geschwister« gerne hörte und begierig in sich aufnahm. Wenn die Tante nach der Erzählung auch noch zur Gitarre griff und fröhliche Lieder zu ihren Geschichten sang, dann wurde dem Mädchen die Zeit überhaupt nicht mehr lang. Mit der musikalischen Begabung, die es offenbar hatte, lernte es Melodien sehr schnell, und auch die Texte vermochte Jacqueline rasch aufzufassen und auswendig mitzuzusingen – zum Beispiel:

Meinem Gott gehört die Welt,
meinem Gott das Himmelszelt,
ihm gehört der Raum, die Zeit,
sein ist auch die Ewigkeit.
Und sein Eigen bin auch ich.
Gottes Hände halten mich
gleich dem Sternlein in der Bahn;
keins fällt je aus Gottes Plan.

oder auch:

Aus dem Himmel ferne, wo die Englein sind,
schaut doch Gott so gerne her auf jedes Kind.
Höret seine Bitte treu bei Tag und Nacht,
nimmt's bei jedem Schritte väterlich in Acht.
Gibt mit Vaterhänden ihm sein täglich Brot,
hilft an allen Enden ihm aus Angst und Not!
Sagt's den Kindern allen, dass ein Vater ist,
dem sie wohlgefallen, der sie nie vergisst!

Solche Lieder sang sie mit ihrem hellen Stimmchen bereits mit, nachdem sie sie ein paar Mal gehört hatte. Auch

Weil ich Jesu Schäflein bin,
freu ich mich nur immerhin
über meinen guten Hirten,
der mich wohl weiß zu bewirten,
der mich liebet, der mich kennt
und bei meinem Namen nennt …

und

Weißt du wie viel Sternlein stehen
an dem blauen Himmelszelt?
Weißt du, wie viel Wolken gehen
weithin über alle Welt?
Gott, der Herr, hat sie gezählet,
dass ihm auch nicht eines fehlet
an der ganzen großen Zahl,
an der ganzen großen Zahl …

liebte sie sehr und sie lernte diese Lieder rasch mit allen Strophen. – Gute geistliche Saat im Heim der »frommen Schwestern« oder »Tanten«, wie sie von den Leuten im Ort nur genannt wurden.

Wenn Tante Ursula erzählte, ging es genauso spannend zu. Die ältere der beiden Betreuerinnen erzählte meistens Märchen und Tiergeschichten. Die waren genauso aufregend und interessant wie die Geschichten aus der Bibel. Und auch Tante Ursula wusste eine Menge Lieder zu singen wie »Hänsel und Gretel verirrten sich im Wald …«, »Dornröschen war ein schönes Kind …«, »Fuchs, du hast die Gans gestohlen …«, »Backe, backe Kuchen …«, »Wer will fleißige Handwerker sehen, ei, der muss nach Birstein gehen …« Bei vielen der Lieder wurden dann auch Hände und Füße und manchmal der ganze Körper zur Begleitung eingesetzt. Das machte Spaß. Davon konnte Jacqueline selten genug bekommen. Diese Stunden gingen ihr meistens viel zu schnell vorüber, und während dieser Zeit machte sie kaum irgendwelchen Blödsinn. Sie wollte doch nicht auf die Strafbank auf dem Flur verbannt werden oder gar zur falschen Zeit ins Bett.

Was sie auch rasch lieben lernte, waren die Hausrituale am Morgen und am Abend. Zum Aufstehen lud eine der Tanten meistens mit Gitarrenbegleitung ein:

Steht auf ihr lieben Kinderlein,
der Morgenstern mit hellem Schein
lässt frei sich sehen als ein Held
und leuchtet durch die ganze Welt.
Sei uns willkommen, lieber Tag,
vor dir die Nacht nicht bleiben mag.
Leucht uns in unsre Herzen fein
mit deinem himmelischen Schein.

Manchmal sangen die beiden Tanten auch im Kanon:

Wachet auf, wachet auf, es krähte der Hahn;
die Sonne betritt ihre goldene Bahn.

Das klang schön.

Wenn die Zeit zum Schlafen kam, wurden immer wieder gemeinsam die Lieder gesungen: *»Nun wollen wir singen das Abend-*

lied und beten, dass Gott uns behüt«, »Der Mond ist aufgegangen …« oder auch *»Müde bin ich, geh zur Ruh, schließe meine Augen zu. Vater, lass die Augen dein über meinem Bette sein.«* Das war für die Kleineren um halb acht. Danach war Bettruhe befohlen. Nur die Großen durften sich bis acht noch leise in ihren Zimmern unterhalten oder ein Buch lesen. Danach galt für sie dieselbe strenge Weisung, und wer nicht auf der Bank im Flur schlafen wollte, der hielt sich auch daran.

Im Speisesaal gab es vor und nach den Mahlzeiten wechselnde Tischgebete, die meist von den größeren Kindern gesprochen wurden: »Komm, Herr Jesus, sei du unser Gast und segne, was du uns bescheret hast.« – »Alle guten Gaben, alles, was wir haben, kommt, o Gott, von dir; wir danken dir dafür.« – »Vater, segne diese Speise uns zur Kraft und dir zum Preise.« Das abschließende »Amen!« wurde immer gemeinsam wiederholt und das war schön so.

Ja, die beiden frommen Schwestern Mühlhausen verstanden etwas von Gemütsbildung und Seelenpflege für ihre »elternlosen« Schutzbefohlenen. Und denen taten solche musischen Stunden und Momente durchaus gut für ihre Gegenwart und auch für ihre Zukunft. Und diese Stunden entschädigten auch immer wieder für die ansonsten herrschende strenge Ordnung im Haus und auf dem Grundstück.

Stunden, die allen Kindern guttaten, waren auch die an den Sonntagvormittagen. Dann füllte das große und kleine Volk der Kinderheim-Hausgemeinschaft ein paar Bänke im Gottesdienst der ehrwürdigen Birsteiner Kirche. Merkwürdig, hier gab es beinahe nie Probleme mit dem Stillsitzen und Zuhören und dem Sich-dabei-gegenseitig-in-Ruhe-lassen, auch nicht für die Jüngste der Heimkinder, für Jacqueline. Die Kleine schien ein besonderes Empfinden für solche besonderen Orte und Momente zu haben. Besonders gefiel es ihr, wenn die Orgel spielte, wenn ein Chor auftrat oder wenn die Gemeinde ihre gemeinsamen Lieder sang. Von dem, was der Pastor sprach, wenn er an seinem Altar stand oder von der Kanzel her seine Predigt hielt, verstand sie natürlich nichts. Der Mann in seinem schwarzen Kleid konnte längst nicht so gut erzählen wie die beiden Tanten. Seine Geschichten waren langweilig. Zum Glück erzählte er nie lange. Und wenn er es doch einmal tat, dann half ein kleines Schläfchen über die Zeit bis zur nächsten Musik hinweg. Und später, nach dem Gottesdienst, gab es ja das gute Sonntagsessen, auf das Jacqueline sich derweil schon einmal freuen konnte, wie die anderen Kinder das auch taten. Sonntags gab es nämlich immer ganz besonders leckere Sachen. Kartoffeln und Gemüse, Fleisch und Soße, vor allem Pudding zum Nachtisch. Herrlich! Und wer im Gottesdienst besonders brav und aufmerksam gewesen war, bekam die doppelte Portion zur Belohnung. Freilich, wer sich danebenbenommen hatte, musste leider ganz auf den Pudding verzichten. Auch darin waren die Tanten sehr streng. Aber welches Kind wollte eine solch harte Maßnahme schon riskieren und sich damit den restlichen Sonntag verderben?

Als die Hausgemeinschaft des Heims der »frommen Tanten« am 10. August 1969 bei Kuchen und Kakao Jacquelines um einen Tag vorgezogenen vierten Geburtstag feierte, hatte sich die Kleine in Birstein längst eingelebt und sich in allen Dingen an die Birsteiner Heimbedingungen angepasst. Auch sprachlich. Von ihrem Englisch war nahezu nichts mehr übrig geblieben. Es kam nur noch ganz selten vor, dass sie in ihrer Rede amerikanische Wörter verwendete. Der *»earthworm«* war schon lange zum »Regenwurm« geworden und der *»butterfly«* zum »Schmetterling«. Von *»bad boys«* und *»silly girls«* war auch keine Rede mehr, und das *»okay«* war dem hier gebräuchlichen »gell« gewichen. Es war allerdings auch keine Rede mehr von *»Daddy«* und *»Mum«*. Diese beiden Menschen waren aus dem Bewusstsein des Mädchens offenbar völlig verschwunden.

Wer also war diese Frau, die an jenem Sommersonntag auf der Terrasse neben Jacqueline saß, »Jackylein« zu ihr sagte und sie zu bewegen versuchte, doch noch ein Stück Kuchen zu essen und noch einen Becher Kakao zu trinken? Dass die behauptete, ihre Mutter zu sein, und dass die sich immer wieder dafür entschuldigte, sich so lange nicht um sie gekümmert zu haben, fand irgendwie keinen Weg in das dunkelblonde Köpfchen des Geburtstagskindes. Dass die Frau für alle Kinder ein paar Schachteln mit Mohrenköpfen mitgebracht hatte und eine große Packung Wundertüten, das war sehr erfreulich und in bester Ordnung. So hatten alle ihre Freude an dem Tag, an dem an ihrem Platz auf dem Tisch vier Kerzen brannten. Dass sie ihr zu diesem besonderen Ereignis als persönliches Geschenk ein Paar Schuhe, ein buntes Röckchen mit dazu passender Bluse, ein Bilderlotto, einen Kasten voller Würfel, aus denen sie durch richtiges Umklappen sechs verschiedene Bilder legen konnte, und auch noch einen flauschigen braunen Kuschelhasen mit langen Ohren, schwarzen Knopfaugen und einem weißen Stummelschwänzchen mitgebracht hatte, das war natürlich besonders erfreulich. Aber dass diese fremde Frau sie immer wieder in die Arme nehmen wollte, das behagte Jacqueline gar nicht. Sie mochte solche Nähe nicht. Sie blieb zu anderen lieber auf Abstand und hielt sich andere selbst auch lieber ein wenig vom Leib – ausgenommen natürlich beim Raufen.

Selbstverständlich gab Jacqueline der fremden Frau, die sich als ihre Mama ausgab, brav die Hand zum Abschied und sie ertrug auch die Umarmung und den Kuss auf die Wange. Warum der Frau dabei allerdings Tränen über ihr geschminktes Gesicht liefen, konnte oder wollte die ihr auf ihre erstaunte Frage »Warum weinst du denn? Ich habe doch heute Geburtstag. Ich werde doch schon vier!« nicht erklären. Zum Glück war dieser fremde Vor-Geburtstagsgast ja auch bald wieder weg.

Jacqueline Lee Garrigan ist dieser Frau in ihrem Leben nie wieder begegnet. In den folgenden Jahren feierte sie ihre Geburtstage immer ohne diesen besonderen Gast, den die körperliche und geistige Entwicklung des Kindes nicht mehr im Geringsten interessierte. Auch um ihren Eintritt ins Schulalter kümmerte sich diese Frau nicht und schon gar nicht darum, wie sie in der Schule zurechtkam. Andere Verwandte schien es nicht zu geben. Und wenn es sie gab, kümmerten sie sich auch nicht um Jacqueline und um ihre Belange und ihr Ergehen. Für das heranwachsende Mädchen gab es nur die Tanten im Heim und die anderen Kinder und die Hilfskräfte, die zur Hausgemeinschaft gehörten oder nach Bedarf immer wieder im Haus und auf dem Grundstück beschäftigt waren.

Ins Dorf gab es auch nahezu keine Kontakte. Das Leben der Heimkinder spielte sich nur in der Villa und auf dem Gelände ab. Das war durch einen hohen Zaun zwischen gemauerten Pfeilern und das meist geschlossene, große, eiserne Tor mit dem kleineren Türchen daneben zum Ort hin abgeriegelt. Den Schulkindern war es nicht erlaubt, also auch Jacqueline nicht, engere Kontakte zu anderen Kindern zu knüpfen, auch nicht zu denen, die bereits den kirchlichen Konfirmandenunterricht besuchten. Die jeweiligen Strecken zur Schule am Ende der Sudetenstraße und zum Gemeindesaal in der Kirchgasse mussten sie auf dem kürzesten Weg und möglichst rasch unter die Füße nehmen.

Spaziergänge in den Ort und in den Park des Birsteiner Schlosses gab es neben den regelmäßigen gemeinsamen Kirchgängen zwar auch gelegentlich, aber immer nur unter Aufsicht mindestens einer der Tanten. Meist gingen beide mit, die eine vorn, die andere hinten neben den in Zweierreihe der Größe nach geordnet laufenden Kindern. Und die beiden Erzieherinnen ließen kein Ausscheren oder gar Ausbrechen nach irgendeiner Seite zu. Das Kinderheim an der Lauterbacher Straße war und blieb eine kleine Welt für sich, in deren Umzäunung die kleinen und großen Menschen aufeinander angewiesen waren und hinter deren Tore sich nur gelegentlich und zu besonderen Anlässen Menschen von draußen verirrten.

Ein großer Wunsch ...

Ob sich die beiden Menschen – beide dunkelhaarig und Brillenträger; er in heller Hose und blauem Jackett über einem weißen Hemd mit gestreifter Krawatte, sie in einem kurzen blauen Rock und weißem Twinset mit großer weißer Handtasche am Arm – in der Hausnummer geirrt hatten, als sie an einem Samstagnachmittag im Herbst 1973 ihren Opel vor dem Tor an der Lauterbacher Straße Nummer 13 abstellten, durch das offene Türchen neben dem großen Tor das Grundstück des Kinderheims betraten und über die lange, geschwungene Zufahrt ein wenig zögerlich auf die Villa zukamen? Offenbar nicht, denn sie riefen die beiden Kinder zu sich, die unweit vom Hauptweg auf einer kleinen Bank saßen und sich gemeinsam in irgendwelche großformatigen Bücher vertieft hatten. Neben der Bank standen ein großer geflochtener Korb und zwei Fächerbesen. Die beiden etwa acht oder neun Jahre alten Kinder legten sofort ihre Bücher beiseite und kamen die wenigen Schritte zu den fremden Besuchern herübergesprungen. »Können wir Ihnen helfen?«, fragten sie fast gleichzeitig.

»Entschuldigt, dass wir euch beim Buchbeschauen stören«, gab der Mann freundlich zurück.

»Das macht nichts. Die Bücher können warten. Das eine ist ein Pferdebuch und das andere ein Hundebuch, und die Pferde und die Hunde auf den Bildern laufen uns nicht weg«, lachte der Junge.

»Die können nämlich aus den Deckeln nicht raus«, ergänzte das Mädchen.

»Ihr beiden interessiert euch wohl für Tiere?«, vermutete der Mann.

»Tun wir«, bestätigte das Mädchen. »Wir sind selber stark wie Pferde und schnell wie Hunde. Ich springe zum Beispiel über jeden Zaun – wenn er nicht zu hoch ist –, und ich renne jeder Katze hinterher.«

»Und ich laufe jedem davon, der hinter mir her ist«, ergänzte der Junge lachend. »Dafür treffe ich von hier mit einem Stein in den Teich da drüben. Wollen Sie es sehen?«

Die Auffahrt zum Kinderheim

Der Junge wartete die Antwort nicht ab, hob einen Stein vom Schotterweg auf und warf. Der Stein verschwand tatsächlich mitten im Teich zwischen den Seerosenblättern.

»Gut getroffen«, lobte die Frau und fragte: »Seid ihr denn die einzigen Kinder hier, oder gibt es irgendwo noch mehr von euch?«

»Das wär' was, wenn wir nur zu zweit wären«, lachte der Junge wieder, »dann könnten wir die Puddingschüssel immer alleine leer machen und den Kakao alleine trinken ...«

»... und wir bräuchten nicht immer zu tun, was die Größeren von uns wollen«, führte das Mädchen den Satz weiter und beantwortete dann die eigentliche Frage: »Die anderen sind irgendwo unterwegs spazieren ....«

»... und wir mussten heute ausnahmsweise einmal nicht mitgehen und Händchen halten und uns schweigend unterhalten.« Etwas leiser fügte der Junge an: »Wir durften nicht. Dafür sollten wir eigentlich Laub harken. Aber dazu haben wir keine Lust, und wegen dem anderen sind wir nicht traurig.«

Damit die Besucher hierzu nicht nachfragen konnten, hängte das Mädchen rasch an: »Dafür bewachen und verteidigen wir das

Grundstück gegen Leute, die hier einfach reinkommen und die wir nicht kennen.«

»Gegen solche wie uns zum Beispiel«, musste der Mann lachen, »aber das Türchen war offen.«

»Nur weil die anderen spazieren sind«, erklärte der Junge. »Wenn die nachher wieder hier sind, wird wieder alles fest verrammelt und verriegelt, damit keiner abhauen kann.«

Jetzt hakte die Frau wieder ein: »Ihr seid mir zwei Lustige. Dürfen wir eure Namen wissen?« Die Nachbemerkung des Jungen hatten sie wohl bewusst überhört.

»Natürlich«, gab das Mädchen bereitwillig zurück. »Ich heiße Jacqueline. Hier nennen mich aber alle nur Jacky oder Jack, weil Jacqueline amerikanisch ist, und für manche Leute ist das ein schwerer Name.«

»Und ich heiße ganz normal deutsch Karlheinz. Ich bin neun und ein Jahr älter als Jack. Die Kleine ist nämlich erst acht«, ergänzte der Junge.

»Aber trotzdem fast so groß wie du«, stellte das Mädchen ausdrücklich fest.

»Und wir sind das Ehepaar Koch, Karl und Hildegard Koch aus Gründau-Rothenbergen unten im Kinzigtal«, vervollständigte der Mann die gegenseitige Vorstellung und fragte nach: »Seid ihr beide Geschwister?«

»Das fehlte noch, dass Jack meine Schwester wär'«, grinste Karlheinz, und Jacqueline schoss ebenso grinsend zurück und knuffte dabei den Jungen mit der Faust auf den Oberarm: »Auf einen solchen Bruder kann ich gerne verzichten. Es reicht, dass er mein Freund ist und mich den ganzen Tag lang nur ärgert.«

»Ihr beiden scheint euch aber doch zu mögen, oder?«, wollte Frau Koch wissen.

»Tun wir. Manchmal. Aber bei uns zwanzig Kindern muss jeder jeden mögen, wenn wir miteinander auskommen wollen.«

»Deswegen raufen und kloppen wir uns trotzdem, wenn einer den anderen ärgert«, sagte Jacqueline und tat so, als wolle sie Karlheinz tätlich angreifen. »Und wenn unsere beiden Tanten das nicht mitkriegen«, ergänzte sie immer noch grinsend.

»Na, na, aber jetzt wird nicht gekloppt, ihr beiden!«, mahnte Frau Koch scherzend und fragte: »Könnt ihr uns jetzt wohl zu Fräulein Mühlhausen bringen?«

»Zu welchem Fräulein Mühlhausen?«, fragten die beiden Kinder wieder gleichzeitig. »Zur jüngeren Tante Anneliese oder zur älteren Tante Ursula?«, ergänzte das Mädchen.

»Zu der, die die Leiterin eures Heims ist«, antwortete Frau Koch.

»Das ist Tante Anneliese Mühlhausen. Die hat bei uns das Hauptkommando. Die andere ist ja auch gar nicht da. Die ist mit den anderen Kindern auf dem Spaziergang. Kommen Sie, wir bringen Sie hin«, forderte Jacqueline die Besucher auf. »Die Tante – Entschuldigung, seit wir Schulkinder sind, dürfen wir nicht mehr ›Tante‹ sagen. Seitdem sind die Tanten ›Fräulein‹. Aber unter uns sagen wir manchmal noch Tante.«

»Tante zu sagen ist lustiger«, flocht Karlheinz ein, und dann ergriff das Mädchen wieder das Wort. »Also Fräulein Anneliese Mühlhausen sitzt bestimmt an ihrem Schreibtisch unter dem komischen frommen Spruch und dem Heilandsbild und denkt nach.«

Die Kinder setzten sich in Bewegung. »Kommen Sie.«

Die Eheleute Koch schauten sich für einen Moment an. Komischer frommer Spruch? Unter dem Heilandsbild? War die Heimleiterin etwa wirklich eine fromme Frau? Na ja, sie würden bald sehen, was die Kinder damit meinten. Laut fragte Herr Koch nach vorne: »Worüber könnte sie denn nachdenken, das Fräulein Anneliese Mühlhausen, wenn ihr das so genau wisst?«

»Vielleicht darüber, wie sie uns am besten loswird, weil wir sie immer wieder ärgern«, kicherte Jacqueline und blieb am Treppenabsatz zum seitlichen Hauseingang stehen.

»Das glaube ich euch jetzt nicht«, widersprach Frau Koch. »Ihr seht doch so brav aus und habt auch so friedlich euer Buch angeschaut.«

»Na ja«, meinte Karlheinz beim Hinaufgehen nach hinten gewandt und verzog sein Gesicht zu einem spitzbübischen Grinsen, »wir können auch brav sein, wenn wir wollen oder wenn es sein muss. Fragen Sie doch einmal die Tanten.«

»Das werden wir allerdings nicht tun«, wehrte Karl Koch den Gedanken ab, während der Junge die große Eingangstür öffnete und quer durch die geräumige Diele auf die Tür mit dem kleinen Emailleschild »Büro« zeigte. »Da hinter der Tür müsste das Fräulein sitzen und nachdenken. Gehen Sie nur mutig hinein. Aber anklopfen nicht vergessen!«

»Das werden wir jetzt tun, ihr beiden. Danke für eure Freundlichkeit«, verabschiedete Hildegard Koch die Kinder, die sich sofort umwandten und lachend die Treppe hinuntersprangen, um auf ihre Bank im Park und zu ihren Pferde- und Hundebüchern zurückzukehren.

»Zwei nette Kinder«, ging es der Frau noch durch den Sinn, »ob eins von ihnen …« Da wurde die Bürotür auch schon von innen geöffnet und die Heimleiterin bat die beiden Besucher herein. Fräulein Anneliese Mühlhausen hatte wohl gehört, dass da jemand zu ihr wollte. Das Ehepaar Koch war ja auch angemeldet.

»Nun sagen Sie mir bitte, was Sie hierher führt«, forderte die Leiterin des Kinderheims ihre Besucher auf, nachdem die üblichen Freundlichkeiten zur gegenseitigen Begrüßung und Vorstellung ausgetauscht waren. Spruch und Bild hinter dem Schreibtisch hatten die beiden Menschen vor dem Schreibtisch natürlich sofort bemerkt. Es mochte ihnen durch den Kopf gegangen sein, warum ihnen die »Gabe Gottes« versagt geblieben war und warum sie dem Heiland kein Kind zuführen konnten, damit er es segne. Sie fragten allerdings nicht danach, ob die biblischen Zeugnisse im Wort und Gemälde vielleicht eine besondere Bedeutung für das Haus und seine Bewohner hätten. Vielleicht ergab sich das ja im Gespräch. Wenn nicht, konnten die Aussagen auch einfach so stehen bleiben. Richtig waren sie allemal.

»Unsere Kinderlosigkeit«, antworteten die beiden Kochs beinahe einstimmig und dabei sehr direkt.

»Das tut mir leid für Sie«, äußerte Anneliese Mühlhausen ihr Bedauern. »Aber es ist schon merkwürdig in unserer bösen und gottvergessenen Welt. Die einen können keine Kinder bekommen, obwohl sie sich zutiefst danach sehnen …«

»… und alles Mögliche unternehmen, damit ihr Kinderwunsch doch noch erfüllt wird«, setzte Hildegard Koch den Satz fort.

»Haben Sie –, wenn ich fragen darf?«, hakte die Heimleiterin vorsichtig nach.

»Wir haben – und das seit einigen Jahren und unter Gebet und Flehen, allein und mit Freunden und unter Einbeziehung verschiedener Fachärzte«, antwortete Herr Koch mit einem leichten Seufzer. »Leider ohne Aussicht auf Erfolg. Gott will es wohl anders.«

»Sie sind Christen?«, griff Fräulein Mühlhausen diese Bemerkung auf.

»Ja, das sind wir. Wir gehören zu den Methodisten in unserem Ort, zur EMK in Gründau-Rothenbergen.«

Die Heimleiterin ging auf diese Antwort nicht ein. Ob sie für diese Freikirche nichts übrighatte? Ob sie überhaupt etwas für Freikirchen übrighatte? Die drei Bilder der Reformatoren Johannes Hus, Johannes Calvin und Huldreich Zwingli an der Seitenwand des Raumes ließen darauf schließen, dass sie eher reformiert-kirchlich orientiert war. Was sollte es? Der evangelische Allianzgedanke, den sie als Methodisten vertraten, ließ solche Grenzen unwichtig und nebensächlich erscheinen. Fräulein Mühlhausen reagierte gleich auf die vorher gemachte Bemerkung. »Kein leichter Weg«, gestand die »Mutter« von zurzeit zwanzig Heimkindern zu, »vor allem, wenn man daran denkt, dass andere Leute Kinder bekommen, ohne sie eigentlich zu wollen. Einige meiner Schützlinge gehören zu dieser Gruppe. Wertvolle Gottesgeschöpfe. Sie wurden in die Welt gesetzt und anschließend in ihr ausgesetzt und dann zum Beispiel bei uns abgeliefert: Kümmert ihr euch doch drum! Wir können es nicht; wir wollen es nicht; wir tun es einfach nicht. Sie sind eigentlich keine Waisen und sind es doch. Schlimm ist das!« Nach einem Moment des Schweigens schloss sie ihre eigentliche Frage an: »Und jetzt möchten Sie eins dieser armen, irgendwo abgegebenen Kinder in Pflege nehmen? Ihm eine Heimat und eine Familie geben? Haben Sie diesen Wunsch ebenso umbetet und auch schon mit den zuständigen Fachleuten durchdacht?«

»Das haben wir ebenso gründlich getan, Fräulein Mühlhausen«, antwortete Hildegard Koch und informierte die Heimleiterin in einigen Sätzen, was sie und ihr Mann im Vorfeld unternommen und welchen behördlichen Befragungen und Bedingungsprüfungen sie sich bereits gestellt hatten. »Die Voraussetzungen sind alle für gut befunden worden und amtlich anerkannt. Was uns fehlt ist die Nachricht des Jugendamtes in Gelnhausen, dass irgendwo ein Kind auf uns wartet.«

»Und was denken Sie, was ich dazu tun kann, dass diese Nachricht irgendwann kommt?« Die Heimleiterin schaute mit großen Augen mehrmals zwischen den beiden Kochs hin und her, als wollte sie bereits mit ihren Blicken deutlich machen, dass sie doch wohl für ihr Problem der falsche Ansprechpartner sei.

»Wir dachten, unter Ihren Kindern könnte vielleicht eins sein, das … und Sie könnten von hier aus dem Jugendamt einen Hinweis geben«, gab Hildegard Koch vorsichtig zur Antwort.

Die Reaktion der Heimleiterin kam prompt und mit einer spürbaren Schärfe in der Stimme: »Unter meinen Kindern ist keins, das ich zur Übernahme in eine Pflegefamilie freigeben würde. Die jüngsten, die ich zurzeit habe, sind Jacqueline und Karlheinz. Schwierige Kinder. Den beiden sind Sie ja draußen schon begegnet. Die haben heute wegen ihres unbotmäßigen und unsozialen Verhaltens wieder einmal Ausgangsverbot. Die können froh sein, dass sie überhaupt draußen sein dürfen und nicht jedes allein in seinem Zimmer sein muss. Aber die beiden sind nach meinem Empfinden bereits zu alt, um sich noch in eine Pflegefamilie einzuleben. Und Sie, Frau Koch und Herr Koch, sind – verzeihen Sie, wenn ich das so offen sage –, Sie sind schon zu alt, um noch mit einem Kind dieses Alters anzufangen, Familie zu sein und Familie zu leben. Kinder in dem Alter an der Schwelle zur Vorpubertät sind bereits zu stark geprägt, als dass sie sich noch auf ein Elternpaar einstellen könnten und auf das Leben in engen und bisher ungewohnten menschlichen Beziehungen und räumlichen Verhältnissen. Und Menschen in Ihrem Alter haben in der Regel große Schwierigkeiten, sich auf so stark vorgeprägte Kinder einzustellen und mit ihnen zurechtzukommen.«

»Aber ich bin doch erst siebenunddreißig und mein Mann ist gerade mal vierzig«, empörte sich Frau Koch. »Da fängt manches Ehepaar erst an, Kinder zu bekommen.«

»Das mag durchaus so sein, Frau Koch, es ist aber nicht der Normalfall. Die meisten Eltern sind bei der Geburt ihres ersten Kindes wesentlich jünger. Und es ist erwiesen, dass alte Eltern junger Kinder mehr Probleme mit der Erziehung haben als junge Eltern junger Kinder«, gab die Heimleiterin zu bedenken. Ihre Stimme klang hart und abweisend. »Deshalb nehme ich nichts zurück von dem, was ich gesagt habe.« Jetzt unterbrach Fräulein Mühlhausen sich für einen Moment selbst, um dann in einem etwas milderen Ton fortzufahren: »Dennoch, wenn Sie unbedingt ein Kind aufnehmen wollen, sollten Sie einen Säugling aufnehmen, der nur sein inneres Erbe mitbringt und noch nicht vom Leben und von seiner Umgebung geprägt ist. Mit dem Kleinstkind können Sie quasi ganz von vorne anfangen, und mit dessen Wachstum und Entwicklung wachsen Sie dann mit. Nur kann ich

Ihnen da einfach nicht helfen, selbst wenn ich es wollte. Ich habe keine Säuglinge und Kleinstkinder in meiner Schar Schutzbefohlener. Und ich habe auch keine Verbindungen zu anderen Häusern dieser Art.«

Für ein paar Minuten schwiegen die drei Menschen in diesem Büro; dann fragte Karl Koch: »Und was raten Sie uns – was sollen oder können wir tun?«

Fräulein Mühlhausen atmete ein paarmal tief durch, schaute wieder zwischen den Eheleuten hin und her und sagte dann: »Die Hoffnung nicht aufgeben, dass das Jugendamt ein passendes Kind für Sie findet, weiter darum beten, ob das überhaupt Gottes Weg und Wille für Sie ist, und einfach in Geduld warten. Als Christen wissen Sie, dass sich das durchsetzt, was dem Willen Gottes entspricht. Wenn es in seinem Plan ist, dass Ihnen ein Pflegekind anvertraut wird, dann wird das irgendwann auch so sein.«

»Dann werden wir das wohl so machen müssen«, gestand Frau Koch zu und erhob sich. Sie hatte den Eindruck, dass das Fräulein mit ihrem geistlichen Hinweis das Gespräch für beendet hielt. Hildegard Koch reichte der Heimleiterin die Hand: »Danke, dass Sie sich Zeit genommen haben für uns und unser Anliegen.«

Momente später verließen die beiden Kochs still und nachdenklich das Kinderheim. Den kinderlosen Eheleuten gingen wohl merkwürdige Gedanken durch die Köpfe, als sie auf dem Weg zum Tor, das Gespräch mit der Heimleiterin noch in den Ohren, der Meute der Kinder begegneten, die gerade jetzt mit ihrer Tante Ursula von ihrem Spaziergang zurückkamen und mit großem Hallo in den Park stürmten. Mit ebenso großem Hallo wurden sie von Jacqueline und Karlheinz begrüßt, die inzwischen doch zu ihren Rechen gegriffen hatten, nun aber ihr Werkzeug wegwarfen und ihren »Geschwistern« entgegenliefen. Jetzt war offenbar deren Pflicht zum Gehen in Reih und Glied, zum Händchenhalten und zur reduzierten Lautstärke aufgehoben. Die Kinder nutzten das deutlich aus und lösten damit bei den fremden Besuchern ein Schmunzeln aus: armes Völkchen – und doch in diesen Momenten offenbar froh und glücklich.

Dann aber gewannen bei den Kochs die trüben Gedanken wieder die Oberhand: Waren sie wirklich schon zu alt, um Pflegeeltern zu werden? Würde die Erziehung eines Kleinkindes oder auch eines Schulkindes sie beide tatsächlich schon überfordern? Hatte die Heimleiterin recht mit ihrer Sicht der Dinge oder sperrte sie sich nur dagegen, irgendwann einmal eins ihrer Kinder in andere Hände abgeben zu müssen? In dem einen Punkt hatte sie aber wohl recht: Wenn es Gottes Plan und Willen entsprach, dass sie beide ein Mädchen oder einen Jungen in die häusliche Pflege oder gar an Kindes statt annehmen sollten, dann würde der Vater im Himmel auch dafür sorgen, dass es ein Kind gab, für das er sie, Karl und Hildegard Koch, als Vater und Mutter auf Erden bestimmt hatte. Also tatsächlich weiter warten, hoffen und beten – und immer wieder einmal beim Jugendamt an sich und ihr Anliegen erinnern.

Die ersehnte Antwort

Es dauerte noch etwa ein halbes Jahr, bis die beiden Kochs in ihrem Haus mit Schreinerei in der Fünfkirchner Straße 4 in Rothenbergen endlich die lange und heiß ersehnte Nachricht des Jugendamtes Gelnhausen in ihren Händen hielten. Hildegard Koch hatte sie als Erste in der Post entdeckt und eilte sofort mit dem Brief nach unten zu ihrem Karl in die Werkstatt. Der stellte seine Maschine ab, mit der er gerade einige Hölzer abrichtete. Die Leisten konnten jetzt warten. Jetzt ging es um Wichtigeres. Das amtliche Schreiben musste gelesen und seine Botschaft aufgenommen werden.

Mehrmals lasen die beiden, was hier in schwerfälliger Amtssprache ausgeführt wurde und was ihnen eine ganze Weile märchenhaft oder auch wie ein übler Scherz erschien. Nein, in der Nachricht des Gelnhausener Jugendamtes ging es nicht um einen Aprilscherz, auch wenn das Absendedatum der 1. April 1974 war. Es ging tatsächlich darum, dass sie, die künftigen Pflegeeltern, für den 7. April, also bereits für den kommenden Sonntag, eingeladen wurden, sich im Kinderheim Birstein einzufinden, um sich ein mögliches Pflegekind anzusehen und mit diesem Kind zwei Stunden zu einem ersten Kennenlernen zu verbringen. Das betreffende Kind sei die achtjährige Jacqueline Lee Garrigan. Deren Mutter habe inzwischen offiziell auf ihre Rechte an dem Kind verzichtet und es zunächst zur Abgabe in ein familiäres Pflegeverhältnis freigegeben. Die Einwilligungserklärung zur Adoption werde sie nachreichen. Die Übernahme des Kindes in eine Pflegschaft sei allerdings nicht notwendigerweise mit einer späteren Adoption gekoppelt. Um diese Möglichkeit rechtssicher zu machen, müsse ohnehin auch die Einwilligung des Vaters aus seinem Wohnort im Bundesstaat Wisconsin/USA vorliegen oder erforderlichenfalls dort angefordert werden.

Sollte ihnen, dem Ehepaar Koch, das Kind Jacqueline nach der ersten Begegnung als Pflegekind nicht zusagen, hätten sie die Möglichkeit, sich eine Woche später den neunjährigen Jungen Karlheinz Neider anzusehen und mit ihm eine Zeit zu verbringen, um zu prüfen, ob er ihr künftiges Pflegekind sein könne.

… Die Leiterin des Privaten Kinderheims Birstein, Fräulein Anneliese Mühlhausen, erhält eine Durchschrift dieses Schreibens. Sie sollten sich dennoch persönlich anmelden und das Original zu Ihrem Besuch am 07. 04. zur Vorlage und zum Nachweis Ihrer Besuchsberechtigung bei sich haben. – In der Hoffnung, dass wir mit unserem Angebot Ihrem Wunsch nach einem Pflegekind entgegengekommen sind und Sie eins der beiden Kinder in Ihre Familie aufnehmen werden, verbleiben wir hochachtungsvoll i. A. Maria Wilfer – Sozialhelferin beim Jugendamt des Kreises Gelnhausen.

Es dauerte ein paar Momente, bis Karl und Hildegard Koch den Inhalt und die Tragweite des Schreibens erfasst hatten. Als sie dann wirklich begriffen hatten, was ihnen hier mitgeteilt wurde, fielen sie sich erst einmal in die Arme vor Bewegung, vor Freude, vor Dankbarkeit. Gott antwortete also doch noch auf ihre Gebete und erfüllte ihnen ihren Herzenswunsch. Dass der Frau dabei ein paar Tränen über die Wangen liefen, schnürte dem Mann den Hals zu. Auch er musste schlucken und auch seine Augen wurden feucht. Hier lösten sich wohl Spannungen, die seine Hildegard und er bisher voreinander verborgen hatten. Karl Koch nahm sein Taschentuch und trocknete seiner Frau die Tränen. »Schatz, du wirst Mutter!«, sagte er und seine Stimme zitterte dabei.

»Und du wirst Vater, Karl, Vater!«, antwortete seine Hildegard und brachte diesen Satz doch kaum über die Lippen. Wie gerne hätte sie diesen schönen Satz schon vor Jahren ausgesprochen, am liebsten mehrmals. Nie hatte sie es gekonnt und heute wurde sie amtlich dazu ermächtigt. Welch herrliches Geschenk! Welch ein Tag!

»Und wir beide dürfen Eltern sein«, fügte Karl mit immer noch zitternder Stimme an. »Verstehst du, Eltern! Du wirst Mutter! Ich werde Vater! Und zusammen werden wir Eltern, Hildegard, Eltern eines Kindes …!«

»… das uns Gott endlich doch noch schenkt. Ihm sei Lob und Dank!«

Das war nun ein Stichwort seiner Frau, das Karl Koch sofort aufgriff. »Lass uns das jetzt tun, Hildegard, unserem Gott danken für dieses Geschenk.«

»Und ihn auch bitten, dass wir es recht machen können als alte Eltern mit einem auch schon alten Kind. Erinnerst du dich an die Heimleiterin in Birstein?«

Karl Koch hielt seine Frau immer noch in den Armen. »Ich erinnere mich genau daran, was sie gesagt hat.«

»Und was war das?«

»›Wenn Sie Christen sind, dann wissen Sie, dass sich Gottes Willen durchsetzt‹, hat sie gesagt oder so ähnlich.«

»Damit hat sie heute Recht bekommen, wobei sie damals wohl kaum damit gerechnet hat, dass Gott uns wirklich zu Eltern machen würde. Mit dem anderen hatte sie allerdings wohl eher nicht recht.«

»Mit welchem anderen? Was meinst du?«, fragte Karl nach.

»Nun, sie hat gemeint, Menschen in unserem Alter können nicht mit einem alten Kind anfangen, Eltern zu sein und als Familie zu leben, du alter Vater.«

»Nein, damit hat sie wohl Unrecht, du alte Mutter«, griff der Mann den Hinweis auf und musste dabei nun doch lachen. »Alter Vater, alte Mutter! Wenn Gott uns nämlich Jacqueline oder Karlheinz anvertrauen will, dann hält er uns doch wohl auch für fähig, diese Aufgabe in unserem Alter noch zu meistern. Auch wenn Fräulein Mühlhausen die beiden als schwierig beschrieben hat.«

»So sehe ich das auch, Karl«, bestätigte die gerade zur Pflegemutter ernannte Frau und atmete einmal tief durch. »Und jetzt lass uns wirklich Gott danken und die neue Zeit mit der neuen Aufgabe in seine Hände legen. Die Veränderung wird groß sein.«

»Wobei er uns zunächst zeigen muss, welches der beiden Kinder wir denn nun zu uns holen sollen«, lenkte Karl die Gedanken auf das im Moment näher Liegende.

»Du hast recht, mein Lieber«, bestätigte seine Frau. »Gott muss uns die Augen öffnen für die richtige Entscheidung …«

»… und das Herz für das richtige Kind. Wir sind zwar beiden schon begegnet, aber wir kennen noch keins von ihnen.«

»Ob die zwei Stunden reichen, Jacqueline wenigstens ein wenig kennenzulernen? Das wird ein spannender Sonntag werden«, sinnierte Hildegard voller Vorfreude.

»Wird es, mein Liebes, wird es – für Jacqueline sicherlich ebenso«, bestätigte ihr Mann die Empfindung seiner Frau. »Und jetzt schließe ich für ein paar Minuten die Werkstatt, damit uns niemand beim Gebet stört. Danach müssen meine Leisten fertig werden. Die Uhr läuft weiter. Und du rufst in Birstein an und machst uns dann etwas Gutes zu essen.«

»Na, meine Liebe, was sagt Fräulein Mühlhausen zu unserem Besuch am Sonntag?«, fragte Karl Koch nach dem Tischgebet zum Mittagessen.

»Sie wusste bereits Bescheid. Sie schien aber gar nicht begeistert von der Geschichte und meldete Bedenken an wie damals«, berichtete seine Frau. »Aber sie hat dann doch gesagt, sie werde das Mädchen selbstverständlich auf unseren Besuch vorbereiten.«

»Wann können oder sollen wir dort sein?«

»Die Heimleiterin gibt uns Jacqueline von drei bis fünf. Das müsse fürs erste Mal reichen.«

»Da hält sie sich genau an die Vorgabe des Jugendamtes«, stellte Karl Koch fest. »Zwei Stunden. Mehr können wir ja wohl auch nicht von ihr erwarten. Und selbst dem wird sie nur halbherzig zugestimmt haben.«

»Ich hatte genau den Eindruck«, bestätigte Hildegard Koch und setzte besorgt hinzu: »Hoffentlich lässt sie das Mädchen ihren inneren Unmut über die Sache nicht merken und stimmt es nicht negativ ein.«

»Da wird sie sich doch wohl zusammenreißen und dem Kind den möglichen neuen Lebensweg nicht schon im Vorfeld madigmachen. Sie betreibt ihr Heim doch schon seit einem Vierteljahrhundert. Da sollte sie doch wissen, wie sie mit dieser Situation umgehen muss, zum Wohl des Kindes.«

»Auch das liegt in Gottes Hand, mein Lieber. Der kann dieses Fräulein Mühlhausen oder Tante Anneliese entsprechend bearbeiten«, gab sich die Frau zuversichtlich. »Müssen wir Jacqueline etwas mitnehmen?«

»Wir sollten ihr sicherlich etwas mitbringen«, meinte ihr Mann. »Irgendeine Kleinigkeit. Sonntag ist Palmsonntag, eine Woche vor Ostern. Irgendetwas Österliches? – Aber wir sollten dabei schon vorsichtig sein. Es darf nicht der Eindruck entstehen, als wollten wir uns die Gunst des Kindes erkaufen.«

»Nein, so sicher nicht. Sie muss ihre Zuneigung zu uns schon selbst entwickeln. Ich bin sehr gespannt, wie das gehen wird.«

»Es wird gehen, meine Liebe«, gab sich Karl Koch überzeugt. »Ich zweifle nicht daran. Aber es wird eine Menge Zeit brauchen. In den zwei Stunden Begegnung wird nicht viel passieren. Wir werden alle drei wahrscheinlich ein wenig blockiert sein. Und wir müssen sicher ebenso an uns arbeiten wie das Kind an sich.«

Hildegard Koch seufzte einmal kurz auf und gestand dann ein: »Jetzt, wo es ernst wird, wird mir doch etwas flau im Magen bei der Geschichte.«

»Glaubst du etwa, mir ginge es anders, Frau?«, gab Karl Koch seine eigene Unsicherheit ebenso zu. »Aber wir wollen beide vertrauen, dass wir es schaffen, weil Gott es schafft, für uns und mit uns. Gut so?«

»Gut so«, bestätigte Frau Koch. »Bis Sonntag werde ich etwas gefunden haben, was als Mitbringsel für das Mädchen angebracht wäre.«

Sonntag, der 7. April 1974, kam. Ein etwas trüber und grauer Frühlingstag. Das Ehepaar Koch betrat pünktlich das Gelände des Kinderheims und wurde bereits an der großen Eingangstür der Villa von Fräulein Mühlhausen und von Jacqueline empfangen. Die beiden hatten dort auf dem Treppenabsatz gewartet, als wollten sie verhindern, dass die Besucher das Haus betraten. Von den anderen großen und kleinen Heimbewohnern war niemand zu sehen. Die waren wohl wieder mit dem anderen Fräulein irgendwo unterwegs. Ob das eine pädagogische Maßnahme war zum Schutz der Kinder, die nicht für einen besonderen Ausgang abgeholt wurden?

Die Heimleiterin wirkte bei der kurzen Begrüßung kühl und distanziert. Sie kannte die beiden Kochs ja bereits von der Begegnung im vergangenen Herbst, und ihre unterschiedlichen Ansichten zu dieser Sache waren beiden Seiten bewusst und schienen irgendwie zwischen ihnen zu stehen. Anneliese Mühlhausen wünschte lediglich einen guten gemeinsamen Nachmittag und bat um pünktliche Rückkehr. Zu dem Mädchen sagte sie: »Sei ein braves Kind, Jacqueline, und mach unserem Haus keine Schande. Und denk dran: Es heißt Herr und Frau Koch und Sie und Ihnen. Und pass auf dein Kleid und die Jacke auf und auch auf die Schuhe.« Danach wandte sich das Fräulein um, betrat das Haus und ließ die beiden Kochs und das Mädchen allein vor der Türe stehen.

Jacquelines erste Begegnung
mit ihrem späteren Pflegevater Karl Koch

»Ich hätte viel lieber eine Hose angezogen. Ich mag keine Kleider«, sagte Jacqueline deutlich verärgert, aber mehr zu sich selbst als zu ihren Besuchern. Die beiden Kochs registrierten die Bemerkung, gingen darüber aber hinweg, als hätten sie die Äußerung nicht gehört. Sie schauten sich nur kurz an und schüttelten wohl innerlich die Köpfe. Konnte die Frau nicht etwas freundlicher gewesen sein? Musste die dem Kind vor ihren Ohren noch einmal solche Maßregeln mitgeben? Musste die das Mädchen in eine offenbar ungeliebte Kleidung stecken? Armes Ding!

»Komm, Jacqueline, machen wir uns auf den Weg«, lud Frau Koch das Mädchen ein, mit ihnen zu gehen.

»Ich heiße Jacky oder Jack. Wissen Sie das nicht mehr? Ich hatte Ihnen das damals doch schon gesagt«, gab es mit immer noch mürrischem Gesicht zurück und fragte ein wenig verunsichert: »Wo gehen wir denn hin?«

»Hast du einen Wunsch?«, gab Hildegard Koch die Frage zurück. »Mach uns einen Vorschlag.«

»Darf ich irgendwo ein Eis essen oder eine Schokolade trinken?«, fragte Jacqueline vorsichtig, ohne dabei aufzuschauen.

»Du darfst selbstverständlich, wenn du uns erlaubst, einen Kaffee zu trinken«, stimmte Karl Koch zu. »Weißt du, wo es Eis und Trinkschokolade und Kaffee gibt?«

»Im ›Gasthaus zur Post‹ gibt es das. Das weiß ich von meiner Schulfreundin. Die geht schon mal mit ihren Eltern dahin. Das Gasthaus liegt am Anfang der Lauterbacher Straße auf der anderen Seite neben dem alten Amtsgericht. Da können wir hingehen«, schlug Jacqueline vor und hängte leise an: »Wenn Sie das wollen.«

»Dann wollen wir das mal fröhlich tun«, bestätigte Frau Koch und streckte Jacqueline die Hand entgegen. Allerdings mochte die offenbar nicht angefasst werden. Sie zog die eigene Hand zurück und sprang den Erwachsenen voraus dem Tor und der Straße zu.

»Magst du uns nicht vorher ein wenig von Birstein zeigen, und dann gehen wir nachher in die ›Post‹?«, fragte Karl Koch das Mädchen, das sich hier draußen an der Straße neben ihm hielt.

»Wenn Sie das wünschen, mache ich das«, erklärte sich Jacqueline einverstanden. »Ich kenne mich vom Spazierengehen ein bisschen aus im Ort. Alleine dürfen wir nicht raus. Manchmal gehen wir aber einen anderen Weg als den normalen Schulweg. Immer denselben Weg laufen ist langweilig. Wenn mal eine Stunde ausfällt, gehen wir sogar schon mal ins alte Dorf hinter der Kirche.«

»Und die Tanten, Entschuldigung, die Fräulein erlauben das?«, wunderte sich Frau Koch.

»Nein, das tun sie nie! Die kriegen das gar nicht mit. Das machen wir heimlich.«

»Und wie ist das nachmittags?«, wollte Herr Koch wissen.

»Wenn das letzte Schulkind zu Hause ist, wird das große Tor immer zugeschlossen, damit keiner heimlich raus kann.« Ein paar Schritte später gab Jacqueline dann zu: »Es kommt schon mal vor, dass von den größeren Kindern welche beim Gartenhaus über den Zaun klettern. Die Stelle kann man vom Haus aus nicht sehen. Vom Nachbargrundstück kommt man dann auf die Straße.«

»Und wenn die Kinder doch erwischt werden?«

»Dann gibt's ganz schön Krach und Ärger und Stubenarrest und Sonderaufgaben und so was. Die Fräuleins können ganz schön

Die evangelische Kirche von Birstein; davor das Ehrenmal

böse …« Diesen Satz brach das Mädchen plötzlich ab, als sei ihr im Moment bewusst geworden, dass sie darüber besser gar nicht reden sollte. Die beiden Kochs spürten das wohl und gingen deshalb auch nicht darauf ein. Sie folgten dem Mädchen eine Weile schweigend. Jacqueline strebte der evangelischen Kirche zu und bog dann in die Kirchgasse ein. »Hier ist das Ehrenmal von Birstein. Da werden schon mal Kränze hingelegt, wenn irgendein Verein im Ort ein Fest feiert oder am Volkstrauertag oder wie der heißt. Da gehen wir immer alle zusammen hin. Dann bläst der Posaunenchor und der Gesangverein singt und der Herr Bürgermeister oder der Fürst hält eine Rede. – Können wir später durch den Schlosspark laufen?«

»Gerne«, stimmten die beiden Erwachsenen zu, und Hildegard Koch fragte: »Kannst du uns dann etwas über das Schloss erzählen? Wohnt da noch jemand? Kann man da rein?«

»Das erzähle ich nachher«, nickte Jacqueline. »Ich zeige euch,

Entschuldigung, ich zeige Ihnen aber erst noch die alte Schule von Birstein.« Damit bog sie in die Schulgasse ein, die von der Kirchgasse abzweigte.

»Hier ist aber schon lange kein Unterricht mehr drin«, berichtete das Mädchen, als sie vor dem hübschen alten Fachwerkhaus standen. »Was da jetzt drin ist, weiß ich nicht. Wir gehen ja auch alle in die neue Schule an der Sudetenstraße. Die ist moderner als diese hier. Aber das Beton-Schulhaus ist nicht so schön. Die alten Fachwerkhäuser in Birstein mit den hohen Giebeln und Dächern sind viel schöner.« Jacqueline drehte sich um. »Und jetzt gehen wir in die Schlossstraße.«

»Dann erzählst du uns, was du über das Schloss weißt?!«, erinnerte Frau Koch das Mädchen an sein Angebot.

»Das hatte ich doch versprochen«, bestätigte Jacqueline. »Ich erzähle gleich, wenn wir da sind.«

Als die drei Menschen dann das schöne schmiedeeiserne Tor zum Schloss durchschritten hatten, hatte Jacqueline ein Thema, über das sie ähnlich unbekümmert reden konnte wie über die alte Schule. »Wir waren mit der Klasse schon im Schloss. Da hat uns sogar jemand aus der Familie von Isenburg persönlich begrüßt. Der Fürst wohnt nämlich noch da.« Dann erzählte das Mädchen, was es über das alte Schloss gelernt hatte. Es stehe auf einem Basaltfelsen und sei schon sehr alt, nämlich aus dem Mittelalter. Wie viele Jahre das seien, wisse sie allerdings nicht mehr, und die sechseckigen Säulen aus Basalt seien vulkanisches Gestein. Der ganze Vogelsberg sei ein Vulkangebirge. Dann gebe es da im Schlosshof einen Ziehbrunnen, der sei 60 Meter tief und da sei immer Wasser drin. Innen im Schloss gebe es schöne Säle und eine große Sammlung mit wertvollen Bildern. Die habe sie allerdings noch nicht gesehen. Und dann gebe es noch ein Kutschenhaus, das sei die Garage gewesen für die Kutschen, mit denen die Fürsten von Isenburg früher gereist seien. Wo die Pferdeställe gewesen seien, wisse sie leider nicht. Und manche Bäume im Schlosspark seien auch schon uralt. Die habe schon der Urgroßvater oder vielleicht sogar ein noch früherer Vater von dem Fürst von Isenburg gepflanzt, der heute in dem Schloss wohne.

Köstlich, wie die Achtjährige diese Dinge heraussprudelte. Danach schien sie aber ihr Redepulver verschossen zu haben. Sie

Das Birsteiner Schloss

trottete wieder schweigend und in sich gekehrt neben Herrn Koch her.

Nachdem die drei Spaziergänger das Schloss schließlich umrundet hatten, mahnte Herr Koch die Einkehr in die ›Post‹ an. Das Eis und die Schokolade warteten dort, und dazu müsse noch genügend Zeit bleiben.

Wenige Minuten später saßen das Ehepaar Koch und ihr kleiner Gast für diesen besonderen Sonntag dann im Gasthaus an einem Tisch am Fenster. Hier konnten sie miteinander reden und sich dabei anschauen, und sie konnten auch nach draußen sehen und beobachten, was sich auf der Lauterbacher Straße tat.

Zunächst wollte aber kein Gespräch aufkommen. Die beiden Erwachsenen wussten nicht so recht, wo sie anfangen sollten, und das achtjährige Mädchen wusste es sicher noch weniger. Jacqueline befasste sich mit ihrem Eisbecher und mit ihrem heißen Kakao und schaute nur zwischen diesen Dingen und dem Fenster hin und her. Das waren schon etwas bedrückende Minuten. Doch plötzlich hob das Mädchen seinen Blick, schaute die beiden Kochs nacheinander an und fragte: »Warum habt ihr mich eigentlich heute besucht und eingeladen? Entschuldigung: Sie. Warum haben Sie mich besucht und eingeladen? Sie kennen mich doch gar nicht, und Sie sind doch auch gar nicht mit mir verwandt.«

Was sollten sie jetzt antworten, schoss es den beiden Kochs wohl gleichzeitig durch die Köpfe, und sie blickten einander fragend und Hilfe suchend an. Hildegard Koch antwortete dann zuerst: »Wir sind uns doch vor einem halben Jahr schon einmal begegnet.«

»Das weiß ich doch noch«, bestätigte Jacqueline. »Aber da wollten Sie doch nicht zu mir. Da wollten Sie doch zu unserer Heimleiterin, und Karlheinz und ich haben Ihnen den Weg zu dem Fräulein gezeigt.«

»Wir haben überlegt, welchem Heimkind wir eine Freude machen könnten. Dabei haben wir uns an dich erinnert. Jetzt sind wir eben hier und wollen dich ein wenig kennenlernen«, sagte Frau Koch und suchte innerlich nach einer besseren Antwort.

»Aber warum mich und nicht ein anderes Kind aus dem Heim? Ihr konntet euch doch auch – Entschuldigung, Sie konnten sich doch auch an Karlheinz erinnern und den besuchen«, bohrte das Mädchen nach.

Karl Koch suchte ebenso wie seine Frau nach der richtigen Antwort. Sollte er dem Kind jetzt schon den wahren Grund ihres Hierseins sagen? Wenn er es täte, konnten sie danach noch einmal hinter diese Aussage zurück, ohne in dem Kind Schaden anzurichten oder es zumindest in eine tiefe Enttäuschung zu stürzen? War es dem Mädchen überhaupt möglich zu denken, der Besuch könne eine tiefere Absicht haben? Was waren jetzt die richtigen Worte? Beide Erwachsenen schickten in diesen Augenblicken, die ihnen unendlich lang schienen, ein Stoßgebet zum Himmel, jetzt nur nichts Falsches zu sagen.

Der Mann war es dann, der sagte: »Wir hatten erfahren, dass du seit mehreren Jahren keinen Besuch mehr bekommen hast und dass dir noch nie jemand einen Brief geschrieben oder eine Karte geschickt hat. Und da hatten wir gedacht, wir sollten dir eine Freude machen und dich einmal besuchen.«

Diese Antwort schien Jacqueline zufriedenzustellen. Ihr Gesicht hellte sich ein wenig auf und sie fragte: »Besuchen Sie mich denn irgendwann noch einmal?« Und als ob ihr die Mahnung des Fräulein Mühlhausen plötzlich in den Kopf gekommen war, hängte sie an: »Oder habe ich mich schlecht benommen?« Sie schaute kurz an sich herunter: »Schmutzig gemacht habe ich mich auch nicht.«

Hildegard Koch atmete auf, zumindest innerlich. Diese Reaktion des Kindes ließ ihnen die Entscheidung für ein Ja oder ein Nein offen. Sie versuchte, über den Tisch Jacquelines Hände zu nehmen. Die zog ihre allerdings zurück wie schon vorhin an der Villa. Dann nicht, schoss es der Frau durch den Sinn. Trotzdem antwortete sie und bemühte sich, so viel Freundlichkeit und Wärme in ihre Stimme zu legen, wie sie hineinlegen konnte: »Schlecht benommen? Jacky, von schlechtem Benehmen haben wir nichts gesehen. Du warst in allem sehr brav und sehr nett zu uns. Der Besuch hat uns viel Freude gemacht. Und dir hoffentlich auch?!« Sie schaute dem Kind in seine doch ein wenig traurigen Augen und fragte: »Möchtest du denn, das wir einmal wiederkommen?«

Jetzt begannen Jacquelines Augen richtig zu leuchten. »Gerne«, sagte sie, und in diesem einen Wort lag bereits deutlich die Bitte um den nächsten Besuch, zugleich aber auch so etwas wie der Wunsch nach mehr als nur einem Besuch mit Spaziergang und Eis-Essen und Schokolade-Trinken. »Gerne«, wiederholte sie und wagte tatsächlich die Rückfrage: »Vielleicht darf ich euch ja auch einmal besuchen – wenn es das Fräulein erlaubt. Ich möchte gerne wissen, wo ihr wohnt. Entschuldigung, wo Sie wohnen.«

»Sollten wir mit Fräulein Mühlhausen einmal darüber reden?«, griff Karl Koch die Frage des Mädchens auf.

»Gerne«, gab Jacqueline freudig zurück. »Aber ich weiß nicht, ob die das erlaubt. Die Fräuleins mögen es nicht, wenn Kinder von Verwandten oder anderen Leuten irgendwohin abgeholt werden.«

»Da müssten wir es irgendwann auf einen Versuch ankommen lassen«, meinte Herr Koch.

Jetzt war es Jacqueline, die die Hände von Karl Koch ergriff. Mit großem Nachdruck in der Stimme sagte sie zu dem Mann: »Bitte, Herr Koch, sprechen Sie mit Tante Anneliese, ich meine mit Fräulein Mühlhausen. Ich möchte Sie gerne besuchen in – wie heißt das? – Gründenbergen oder so ähnlich. Bitte, Herr Koch.«

Hildegard Koch durchfuhren in diesem Moment merkwürdige Gedanken. Ihre Hände hatte Jacqueline abgewiesen, die ihres Mannes nahm sie von sich aus. Das Mädchen musste mit Frauen schlechte Erfahrungen gemacht haben und sehnte sich offenbar nach männlicher, väterlicher Zuwendung. Dieses Kind brauchte

Liebe, die Liebe eines Vaters, aber auch die Liebe einer Mutter. Nur würde es wohl die Liebe eines Vaters eher annehmen als die einer Mutter. Jacqueline hatte entsprechende Signale gesetzt. Sie war immer auf der Seite ihres Karl gelaufen und hatte seine Nähe gesucht. Sie hatte mehr zu ihm gesprochen als zu ihr. Sie, Hildegard Koch, würde als Mutter beziehungsweise als Pflegemutter um diese Nähe kämpfen müssen. Aber sie würde den Kampf aufnehmen. Sie war bereit dazu, wenn ihr Mann dazu bereit war, zu diesem Kind Ja zu sagen.

Hildegard Koch schaute auf die Uhr. »Ich denke, wir werden mit deiner Heimleiterin sprechen, Jacky«, nahm sie ihrem Mann die Antwort ab, »und dann sehen wir uns wieder. – Aber jetzt müssen wir gehen. Es ist kurz vor fünf. Wir wollen dich ja nicht zu spät abgeben. Sonst kommt dein Fräulein noch auf die Idee, wir Kochs seien unzuverlässig. Also, gehen wir?«

»Ja«, antwortete Jacqueline. »Aber erst muss Herr Koch noch bezahlen. Wenn Fräulein Mühlhausen erfährt, dass wir hier Zechpreller spielen, oder wie das heißt, dann lässt sie sicher nicht mit sich reden.« Während sich das Mädchen die Jacke überzog, fragte es plötzlich: »Wenn Sie mich noch einmal abholen oder wenn ich Sie einmal besuchen darf, darf ich dann ein Stück Erdbeerkuchen essen? Mit Sahne? Das ist nämlich mein Lieblingskuchen. Darf ich?«

Die beiden Kochs schauten sich für einen Moment an und mussten beide schmunzeln. Hildegard Koch gab dann die Antwort, auf die Jacqueline sicher spekuliert hatte: »Wenn wir uns das nächste Mal begegnen und wenn es bis dahin schon frische Erdbeeren gibt, darfst du auch zwei Stücke Erdbeerkuchen essen.«

»Und sicherlich mit einem großen Klecks Sahne darauf«, ergänzte Karl Koch und handelte sich damit einen herzlichen Händedruck des Mädchens ein.

Pünktlich um fünf Uhr lieferten Karl und Hildegard Koch ihren Zwei-Stunden-Schützling und Pflegekind-Kandidaten bei seiner Heimleiterin in der Villa ab. Die freute sich zu hören, dass Jacqueline sich anständig benommen hatte. An mehr Gespräch war sie aber wohl nicht interessiert. Die Verabschiedung war kühl und distanziert wie die Begrüßung vor zwei Stunden. Die des Mädchens von seinen Besuchern war da wesentlich wärmer. Jacqueline gab Frau Koch brav die Hand und bedankte sich für den schönen Nachmittag mit Spaziergang, Eis und Schokolade. Bei ihrem Mann bedankte sich die Achtjährige nicht nur mit dem Handschlag, nein, sie nahm den Mann sogar für einen kurzen Moment in ihre kleinen Arme, wenn auch mehr angedeutet als vollzogen. Der wusste kaum, wie ihm geschah, und vermochte dem Mädchen nur noch nachzurufen: »Wir melden uns wieder. Du hörst von uns.« Dann standen Hildegard und Karl Koch allein vor der Tür der Villa.

Pflegekind

Die beiden brauchten eine Weile, bis sie ihre Gedanken und Empfindungen über diesen besonderen Nachmittag einigermaßen geordnet hatten. Als jeder bei sich selbst dann auch Klarheit über die Frage gewonnen hatte, ob sie Jacqueline Lee Garrigan als Pflegekind annehmen sollten, kam es beim Abendessen des nächsten Tages zugleich von den beiden Kochs, ohne dass der eine den anderen zu einer Meinungsäußerung aufgefordert hätte: »Du solltest morgen in Birstein anrufen …« – »Ich werde morgen in Birstein anrufen …« Die Eheleute schauten sich erstaunt an und fragten wieder gleichzeitig: »Also sind wir uns einig …?«

Hildegard war mit ihrer Antwort schneller als ihr Karl: »Ich rufe morgen in Birstein an und frage, ob wir Jacqueline am Samstag für die Ostertage zu uns abholen können.«

»Ich hatte dich gerade darum bitten wollen«, lachte der Mann und ergriff über den Tisch die Hand seiner Frau, gab aber noch eins zu bedenken: »Wunderbar, dass wir uns so einig sind, Schatz. Aber solltest du nicht vorher in Gelnhausen anrufen und der Frau Wilfer beim Jugendamt unsere Absicht mitteilen?«

Der Schreiner überließ die Dinge, die nichts mit seiner Werkstatt zu tun hatten, gerne seiner Frau.

»Das sollte ich sicher, und das werde ich auch tun«, gab die Frau zurück und wollte es nun aber auch genau von ihrem Mann wissen: »Wenn Frau Wilfer mich nun nach unserer Entscheidung fragt, was sage ich ihr dann?«

Karl Koch zögerte keinen Moment mit seiner Antwort: »Dann sagst du ihr, wir hätten uns für das Mädchen entschieden und sie möchte alles in die Wege leiten, was notwendig ist, damit Jacky möglichst bald für immer zu uns kommt.«

Der Mann hatte seinen Satz noch nicht ganz zu Ende gesprochen, da saß seine Frau auch schon neben ihm auf der Bank, umschlang ihn mit ihren Armen und drückte ihm einen dicken Kuss auf die Wange. »Danke, mein Lieber, ich danke dir. So muss es sein. Ich bin sicher, so will es Gott, und so wollen wir es. Jacky kommt zu uns.«

Die beiden Menschen saßen noch ein paar Minuten hinter ihrem Tisch, hielten sich in den Armen, lehnten die Köpfe aneinander und waren einfach nur glücklich. Glücklich darüber, dass sie ohne weiteres Gespräch nach dem gestrigen Nachmittag in ihren eigenen Überlegungen und ihren ganz persönlichen Gebeten zu Gott zum selben Ergebnis gekommen waren: Jacqueline Lee Garrigan gehörte in ihre Familie! Mit Gottes Hilfe würden sie sich aneinander gewöhnen und miteinander auskommen, und Gott würde auch dabei helfen, dass das Mädchen mit den neuen Lebensbedingungen und ohne seine Heimgeschwister klarkam. Das Jugendamt würde den Entschluss begrüßen, und die Fräulein in Birstein mussten das Mädchen freigeben. Sie würden zunächst wahrscheinlich widersprechen und alle bereits bekannten und sicher noch eine Menge neuer Bedenken anmelden, weshalb das Kind Jacqueline bei ihnen im Heim bleiben müsse. Dann aber mussten sie sie ihnen doch zähneknirschend überlassen.

Ein bisschen Schadenfreude über ihren »Sieg« über Tante Anneliese und ihre Ansicht über »alte Pflegeeltern mit einem alten Kind« mischte sich dann doch auch in die Freude über die Entscheidung, die gefallen war. Schade, dass sie die großen und entsetzten Augen von Fräulein Anneliese nicht sehen konnten, wenn sie ihr morgen früh ihren Entschluss mitteilten oder auch wenn das Jugendamt ihr eine amtliche Nachricht dazu gab …

Die Begegnung mit den Kinderheim-Fräulein am Karsamstag bestätigte die Vermutungen von Hildegard und Karl Koch. Die beiden Frauen waren alles andere als begeistert von dem, was das Jugendamt ihnen mitgeteilt hatte, und sie gaben Jacqueline höchst ungern über die Ostertage frei, damit sie mit nach Rothenbergen fahren konnte. Das letzte Wort über die ganze Geschichte sei auch noch nicht gesprochen, glaubten sie bemerken zu müssen. In der Woche nach Ostern bekämen sie ohnehin Besuch vom Jugendamt Gelnhausen. Dann würden sie die problematische Entwicklung für Jacqueline noch einmal ansprechen.

»Tun Sie das ruhig«, erwiderte Hildegard Koch ganz gelassen. »Für uns ist die Frage um das Mädchen beantwortet. Wir werden ihr das zwar noch nicht sagen, aber sie soll sich bei uns schon mal ein bisschen umschauen. Dann fällt ihr der endgültige Einzug später leichter.«

Die beiden Schwestern kommentierten diese Aussage nicht, zeigten allerdings durch ihren Gesichtsausdruck und ihre Haltung, was sie darüber dachten. Fräulein Ursula verließ dann das Büro, um Jacqueline zu holen, während Fräulein Anneliese sich die Unterschrift geben ließ, die für die rechtliche Absicherung des Drei-Tages-Ausflugs ihrer Schutzbefohlenen erforderlich war. Dann konnten Hildegard und Karl Koch das Mädchen endlich in Empfang nehmen. Jacqueline, heute schick in roten Schuhen, blauer Hose, rotem Rollkragenpulli und weißer Strickjacke – ob sie sich wegen ihrer Kleidung gegen die Erzieherinnen durchgesetzt hatte? –, reichte den beiden nur stumm die Hand und zeigte vor den Frauen des Hauses keinerlei Empfindung. War sie »geimpft«? Oder machte ihr der erneute »Urlaub« tatsächlich Mühe, warum auch immer? Das konnte eigentlich nicht sein. Sie hatte doch am vergangenen Sonntag selbst um das Wiedersehen gebeten. Und jetzt durfte sie sogar für drei Tage das Haus verlassen und dazu auch noch auswärts schlafen. Na, die Frage würde sich klären, spätestens wenn Haus und Park hinter ihnen lagen.

»Nun, Jacqueline, freust du dich, dass du mit uns nach Rothenbergen kommen darfst?«, versuchte Hildegard Koch mit dem Mädchen ins Gespräch zu kommen, während ihr Mann den Opel aus dem Dorf lenkte.

»Haben Sie vergessen, dass ich Jacky heiße?«, maulte die Kleine zurück.

»Entschuldige, mein Kind, wie konnte ich?«, besänftigte die Frau. »Natürlich ›Jacky‹. Aber noch mal: Freust du dich nicht?«

Jacqueline kam mit ihrem Kopf nach vorne und stellte fest: »Erstens bin ich nicht Ihr ›Kind‹. Und zweitens freue ich mich natürlich, dass ich mit euch, Entschuldigung, mit Ihnen fahren darf. Aber …«

»Was aber?«, fragte Karl Koch nach hinten.

Jacqueline zögerte etwas mit ihrer Antwort. Dann kam sie aber doch. »Das Fräulein Ursula Mühlhausen hat mir erst noch einen Vortrag gehalten, wie ich mich benehmen soll, damit Sie mich nicht noch einmal abholen. Aber den Gefallen tue ich denen nicht. Die können mich mal. Ich freue mich jetzt auf Ostern bei euch, Entschuldigung: natürlich bei Ihnen.«

Für einen Moment herrschte betretenes Schweigen in dem

Pkw. Die beiden Erwachsenen schauten sich nur an und wussten doch, was der andere dachte. Die Äußerung des Kindes war die Bestätigung für ihre eigenen Befürchtungen. Gegen die hieß es jetzt also anarbeiten, damit ihr Einfluss auf das Mädchen stärker war als der, dem es in Birstein ausgesetzt war. Das hieß auch, dass das Verfahren der Übernahme von Jacqueline als Pflegekind beschleunigt werden musste. Das Kind durfte nicht ständig zwischen den Parteien und Lebensbedingungen hin und her gerissen werden. Das tat niemandem gut, Jacqueline schon gar nicht.

»Wir freuen uns auch, wenn du dich freust, Jacky«, griff Frau Koch den letzten Satz des Mädchens auf. »Du wirst sehen, wir haben schöne Ostertage miteinander.«

Es wurden tatsächlich schöne gemeinsame Tage. Jacqueline bekam Gelegenheit, vieles kennenzulernen, was demnächst zu ihrem Alltag gehören sollte, auch wenn sie das jetzt noch nicht einmal ahnte. Sie erkundete Haus, Hof und Werkstatt in der Fünfkirchner Straße 4 und schlief zum ersten Mal in ihrem künftigen Bett, über dem der Spruch hing: »Gott sagt: Du bist wertvoll für mich und ich habe dich lieb.« – »Haben Sie den im Kinderheim geklaut? Da hängt der nämlich auch an einer Wand«, bemerkte das Mädchen, als es den Spruch entdeckt hatte.

Jacqueline begegnete auch schon einigen Kindern aus der Nachbarschaft und spielte für eine Weile mit ihnen. Sie lernte Opa Eberling kennen, den Vater von Frau Koch, und freundete sich mit dem sechzigjährigen Witwer schon einmal an. Sie lernte im Ostergottesdienst in der Friedenskirche an der Kirchbergstraße die Gemeinde kennen, in der die Kochs ihre geistliche Heimat hatten, und erlebte, wie die EMK-Kinder den auferstandenen Heiland Jesus Christus mit Texten und Liedern begrüßten und feierten. Das sei ganz anders und viel schöner und fröhlicher gewesen als in der Kirche von Birstein, versicherte sie nach dem Gottesdienst und summte die schlichten und eingängigen Melodien der beiden Kinderlieder bereits vor sich hin:

Ich sag es jedem, dass er lebt
und auferstanden ist,
dass er in unsrer Mitte schwebt
und ewig bei uns ist.
Ich sag es jedem; jeder sagt
es seinen Freunden gleich,
dass bald an allen Orten tagt
das neue Himmelreich.
Jetzt scheint die Welt dem neuen Sinn
erst wie ein Vaterland,
ein neues Leben nimmt man hin
beglückt aus seiner Hand.
Der dunkle Weg, den er betrat,
geht in den Himmel aus,
und wer nur hört auf seinen Rat,
kommt auch in Vaters Haus.
Er lebt und wird nun bei uns sein,
wenn alles uns verlässt;
und so soll dieser Tag uns sein
ein rechtes Freudenfest.

Kommt und seht: Das Grab ist leer!
Kommt und fürchtet euch nicht mehr.
Wie er uns vorhergesagt,
stand er auf am dritten Tag.
Jesus lebt! Halleluja!
Kommt und seht: Das Grab ist leer!
Jesus lebt, geht vor euch her.
Haltet fest an seinem Wort,
jagt die bangen Zweifel fort.
Jesus lebt! Halleluja!
Jesus lebt! Ruft es überall.
Jesus lebt! Singt's mit hellem Schall.
Jesus lebt! Er ist uns nah,
Jesus lebt, Halleluja!
Jesus lebt, Halleluja!

Jacqueline freute sich über ihren gut gefüllten Osterkorb, dessen Inhalt sie hier und da auf dem Grundstück rund um Haus und Werkstatt noch vor dem Ostergottesdienstbesuch gesucht und gefunden hatte. Sie streifte zum ersten Mal durch den Ortsteil Rothenbergen und besuchte mit ihren Oster-Eltern Verwandte und Freunde von ihnen in verschiedenen Gründauer Ortsteilen und in anderen Orten des Kinzig-Tales und des südlichen Vogelsbergs.

Herrlich, das alles! Die Maßregeln der zwei Heim-Fräulein waren dabei völlig aus dem Kopf verbannt, und das Miteinander mit den verschiedenen Leuten an den unterschiedlichen Orten klappte ausgezeichnet. Schade, dass die drei Tage so schnell vorbeigingen, und noch einmal schade, dass Jacqueline wieder ins Heim zurück musste. Gerne wäre sie in Rothenbergen geblieben. Aber was half es, sie war nur zu Besuch hier. Und ein Besuch dauerte nun einmal begrenzte Zeit. Tröstlich, dass die Kochs versprochen hatten, sie bald wieder einmal abzuholen, wenn der Termin auch zunächst offenblieb.

Auch die nächsten Besuche von Jacqueline in Rothenbergen verliefen weitgehend harmonisch. Über irgendwelche Maßregeln, die dem Mädchen seitens ihrer Erzieherinnen mitgegeben wurden, musste nicht gesprochen werden. Wenn es welche gab, verstand es Jacqueline, sie nicht zu beachten, sodass sie in ihrem Verhalten auch nicht deutlich wurden. Anders wurde das allerdings nach dem Besuch des Kindes über die Pfingsttage. Mittlerweile war zwischen den Erwachsenen auf beiden Seiten und dem Jugendamt Gelnhausen geklärt worden, dass Jacqueline bis zum Ende des Schuljahres auf jeden Fall in Birstein bleiben würde und erst in oder auch nach den Sommerferien zu ihren Pflegeeltern umziehen sollte.

Die Fräulein Mühlhausen witterten Morgenluft – vielleicht konnten sie Jacqueline doch bis auf Weiteres behalten? Sie machten dem Mädchen das Leben im Heim entsprechend schmackhaft, gewährten ihm versteckte und auch offene Vergünstigungen, stifteten und schürten Vorbehalte gegen das Ehepaar Koch und – hatten Erfolg damit. Die immer noch erst Achtjährige war clever genug, die Situation für sich zu nutzen. Sie ließ sich zwar weiterhin zu den Sonntagen oder auch für einzelne Wochenenden abholen, aber sie machte es ihren Noch-nicht-Pflegeeltern zuweilen recht schwer. Sie fügte sich nicht oder nur widerstrebend in das Programm, das die beiden Kochs mit ihr gestalten wollten, sie moserte an allem herum, war mit nichts zufrieden – auch nicht mit dem Erdbeerkuchen, der doch eigentlich ihr Lieblingskuchen war –, widersprach immer wieder mit recht vorwitzigem Mundwerk und zuweilen sehr unpassenden Ausdrücken und ließ vor allem die Frau des Hauses an der Fünfkirchner Straße ihre Abneigung spüren. Gegenüber den Männern, Karl Koch und Opa Eberling, verhielt sie sich nicht ganz so extrem wie gegenüber Hildegard Koch. Die musste sich dann einmal anhören: »Geh weg! Lass mich in Ruhe! Ich mag dich nicht! Was willst du eigentlich von mir?«

Oh, das tat weh! Diese Anrede ließ das Herz der Frau bluten und jagte ihr den Puls in die Höhe und tiefe Röte ins Gesicht. Wie sollte Hildegard Koch darauf reagieren? Sollte sie es dem Kind mit gleicher Münze heimzahlen? Den längst gefällten Entschluss, dieses Kind zu lieben und ihm eine Mutter zu sein, revidieren und die ganze Aktion rückgängig machen und die Geschichte zu den Akten legen? Nein, das konnte es nicht sein! Jacqueline war für sie ein Gottesgeschenk, und das wollte sie niemals wieder hergeben! Wie eine rasche Folge von grellen Blitzen jagten sich im Kopf der Frau alle möglichen Gedanken, traurige und enttäuschte, aber auch aggressive und böse.

Dann hatte sie sich wieder gefasst und antwortete, wobei sie alle Freundlichkeit in ihre Stimme legte, deren sie in diesem besonderen Augenblick fähig war: »Weißt du, Jacky, ich will von dir gar nichts. Ich möchte dir nur ab und zu ein bisschen Freude machen. Und wenn du mich nicht magst, dann finde ich das sehr schade. Aber du darfst mir glauben, ich mag dich trotzdem. Und was nicht ist, kann ja vielleicht noch werden.«

Eine andere Bemerkung, die Jacqueline in einer kritischen Situation in deutlicher Erregung fallen ließ, tat mindestens ebenso weh. Als Hildegard und Karl Koch einmal wieder Jacquelines überschäumendes Temperament zügeln und sie energisch um ein anderes Verhalten bitten mussten, antwortete sie sehr schnippisch: »Ihr kleinen Leute habt mir gar nichts zu sagen. Ihr müsst erst mal noch ein bisschen wachsen, sonst bin ich bald größer als ihr. Ich gehe euch Zwergen ja jetzt schon bis an die Schultern. Und ich bin erst acht und ihr seid schon vierzig.«

Den Kochs verschlug es bei dieser Rede zunächst einmal die Sprache. Wie kam dieses Mädchen dazu, sie in einer solchen ungehörigen Weise anzusprechen? Aber kamen die Begriffe »kleine Leute« und »Zwerge« wirklich von ihr selbst, oder gebrauchte das Mädchen Formulierungen, die es im Heim oder gar bei den Fräulein aufgeschnappt hatte? Woher sollte es sie sonst haben? Beides war einfach unerhört! Aber wie sollten sie darauf reagieren? Die Sache einfach übergehen? Darauf eingehen mit Verständnis und Liebe? Oder eher mit Schärfe und Strenge? Durfte ein achtjähriges Mädchen mit erwachsenen Personen so umgehen und sie in dieser Weise anreden?

Karl Koch verschaffte sich und seiner Frau zunächst etwas Luft, indem er Jacqueline aus dem Zimmer schickte und ihr dabei ankündigte, dass sie über die Frage, ob sie ihr etwas zu sagen hätten oder nicht, später noch sprechen müssten. Zu beider Erstaunen folgte das Mädchen sofort und verließ ohne irgendeinen Kommentar den Raum. Hatte sie gemerkt, dass sie sich im Ton und in der Wortwahl vergriffen hatte? Vielleicht. Wenn ja, dann war es wohl leichter möglich, in Liebe mit ihr über die Sache zu reden. Wenn nicht, dann waren doch ein paar deutliche Worte angebracht. Im Blick auf die späteren intensiveren Beziehungen, die es ab August geben sollte, mussten die Weichen jetzt schon einmal gestellt und die Linien abgesteckt werden. Dabei sollte und durfte das Mädchen freilich nicht vor den Kopf gestoßen werden. Sie wollten dieses Kind ja gewinnen als ihr eigenes, und das unbedingt und ohne Vorbehalte. Dennoch …

Hildegard und Karl Koch waren eine ganze Weile miteinander im Gespräch, um den Weg zu finden, wie sie reagieren sollten. Sie wollten jetzt keinen Fehler machen, der dann vielleicht nicht mehr zu korrigieren war. Dabei flossen bei der Frau auch ein paar Tränen, die der Mann mit seinem Taschentuch trocknen musste. Der Schmerz über die »kleinen Leute« und die »Zwerge« saß doch tief. Schließlich waren sie sich einig, wie sie nachher am Tisch mit dem Mädchen reden wollten.

Das Abendessen kam. Jacqueline saß am Tisch, als wäre gar nichts vorgefallen. Während des Essens ging es locker zu, und das Gespräch drehte sich um dies und das. Nach dem Dankgebet kam Karl Koch dann aber auf die Sache von vorhin zurück: »Darf ich dich etwas fragen, Jacky?«

»Dann frag mich doch«, antwortete das Mädchen, blickte sein Gegenüber am Tisch an und deutete dessen Blick richtig. Jacqueline korrigierte sich: »Fragen Sie mich, Herr Koch.«

Der stellte dann seine Frage ohne jede Schärfe in der Stimme: »Wer hat dir eigentlich was zu sagen, Jacky?«

Jacqueline wurde sichtlich verlegen. Sie kratzte sich am Hals und kaute sichtbar an einer Antwort. Dann ergriff sie die Flucht nach vorn und sagte mit gesenktem Blick und leiser Stimme: »Ich entschuldige mich für das, was ich gesagt habe.«

»Danke, Jacky, so ist es in Ordnung«, nahm Karl Koch die Entschuldigung an. »Es war wirklich nicht gut, was du gesagt hast und wie du uns angesprochen hast. Aber beantworte mir doch bitte meine Frage.«

Jetzt hob Jacqueline ihren Blick. »Wenn ich im Heim bin, muss ich tun, was die Tanten sagen, ich meine die Fräuleins, oder ein anderer Erwachsener. Wenn ich in der Schule bin, bestimmen die Lehrer ....«

»Und wenn du bei uns bist?«, hakte Frau Koch nach.

»Wenn ich bei euch bin – wenn ich bei Ihnen bin, dann haben Sie mir zu sagen.«

»Und warum ist das so?«, forderte Hildegard Koch eine Begründung für die Aussage.

»Kinder müssen immer tun, was die Erwachsenen sagen. Na ja, zumindest meistens. Die Erwachsenen wissen ja besser, was für Kinder gut und was richtig ist.«

»Ob die das immer wissen, weiß ich nicht«, schränkte die Frau ein. »Aber wenn sie es gut meinen mit dem Kind, Jacky, dann werden sie nichts fordern, was nicht gut und richtig ist.«

»Ich weiß ja, dass Sie es gut meinen mit mir«, bestätigte Jacqueline und blickte die beiden Erwachsenen am Tisch beinahe Hilfe suchend an. »Aber ich bin manchmal so schrecklich hin und her gerissen.«

»Gibt es dafür denn einen Grund?«, wollte jetzt Herr Koch wissen. »Was reißt dich hin und her?«

Das Mädchen zögerte etwas mit der Antwort. Dann sagte sie: »Die Fräuleins im Heim wollen nicht, dass ich so oft hierher komme. Aber sie müssen mich ja immer gehen lassen, weil das Jugendamt das so will. Und dann reden sie nicht gut von euch, Entschuldigung, von Ihnen. Die haben mal von den Gründauer Zwergen gesprochen, weil Sie beide so klein sind.«

»Auch kleine Menschen können liebe Menschen sein«, griff Hildegard Koch dieses Stichwort auf. »Auch Zwerge können es gut meinen mit anderen Menschen. Das hat mit ihrer Körperlänge nichts zu tun. Und für die kann ja keiner was. Gott hat uns beide nun mal nicht größer geschaffen.«

»Es tut mir ja auch leid, dass ich das so gesagt habe«, wiederholte Jacqueline noch einmal ihre Entschuldigung. »Ich weiß doch auch, dass Sie es gut mit mir meinen. Sonst dürfte ich ja nicht so oft hier sein.«

»Gut, Jacky, dann können wir das Thema jetzt beenden. Ich habe nur noch eine Bitte an dich.«

»Welche?«

»Überleg dir immer, was du sagst. Es gibt da so einen Satz, der heißt: Vor dem Sprechen soll man immer das Gehirn einschalten. Und du hast auch ein Gehirn, das funktioniert.«

»Ich werde versuchen, den Satz zu befolgen«, versprach Jacqueline und fragte: »Darf ich jetzt aufstehen und in mein Zimmer gehen?«

»Du darfst«, gab Hildegard Koch das Mädchen frei. »Wenn du willst, spielen wir nachher noch eine Runde ›Mensch ärgere dich nicht‹.«

»Das passt gut«, lachte Jacqueline, »das machen wir, uns nicht ärgern«, rutschte von der Bank und verschwand in ihr Zimmer.

Die beiden Erwachsenen atmeten auf. »Haben wir das jetzt richtig gemacht, Karl?« Hildegard Koch griff über den Tisch hinweg nach den Händen ihres Mannes.

»Ich hoffe«, antwortete der und nahm ihre Hände in die seinen. »Aber ich befürchte, es wird wohl noch viele solcher Gespräche geben.«

»Wird es, mein Lieber«, stimmte seine Frau zu und seufzte dabei leicht auf. Nach einem Moment der Besinnung sagte sie fest und beinah ein wenig trotzig: »Aber wir bleiben dran. Wir werden sehen, wie es wird.«

Bis zum Beginn der Sommerferien wurde nicht viel. Es gab nur manches Gespräch zwischen Hildegard und Karl Koch und zwischen den beiden und Jacqueline. Es gab einige heftige Auseinandersetzungen mit den Fräulein Mühlhausen, und es gab auch Rücksprachen mit Frau Wilfer vom Jugendamt. Und dann gab es die Entscheidung, dass das Mädchen Anfang August mit den Kochs in Urlaub fahren und danach nicht wieder nach Birstein zurückkehren sollte. Jetzt war es amtlich und durch die notwendigen Unterschriften besiegelt: Jacqueline Lee Garrigans Zeit im Heim ging endgültig zu Ende, sie wurde ab Mitte August offiziell das Pflegekind der Eheleute Koch, wobei die Vormundschaft über das Mädchen beim Jugendamt Gelnhausen verblieb. Die direkte Ansprechpartnerin der nunmehr amtlich bestellten Pflegeeltern Koch sollte auch weiterhin die ihnen ja bereits gut bekannte Frau Wilfer sein.

Die behördliche Klärung der Angelegenheit ließ dann auch die beiden Schwestern Mühlhausen endlich zur Einsicht und zum Einlenken kommen. Sie gaben das Mädchen zunächst schon einmal innerlich frei, sodass sie es äußerlich nach und nach und mit der gebotenen Vorsicht auf die anstehende Veränderung in seinem jungen Leben vorbereiten konnten. Es gelang ihnen dann auch, Jacquelines Vorbehalte gegen die Kochs, die sie zum Teil ja selbst geschaffen und geschürt hatten, allmählich wieder abzubauen und die Gedanken des Kindes darauf zu lenken, dass es vielleicht für die ganzen sechs Wochen der Sommerferien in Rothenbergen ...

Der Erfolg der Bemühungen zeigte sich am Abend des letzten Wochenendes im ausgehenden Schuljahr. Jacqueline fragte doch tatsächlich, warum sie denn eigentlich noch einmal ins Heim nach Birstein zurückkehren müsste. Bekanntlich gebe es in der kommenden Woche bereits Ferien, und dann würde sie doch schon wieder abgeholt. Ob es da nicht besser und sinnvoller wäre, sie bliebe jetzt schon hier. In der Schule würde ohnehin nichts Sinnvolles mehr gearbeitet und nur noch Blödsinn gemacht. Und auf die Klassenwanderung zum Graf-Dietrichs-Weiher bei Fischborn könne sie gerne verzichten. Es reichte, wenn sie ihren Lehrer und die Kinder aus ihrer Klasse nach den Sommerferien wiedersehen würde.

Bei dieser Rede des Mädchens gerieten Hildegard und Karl

Koch für einen Moment tatsächlich in Erklärungsnot. Mit dieser Einlassung von Jacqueline hatten sie nicht gerechnet. Zum Glück fielen ihnen die Stichworte »Schulsommerfest«, »Zeugnis« und »Urlaubsgepäck« ein. Das Erste wolle sie sich doch sicher nicht entgehen lassen, das Zweite wolle sie doch wohl selbst bei ihrem Lehrer abholen, und das Dritte brauche sie ja doch, wenn sie die Reise nach Ungarn mitmachen wolle und dabei nicht zwei Wochen lang in denselben Kleidern leben wolle. Jacqueline gab sich zufrieden und ließ sich ohne weiteren Widerspruch von Karl Koch nach Hause bringen. Dass diese Fahrt hinauf nach Birstein ihre letzte war, wusste sie freilich immer noch nicht. Ob sie es ahnte? Wohl eher nicht, sonst hätte sie in ihrer zuweilen sehr direkten Art Karl Koch danach gefragt oder laut darüber nachgedacht.

Neue Heimat – neues Leben

Den ganzen Juli und die erste Augustwoche 1974 verbrachte Jacqueline mit ihren künftigen Pflegeeltern. Sie erlebte herrliche, unbeschwerte Ferien in und um Gründau-Rothenbergen, wobei das »um« bis nach Ungarn reichte. Für zwei Wochen ging es zusammen mit Freunden der Familie Koch an den Plattensee, den größten See Mitteleuropas. Im Ferienhaus am südlichen Seeufer rückten die Urlauber dann im Blick auf das Ferienende schon einmal ein Stück näher zusammen: Jacqueline brauchte die Kochs nicht mehr zu siezen, Herr Koch wurde einvernehmlich zu »Karl« und Frau Koch wurde zu »Hildegard«. Dabei änderte sich allerdings kaum etwas daran, dass Jacqueline dem Mann näher war als der Frau. Das Mädchen bekam einfach keine normale Beziehung zu Hildegard, so sehr die sich auch um die Zuwendung und Nähe des Kindes bemühte. Das Mädchen war nun einmal frauengeschädigt, und dieses Problem erwies sich als äußerst hartnäckig und machte immer wieder Mühe. Jacquelines Verhalten war weiterhin sehr wechselhaft und besonders Hildegard gegenüber für Überraschungen gut.

Das blieb auch so, nachdem die Urlauber ins Kinzig-Tal zurückgekehrt waren und von Rothenbergen aus an den beiden verbleibenden Ferien-Samstagen zwei größere Tagesfahrten unternahmen. Karl Koch konnte seine Werkstatt ja nicht für die ganze Ferienzeit schließen. Und Hildegard Koch konnte ihren Platz in der Firma, in der sie als kaufmännische Angestellte beschäftigt war, auch nicht sechs Wochen lang verwaist lassen. Das war auch nicht nötig. Ihr Karl arbeitete ja in der Regel in seiner Werkstatt. Und für den Fall, dass er auf einer Baustelle zu tun hatte, war Opa Eberling im Haus, sodass Jacqueline immer einen Ansprechpartner hatte und jemanden, der auf sie aufpasste und sich mit ihr beschäftigte, wenn die Kinder der Nachbarschaft einmal anderes zu tun hatten, als mit dem Mädchen zu spielen.

So ging es an einem der Samstage in den Taunus, um im Opelzoo bei Königstein die Elefanten und ihre großen und kleinen tierischen Genossen zu bestaunen und sich anschließend im Freilichtmuseum Hessenpark zu vergnügen. Zuletzt besuchten die Ausflügler auch noch die Saalburg nahe Bad Homburg vor der Höhe, um dort römischen Soldaten zu begegnen und zu erleben, wie die vor zweitausend Jahren gelebt haben.

An dem anderen Samstag ging es zu einer Rundwanderung hinauf in die Wälder, über die Gipfel und in das Hochmoor des Hohen Vogelsbergs. Über den Hoherodskopf, in dessen Nähe das Auto geparkt wurde, ging es hinüber auf den Taufstein, den mit 774 Metern höchsten Punkt des Vogelsbergs. Hier lud der massive Bismarckturm, der über die Wipfel des Buchenwaldes herausragte, zum Besteigen ein. Die Mühe des Aufstiegs hatte sich gelohnt. Von hier oben hatten die Wanderer einen überwältigenden Blick über die großen Wälder und über die offenen Landschaften dieses schönen Mittelgebirges. Später begeisterten sie die riesigen urtümlichen Basaltbrocken zwischen den Bäumen, mit denen sich der Sage nach vorzeiten die Riesen gegenseitig beworfen hatten. Ebenso faszinierte sie das Hochmoor, das mit seinen braunen Wasserflächen zwischen den grünen Grasmatten voller weißer Wollgräser so ganz anders aussah als die umliegende Gegend. Das Wasser der Nidda-Quelle, die die Wanderer dann erreichten, schmeckte getrunken aus der hohlen Hand frisch und gut, Kaffee und Kuchen später in der Taufsteinhütte ebenso. Letzterer wurde allerdings mit der Gabel gegessen, und für ihr Getränk bekam Jacqueline einen Strohhalm. Ein herrlicher Tag, an dessen Ende dann doch die Füße ein wenig wehtaten.

Der letzte Samstag in den Ferien, es war der 10. August, brachte die Vorbereitung auf Jacquelines neunten Geburtstag. Den wollte das Mädchen gerne noch in Rothenbergen feiern, ehe es am Abend ihres besonderen Tages nach Birstein zurückkehren musste. Er brachte allerdings auch als vorgezogenes Geschenk bereits am Mittagstisch die besondere Nachricht, wie es denn mit ihr weitergehen sollte. Die beiden Kochs wollten es dann doch nicht länger mit ansehen, mit welch einem traurigen Gesicht Jacqueline schon seit ein paar Tagen herumlief und wie sie sich immer mehr in sich zurückzog. Der Gedanke an das Heim und an die Tanten schien ihr größte Mühe zu machen. Das musste und sollte jetzt aber nicht mehr sein. Aus dieser Spannung musste das Kind befreit werden.

»Wann sollen wir denn morgen Abend nach Birstein fahren?«, fragte Karl so nebenbei am Mittagstisch, als der Eintopf beinah aufgegessen war.

»Am liebsten überhaupt nicht«, kam es von Jacqueline wie aus der Pistole geschossen. Sie richtete sich auf, legte ihren Löffel aus der Hand und schaute mit bittenden Augen zwischen den Erwachsenen hin und her. »Ich will nicht wieder ins Heim zurück. Bitte nicht! Ich möchte bei euch bleiben. Bei euch ist es viel schöner.«

»Wäre das ein Geburtstagsgeschenk für dich, wenn du nicht mehr …?«, fragte Hildegard.

Jacqueline hielt für einen Augenblick die Luft an. Dann kam es wie ein erster leiser Jubel aus ihr heraus: »Das allerschönste Geschenk wäre das, Hildegard! Karl, muss ich jetzt wirklich nicht mehr …?«

»Nein, Jacky, du musst nicht mehr«, lüftete Hildegard Koch endlich das Geheimnis. »Du bleibst ganz bei uns.«

»Ich bleibe ganz bei euch?«, wurde der Jubel schon etwas lauter und war doch noch von Zweifel begleitet.

»Wenn Hildegard es dir sagt, ist das so, Jacky«, bestätigte Karl die Aussage seiner Frau. »Wir sind jetzt deine Pflegeeltern und du bist unser Pflegekind. So heißt das in der Amtssprache.«

Jetzt hatte Jacqueline vollends begriffen. Sie sprang von ihrem Sitz auf und drehte eine Jubelrunde durch die Küche. Dann fiel sie ihrem Pflegevater um den Hals, drückte ihm einen Kuss auf die Wange, um dann auch ihre Pflegemutter in die Arme zu nehmen und auch ihr einen Kuss zu geben. Das war das erste Mal, dass das Mädchen in dieser Weise Sympathiegefühle äußerte und das auch gegenüber der Frau. Der war sie bisher immer noch eher distanziert begegnet, wenngleich nicht mehr in der negativen Weise wie noch vor Wochen. Aber jetzt war Hildegard ihre Pflegemutter, und das änderte die Beziehungsgrundlage für jetzt und für die Zukunft.

Nach dem Gefühlsausbruch setzte Jacqueline sich wieder an ihren Platz und sah überhaupt nicht mehr bekümmert aus. Ihr Gesicht strahlte und ihre Augen leuchteten. Sie durfte bleiben! Sie war jetzt Pflegekind des Hauses! Karl und Hildegard waren ihre Pflegeeltern! Herrlich! »Wusstet ihr das schon länger, dass ich hierbleibe?«, fragte sie mit dem Löffel in der Hand und schaute wieder von einem zum andern.

»Wir wussten das seit Anfang der Ferien«, gab Hildegard zu. »Wir hatten es dir halt noch nicht gesagt.«

»Und warum nicht?«

»Na ja, wir wollten erst sehen, wie das klappte, wenn wir so lange Zeit am Stück zusammen sind. Vorher waren das ja immer nur zwei oder drei Tage«, antwortete Karl.

»Dann habe ich mich ja einigermaßen ordentlich benommen«, vermutete Jacqueline.

»Das hast du«, bestätigte Hildegard, »auch wenn es schon mal ein bisschen schwierig war mit dir und mit uns.«

Jacqueline dachte einen Moment nach. Dann fragte sie ein wenig ängstlich: »Und wenn es wieder schwierig wird mit mir? Schickt ihr mich dann doch wieder ins Heim?«

Hildegard atmete einmal tief durch und wies dann diese Frage deutlich zurück: »Nein, Jacky, das tun wir nicht. Du bist jetzt hier und du bleibst hier! Wenn es wieder einmal schwierig wird, müssen wir miteinander sehen, wie wir damit zurechtkommen und die Schwierigkeiten beheben.«

»Na ja, ich geb mir Mühe«, versprach das Mädchen, fragte dann jedoch auf einmal leicht erschrocken: »Wo gehe ich denn dann zur Schule? Ich muss doch am Montag in die Schule.«

»Keine Bange, Kind, das ist bereits geklärt«, beruhigte Hildegard. »Du gehst ab Montag in die Anton-Calaminus-Schule.«

Jacqueline erschrak noch einmal: »Wo ist die denn?«

»An der Niedergründauer Straße, du Dummerchen«, lachte Karl. »Wir waren doch schon mal da und haben dir die hiesige Schule gezeigt.«

»Und wer ist der Anton Kamalinus oder wie der heißt?«

»Anton Calaminus war ein berühmter Lehrer und Pfarrer in Wächtersbach und Hanau, der in der ersten Hälfte des 19. Jahrhunderts in Rothenbergen in die Schule gegangen ist. Nach dem ist unsere Schule benannt.«

»Und in welche Klasse gehe ich bei diesem Anton Kamalinus?«

»Calaminus heißt der, Jacky. Du bist in die dritte versetzt, also gehst du in die dritte.«

»Aber ich habe doch noch Sachen im Heim«, fiel dem Mädchen plötzlich ein. Sie hielt immer noch ihren Löffel in der Hand, dachte aber nicht mehr an ihren Eintopf.

»Nein, Kind, hast du nicht mehr. Karl hat alle deine Sachen inzwischen abgeholt. Du brauchst nicht mehr hinauf nach Birstein«, sagte Hildegard.

»Aber dann kann ich mich ja gar nicht mehr von den Kindern verabschieden, von Karlheinz und von den anderen«, bedauerte Jacqueline.

»Wenn du das gerne möchtest, fahren wir demnächst mal hinauf«, bot Karl der Pflegetochter an.

»Mal sehen, ich weiß aber noch nicht, ob ich das wirklich will«, meinte die und stellte dann fest, dass bei dem Reden der Rest ihres Eintopfs inzwischen ganz kalt geworden sei. »Schmeckt aber trotzdem noch.«

»Du darfst ihn ausnahmsweise stehen lassen«, gestand Hildegard dem Mädchen zu, entgegen der üblichen Regel, nach der jeder Teller, den sich einer selbst gefüllt hatte, auch leer zu machen war. »Es ist ja nicht mehr viel. Nimm gleich den Nachtisch. Zur Feier des besonderen Tages gibt es schon heute Schokoladenpudding.«

Eine rundum glückliche Jacqueline Lee Koch feierte am nächsten Tag ihren neunten Geburtstag. Sie durfte hierbleiben und musste nicht mehr ins Heim zurück! Dass dieses Geschenk für sie das allerwichtigste war, erzählte sie jedem, der ihr gratulierte, vormittags in der Kirche und danach zu Hause, das nun auch ihr wirkliches Zuhause war. Herrlich! Das heißt nicht, dass Jacqueline die anderen Geschenke nicht gewürdigt hätte. Natürlich freute sie sich riesig über das Fahrrad, über die Tierbücher und die Süßigkeiten und über den Hasenstall, der seit dem Morgen dieses Tages auch einen Bewohner hatte.

»Das ist ja der Stall, den ich mit Karl und dem Opa zusammen gebaut habe«, staunte das Mädchen. »Dass da ein Hase für mich rein sollte, hättet ihr mir auch sagen können«, tat das Geburtstagskind ein wenig pikiert.

»Dann hätten wir dir auch schon verraten müssen, dass du für immer hierbleibst, Jacky. Aber das konnten wir ja nicht«, rechtfertigte Opa Eberling das Verhalten seiner Kinder.

»Und wer soll in die zweite Box einziehen?«

»Du hast doch immer von einem Meerschweinchen geträumt. Das kommt da noch rein«, wusste der Opa. »Und ich sage dir noch eins. Du darfst mich aber nicht verraten. Abgemacht?«

»Abgemacht, Opa Eberling! Ist doch Ehrensache!«, versprach Jacqueline und schlug in seine Hand ein.

Opa Eberling flüsterte mehr, als dass er sprach, damit niemand mithören konnte: »Also, demnächst kommt Lumpi. Die Hundehütte, die wir beide gebaut haben, war nicht für die Nachbarn bestimmt. Die ist für uns. Aber die braucht auch noch einen Bewohner.«

Bei dieser Mitteilung hätte Jacqueline am liebsten noch einmal laut aufgejauchzt. Sie musste es sich verkneifen. Sie durfte den Opa doch nicht verpfeifen. Aber ihre Vorfreude war einfach riesig. Welch ein Glückstag für das Mädchen!

Für Jacqueline Lee Garrigan begann mit diesem Tag eine neue und für einige Jahre überwiegend glückliche Zeit. Dass sie ihren Namen behalten musste, erschien ihr zwar dumm und blöd, aber sie begriff die Notwendigkeit, nachdem ihre Pflegeeltern ihr die Sache noch einmal genau erklärt hatten. Sie war ja nur Pflegekind hier im Haus, wie sie vorher Pflegekind im Heim gewesen war. Sie hatte also eigentlich nur das große Kinderheim gegen ein Privatheim eingetauscht, wie sie das nannte. Und jetzt hatte sie einen persönlichen Pflegevater und eine persönliche Pflegemutter. Die mussten ihre Zuwendung nicht auf viele Kinder verteilen. Das war schön und das tat gut, wenngleich es immer einmal wieder Momente gab, in denen zwischen den Erwachsenen und dem Kind Krieg herrschte, weil es für beide Seiten gar nicht so einfach war, sich an die veränderten Lebensbedingungen zu gewöhnen. Da wurde manchmal geschimpft; da flossen gelegentlich Tränen; da gab es auch im Privatheim schon einmal Stubenarrest, Ausgangssperre oder auch Sonderaufgaben, die nicht unbedingt gerne erledigt wurden. Aber alles in allem schien über dem Leben des Mädchens doch mehr die Sonne, als dass der Himmel voller düsterer Wolken hing, aus denen es blitzte, donnerte und regnete.

Dass Jacqueline ihre amerikanische Staatsbürgerschaft behielt, hatte für sie sogar einen gewissen Reiz. Deutsche waren doch alle anderen. Amerikanerin war nur sie. Und nur sie bekam ab und an Besuch aus dem amerikanischen Konsulat in Frankfurt. Den bekam in Gründau-Rothenbergen sonst niemand. Und es bekam auch niemand sonst in ihrer Schule oder im Ort Geld aus Amerika. Der Vater, den sie nicht kannte, musste es nach Deutschland bezahlen, und die Pflegeeltern konnten ihrer Tochter damit immer mal einen Wunsch erfüllen, für den sie sonst kein Geld hatten. Oder sie zahlten es auf das Pflegetochter-Sparkonto ein. Also wollte Jacqueline gerne noch einige Jahre Amerikanerin bleiben …

In der neuen Schule kam Jacqueline einigermaßen gut zurecht. Sie war bei ihren Mitschülern und Lehrern bald angenommen und akzeptiert, zumal sie vom ersten Tag an einen ausgesprochenen Sinn für Gerechtigkeit bewies und sich immer wieder für schwächere und benachteiligte Kinder einsetzte. Dass sie einen anderen Namen trug als ihre Pflegeeltern, ließ bald niemanden mehr Fragen stellen, hatte es sich doch schnell in Rothenbergen herumgesprochen, wer diese neue, schlanke Drittklässlerin mit der dunklen Bubikopffrisur und dem verschmitzt dreinschauenden Gesicht war. Außerdem hatte sie es verstanden, sich gegen solche zu wehren, die sich getrauten, sich mit dem »Flegelkind« auf ein Geplänkel einzulassen. Jacqueline hatte es bereits im Kinderheim gelernt und geübt, sich gegen Dummschwätzer und Nervtöter durchzusetzen – oder ihnen auszuweichen, wenn sie ihr zu stark waren. Aber sie war ja inzwischen älter, größer und stärker geworden.

Jacqueline war zwar keine Spitzenschülerin, aber sie kämpfte sich durch, und was sie an Lerndefiziten aus ihren Birsteiner Schuljahren mitgebracht hatte, konnte sie nach und nach aufarbeiten. Nur mit dem Rechnen tat sie sich schwer. Da brauchte sie immer wieder einmal die besondere Hilfe ihrer Lehrerin und auch die ihrer Pflegeeltern. Viel Freude hatte sie im Sportunterricht. Hier hatte sie Erfolgserlebnisse. Hier gehörte sie dank ihrer Jungenhaftigkeit zu den Besten, ob es draußen um Laufen, Springen und Werfen ging oder drinnen in der Halle um Turnen auf der Matte und an Barren und Reck. Am meisten Freude machte ihr allerdings der Musikunterricht, der in ihrer neuen Schule viel besser war als in der alten. Sie möchten doch überlegen, bekamen Karl und Hildegard Koch bald gesagt, ob sie ihre Pflegetochter nicht ein Instrument lernen lassen wollten. Flötenunterricht gebe es in der Schule ohnehin, aber Klavierunterricht sei auch sicherlich sinnvoll. Das Talent dazu habe das Mädchen. Warum also nicht?

Jacqueline mit ihrem neuen Fahrrad und am Klavier (Weihnachten 1974)

Wenn die Lehrer in der Schule schon der Meinung waren und wenn sogar der Musiklehrer, der zugleich Klavierlehrer war, noch einen Termin frei hatte, dann sollte zumindest der Versuch gemacht werden. Bereits nach wenigen Probestunden äußerte sich Herr Komma bereits sehr zufrieden. Der Klavierkauf konnte also perfekt gemacht werden. Das Geld dafür hatte sich inzwischen auf Jacquelines Konto angesammelt.

In der methodistischen Gemeinde an der Kirchbergstraße war Jacqueline bei ihrem endgültigen Einzug in Rothenbergen ja bereits bekannt. Jetzt gehörte sie fest zu der Gruppe, die regelmäßig die Sonntagsschule besuchte, wie in der Gemeinde die Kinderkirche genannt wurde. Auch hier war das Mädchen bald wie selbstverständlich angenommen. Und sie war mit Freude dabei, die fröhlichen geistlichen Kinderlieder zu singen, besonders die von der Wetzlarer Kinderchor-Tante Margret Birkenfeld. Hatte die tolle Lieder gemacht! Besonders gefiel Jacqueline das Lied »Ja, Gott hat alle Kinder lieb, jedes Kind in jedem Land. Er kennt alle unsre Namen, alle unsre Namen, hält uns alle, alle in der Hand.« Zu diesem Lied konnte man sich zwischen den Strophen rasch so neckisch anders anziehen, als Eskimo, als Chinesen-, Neger-, Indianer- und Zigeunerkind. Und zuletzt durfte jedes Kind einfach es selbst sein, weil Gottes Liebe eben für jedes Kind gleich galt. Das machte Spaß!

Freude machte es auch, biblische Geschichten zu hören, zu lesen und sie nachzuspielen. Letzteres mochte Jacqueline ganz besonders. Sie liebte es, sich zu verkleiden und sich immer wieder neu in fantastischen Kostümen zu zeigen und darin herumzulaufen. Das hatte sie in Birstein schon gerne getan. Die hatten dort eine große Truhe mit allen möglichen getragenen Kleidungsstücken. Zu ihrer Freude hatte Hildegard auch einen Schrank mit alten Klamotten, die sich vorzüglich dazu eigneten, sich als Clown, als Opa, als Prinzessin, als Fee, als Hexe oder sonstwie auszustaffieren. Das machte Spaß, und wo immer es etwas darzustellen gab – in der Schule, in der Gemeinde, bei Festen und Feiern –, war Jacqueline begeistert dabei. Herrlich!

Irgendwann im Winter behielt Onkel Herbert, der Leiter der Sonntagsschule, Jacqueline nach dem Kinderprogramm zurück. »Ich muss dich etwas fragen, Jacqueline.« Onkel Herbert nannte das Mädchen immer mit seinem richtigen Namen.

»Dann frag mich doch, Onkel Herbert. Was hab ich ausgefressen?«, zeigte sich das Mädchen offen für das, was wohl jetzt käme.

»Ich stelle dir die wichtigste Frage, die man einem Menschen stellen kann«, machte es der Mann spannend.

»Dann stell sie doch!«, forderte das Mädchen und schaute ihren Sonntagsschulleiter mit großen auffordernden Augen an.

»Gut.« Er holte tief Luft und stellte seine Frage: »Glaubst du an Gott, Jacqueline?«

Die Antwort kam prompt: »Natürlich glaube ich an Gott.«

»Und was glaubst du von Gott?«

»Gott hat mich geschaffen, und ich bin wertvoll für ihn. Steht bei mir über dem Bett. Und er hat mich lieb. Er hat alle Kinder und alle Menschen lieb. Er ist der Vater im Himmel. Wir haben das doch heute noch gesungen.«

»Was haben wir heute gesungen?«

»Ich sag's dir. Ich kann's auswendig: ›Wo ich gehe, wo ich stehe, ist der liebe Gott bei mir. Wenn ich ihn auch niemals sehe, weiß ich dennoch: Gott ist hier.‹ Das singe ich nicht nur, das glaube ich auch. Zufrieden?«

»Nicht ganz. Ich stelle dir noch eine Frage: Ist der Herr Jesus dein Heiland? Oder anders: Gehört dem Herrn Jesus dein Herz und dein junges Leben?«

»Natürlich ist der Herr Jesus auch mein Heiland. Der ist doch auch für mich gestorben. Aber mein Leben gehört doch mir und vielleicht jetzt auch ein bisschen meinen Pflegeeltern.«

»Deine erste Antwort ist gut, Jacqueline«, freute sich der Sonntagsschulleiter. »Aber über die zweite müssen wir uns noch ein bisschen unterhalten.«

Das taten die beiden dann auch, und Onkel Herbert machte dem Mädchen deutlich, dass der Mensch sein Leben bei Jesus abgeben muss, wenn er in den Himmel kommen will, und je früher der Mensch das macht, desto besser ist es; dass Jesus für ein Leben sein muss wie ein König für sein Volk, wie ein Chef für seine Firma, wie ein Rektor für seine Schule, wie ..., weil nur der Eigentümer weiß, was für sein Eigentum gut und richtig ist, weil nur Jesus weiß, was wirklich für den Menschen gut ist und wie der Weg aussieht, der in den Himmel führt ...

Am Ende des langen Gesprächs legte Onkel Herbert Jacqueline ein Gebet vor. »Lies es dir durch und dann sag mir, ob du es mit mir beten willst. Wenn du es von Herzen gebetet hast, gehört dein Leben Jesus. Dann ist er der Eigentümer von deinem Leben. Dann sagt er dir durch sein Wort in der Bibel und durch Lieder und durch Menschen, die ihm auch gehören, wie du so leben kannst, dass es ihm gefällt und dir selbst und den Menschen um dich herum Freude macht. Der Herr Jesus selbst hilft dir dabei, dass es richtig und gut wird. Also, nimm dir einen Moment Zeit.«

Jacqueline las den Text mehrmals durch, dann blickte sie von dem Papier auf und sagte: »Das hab ich schon mal als Lied gehört. Allerdings ein bisschen anders. Aber das beten wir jetzt zusammen, Onkel Herbert. Das ist gut. So will ich es.«

Und so geschah es dann auch. Die beiden falteten ihre Hände und beteten zusammen, wie der Text auf dem Blatt stand:

So nimm nun meine Hände und führe mich,
Herr Jesus, bis zum Ende und ewiglich.
Ich mag allein nicht gehen, nicht einen Schritt;
wo du wirst gehn, Herr Jesus, da nimm mich mit.
In dein Erbarmen hülle mein junges Herz
und mach es gänzlich stille in Freud und Schmerz.

Jacqueline und ihre Pflegeeltern (1975)

Lass ruhn zu deinen Füßen, Jesus, dein Kind;
es will die Augen schließen und glauben blind.
Wenn ich auch gleich nichts fühle von deiner Macht:
Du führst mich doch zum Ziele auch durch die Nacht.
So nimm nun meine Hände und führe mich
bis an mein selig Ende. Jesus, ich liebe dich. – Amen

Onkel Herbert hängte noch ein paar Sätze eines eigenen Gebetes für Jacqueline an. Dann sagte er: »So ist es recht, Jacqueline, ich freue mich. Der Herr Jesus segne und behüte dein junges Leben und deinen Weg. Lass dich von ihm führen, dann wird der Weg gut. Nimm dir noch dies Kärtchen mit. Lies und bete den Text jeden Tag zu Anfang deines Morgengebets und auch deines Abendgebets. Das hilft, bei Jesus zu bleiben.«

Jacqueline nahm das Kärtchen und las laut vor, was da stand: »*Jesus sprach zu Petrus: Ich habe für dich gebeten, dass dein Glaube nicht aufhöre. Lukas 22,32.* Drunter steht: *Komm in mein Herz, Herr Jesus, kommt jetzt hinein. Nimm es ganz ein. O komm in mein Herz, Herr Jesus.*« Nachdem sie es wohl noch einmal still gelesen hatte, sagte sie: »Das ist schön. Danke für das Kärtchen.

Ich mach's, wie du's gesagt hast, Onkel Herbert. Und jetzt muss ich gehen. Meine Pflegeeltern sind sicher lange zu Hause und warten mit dem Essen.«

»Sag ihnen einen Gruß und erzähl ihnen von dieser halben Stunde, Jacqueline. Und jetzt lauf. Aber gib acht auf den Straßen«, verabschiedete der Mann das Mädchen.

»Mach ich, Onkel Herbert. Aber ich laufe nicht. Ich bin mit dem Fahrrad hier.«

Eine Minute später schaute der Sonntagsschulleiter dem Kind nach. Er hätte nach der besonderen Stunde mit Jacqueline in diesem Moment wohl gerne ein paar Jahre nach vorne geschaut. Welchen Weg hatte Jesus für dieses temperamentvolle Mädchen wohl vorgesehen? Lebensübergaben an den Heiland der Welt von so jungen Menschen gerieten in den Jahren der Pubertät durch die Veränderungen im eigenen Körper und in der Seele und unter den wachsenden wechselnden Einflüssen von außen leicht in Gefahr. Aber was für Petrus gegolten hatte, durfte auch für Jacqueline gelten: »Ich habe für dich gebeten, dass dein Glaube nicht aufhöre.« Die Zeit würde die Wahrheit dieses Wortes lehren. Außerdem waren die gläubigen Pflegeeltern und die Gemeinde ja auch da, die sich um den jungen Glauben kümmerten und das kleine Pflänzchen hüteten und pflegten …

Pflegebruder Karlheinz

Der Tag vor Jacquelines zwölftem Geburtstag, Mittwoch, der 10. August 1977, brachte für Familie Koch eine Überraschung mit weitreichenden Folgen. Da stand kurz vor Mittag plötzlich ein schlaksiger junger Mann in der Werkstatt von Karl Koch, stellte seine Reisetasche ab und stellte sich vor: »Ich bin Karlheinz Neider. Ich komme aus Gelnhausen und soll mich bei Ihnen vorstellen.«

Für einen Moment konnte der Schreiner die Situation nicht einordnen. Er hatte doch nirgendwo eine Hilfskraft oder einen Ferienarbeiter angefordert. Dafür war dieser Junge sowieso zu jung. Wer war das und was wollte der? In Karls Kopf arbeitete es fieberhaft. Dann dämmerte ihm, weshalb dieser junge Mann hier bei ihm auftauchte. Ihm fiel ein, dass sie, die Eheleute und Pflegeeltern Koch, bereits vor längerer Zeit dem Jugendamt in Gelnhausen mitgeteilt hatten, dass sie bereit seien, ein weiteres Kind in die Familie aufzunehmen, wenn es denn eins gebe, das zu ihrer Jacqueline passen könnte. Bisher hatte sich das Jugendamt allerdings nicht wieder gemeldet. »Schickt dich die Frau Wilfer?«, fragte er den Jungen.

»Genau. Vor einer Stunde saß ich noch in ihrem Büro«, antwortete der. »Ich habe einen Brief von der Frau dabei. Den soll ich Ihnen geben. Frau Wilfer hat mir gesagt, dass Sie sich kennen.« Karlheinz bückte sich und zog den Umschlag aus dem Seitenfach seiner Reisetasche.

»Richtig«, bestätigte Karl Koch. »Die Frau Wilfer kennen wir schon lange.« Er ließ sich den Brief reichen und überflog das Schreiben rasch. Dann sagte er: »Wenn ich das hier richtig sehe, bist du auf der Suche nach einer Pflegefamilie?«

»Das bin ich, und deshalb soll ich mich bei Ihnen vorstellen. Vielleicht erinnern Sie sich ja an mich. Wir sind uns nämlich schon mehrmals begegnet. Und ich stand schon mal auf Ihrer Liste.«

»Wir sind uns schon begegnet, und du standest auf unsrer Liste?« Karl Koch schaute dem Jungen ungläubig ins Gesicht und forschte dabei in seinem Gedächtnis. »Mir fällt dazu nichts ein. Du musst mir schon auf die Sprünge helfen, Junge. Sag doch noch einmal deinen Namen.«

In gerade diesem Augenblick wurde die Werkstatttür geöffnet. Jacqueline steckte ihren Kopf herein. »Karl, kann ich …« Sie wollte ihren Pflegevater anscheinend etwas fragen. Als sie den Jungen an seiner Werkbank stehen sah, brach sie ihren Satz ab und tat einen Freudenschrei: »Das ist doch wohl nicht wahr! Karlheinz! Karlheinz Neider! Wo kommst du denn her? Was willst du denn hier?«

Von dem Jungen kam ein ebenso freudiges und erstauntes »Jack!« zurück. Und schon hielten sich die beiden Kinder in den Armen. Dann hielten sie sich die Hände, lachten sich an und tanzten ein paar Runden durch die Werkstatt. Dann blieben sie – immer noch lachend und Hände haltend – vor dem Schreiner stehen, der die Situation weiterhin nicht einordnen konnte.

»Kennst du den Karlheinz denn nicht mehr, Papa?«, fragte Jacqueline, und dabei kam ihr zum ersten Mal das »Papa« über die Lippen. Karl registrierte es mit Erstaunen – ob das etwas mit diesem Jungen zu tun hatte? –, und dann fiel ihm auch ein, wer der Junge war: »Karlheinz Neider; Kinderheim Birstein, 1974. Junge, jetzt erinnere ich mich. Da standest du tatsächlich auch auf unserer Liste. Nur weiter unten.« Nach einem Moment der Überlegung, was wohl jetzt zu tun sei, beauftragte er das Mädchen: »Ruf bitte bei der Wibau AG an und sag der Mutti, sie möchte schon heute ein paar Stunden freinehmen und möglichst bald nach Hause kommen. Die nächsten Tage hat sie ja sowieso frei. Sag ihr, Karlheinz ist da.« Bei diesen Worten hatte Karl Koch die Situation sofort genutzt und Jacquelines »Papa« sein »Mutti« folgen lassen. Ob das Mädchen das »Mutti« als Hinweis verstand, diese Anredeform doch endlich zu übernehmen?

»Ich ruf Mutti sofort an. Ich bin schon weg.« Jacqueline stürzte los, um den Auftrag sofort auszuführen. Dabei fing sie den Ball tatsächlich auf und benutzte das »Mutti«, wie sie es bisher nie getan hatte. Das musste tatsächlich etwas mit dem Jungen zu tun haben. Wollte sie Karlheinz damit ein bestimmtes Signal geben, damit er ihr Hiersein und ihr Verhältnis zu ihren Pflegeeltern richtig einordnete? Das mochte die Erklärung sein, ging es Karl Koch durch den Sinn, während er seine Arbeit wieder aufnahm. »Ich muss diesen Rahmen noch fertig verleimen, Karlheinz. Kannst du mit anfassen? Dann geht es schneller. Nachher haben wir dann Zeit füreinander.«

Gerne spielte der Junge den Helfer. »Ich habe einen Griff wie eine Zwinge, Herr Koch.« Er stellte sich dabei tatsächlich so geschickt an, dass er sich ein ausdrückliches Lob des Schreiners einheimste.

Jacqueline war inzwischen vom Telefonieren zurück und rief: »Die Mutti kommt gleich.« Dann stellte sie sich neben die beiden Männer und schaute zu. »Manchmal muss ich dem Papa auch mit anfassen«, erklärte sie, »aber so geschickt wie du bin ich dann doch nicht. Erzählst du uns was über dich, Karlheinz?«

»Nachher, Jack, wenn deine Mutti dabei ist«, vertröstete der Junge auf später. »Dann muss ich nicht zweimal erzählen.« Dann wandte er sich an Herrn Koch: »Kann ich bei Ihnen zu Mittag essen? Ich weiß nicht, wo ich sonst was kriege.«

»Das ist ja wohl selbstverständlich, Junge«, betonte Karl Koch. »Du bist unser Gast. Und was später wird, werden wir sehen.«

Später saßen sie dann zu viert um den Küchentisch und Karlheinz musste erzählen. Eine interessante, spannende und zugleich traurige Geschichte kam da zum Vorschein:

Im Februar 1976 starb das Fräulein Ursula, die ältere der beiden Schwestern Mühlhausen, plötzlich und unerwartet. Ihre Schwester, Fräulein Anneliese, inzwischen auch schon 62 Jahre alt, beendete daraufhin ihre bisherige Arbeit und schloss das Kinderheim. Die Kinder wurden vom Jugendamt auf andere Heime verteilt oder kamen in Pflegefamilien. Karlheinz kam in eine Familie in Birstein, die selbst eigene Kinder hatte. Für den Jungen war das allerdings keine gute Pflegestelle. Als die Frau sich dann auch noch scheiden ließ und mit ihren Kindern zu einem anderen Mann nach Krefeld im Rheinland zog, musste Karlheinz mit. Schrecklich und nicht zum Aushalten! Sein dreizehnter Geburtstag vor sechs Wochen war eine einzige Katastrophe. Bis zum Ferienbeginn in Nordrhein-Westfalen hielt Karlheinz es in der Pflegefamilie aus. Dann packte er kurzerhand seine Sachen und fuhr auf eigene Faust zu seinem Großvater nach Gelnhausen. In der Kreisstadt ging er dann zum Jugendamt, schilderte dort seine Lebensbedingungen und bat dringend darum, für ihn eine andere Pflegestelle, notfalls auch ein anderes Heim zu suchen. Zu diesen Leuten nach Krefeld ginge er jedenfalls nicht wieder zurück. Nie und nimmer!

»Und da hat sich Frau Wilfer an Sie erinnert«, erzählte Karlheinz weiter. »Sie hätten bereits vor längerer Zeit einen zweiten Pflegeplatz angeboten.«

»Das haben wir tatsächlich«, bestätigte Hildegard Koch. »Wir waren hier in der Familie übereingekommen, dass Jacky ein Geschwisterkind gebrauchen könnte. Ob Junge oder Mädchen, darauf haben wir uns nicht festgelegt. Nur das Alter sollte zu Jacky passen.«

»Ich bin dreizehn. Könnte ich ein Bruder für meine alte Heim-Freundin Jack sein?«, griff der Junge den Gedanken sofort auf und schaute erwartungsvoll in die Runde.

»O ja, Mutti und Papa, das wär was!«, rief Jacqueline begeistert, fing sich damit aber prompt einen missbilligenden Blick ihrer Pflegemutter ein.

Ganz schön forsch und selbstbewusst, dieser Karlheinz, ging es der Frau durch den Kopf. Auf Jacquelines Bemerkung ging sie nicht ein, sagte aber zu dem jungen Gast: »Diese Frage können wir dir so schnell nicht beantworten, Karlheinz. Du kommst uns sehr plötzlich. Da musst du uns schon ein bisschen Zeit lassen.«

»Kann ich denn für ein paar Tage bei Ihnen bleiben, damit Sie mich wenigstens etwas kennenlernen können?«, fragte der Junge mutig und schaute wieder bittend in die Runde.

Hildegard Koch suchte die Augen ihres Mannes, nachdem sie mit einem scharfen Blick die nächste Spontanreaktion ihrer Pflegetochter unterbunden hatte. Der würde es sicher gefallen, wenn Karlheinz ... Ihr Karl schien zu signalisieren, dass er keine Einwände habe. Also holte die Hausfrau tief Luft: »Gut, Junge. Du kannst zunächst mal bis morgen hierbleiben. Ein Bett für dich haben wir. Jacky freut sich über dich als besonderen Geburtstagsgast, und danach sehen wir weiter. Einverstanden?«

»Und wie ich mich freue!«, sprach das Mädchen zugleich vor sich hin und fing sich damit wieder einen kritischen Blick ein.

»Gerne einverstanden, Frau Koch«, freute sich der Junge. »Ich gebe mir auch Mühe, Ihnen nicht viel Arbeit zu machen. Ich brauche nur einen Schlafplatz und den Platz am Tisch und vielleicht ein Handtuch zum Abtrocknen. Die anderen Nachtsachen habe ich bei mir. Ich kann auch gerne noch ein bisschen in der Werkstatt helfen oder was andres tun.«

Ein erstaunliches Verhalten eines Dreizehnjährigen, ging es

Hildegard Koch durch den Sinn. Ihrem Mann mochte es ähnlich gehen. Der Junge war offenbar weiter als andere Gleichaltrige. »Ihr beiden könnt ein bisschen nach draußen gehen«, schlug sie den beiden jungen Leuten vor. »Ihr habt euch sicher manches zu erzählen. Wir beide haben hier noch miteinander zu reden. Wir melden uns, wenn Karl wieder in die Werkstatt geht oder wenn wir euch brauchen.«

So geschah es dann auch. Karlheinz folgte Jacqueline nach draußen und die beiden Erwachsenen nahmen sich Zeit, um die neue Situation gründlich miteinander zu bedenken und um für die richtige Antwort auf die plötzlich aufgetretene Frage zu beten. Dabei ging es zum einen um Jacquelines neue Art und Weise, ihre Pflegeeltern anzureden. Die beiden werteten das »Papa« und das »Mutti« als Zeugnis dafür, dass das Mädchen endlich akzeptiert hatte, welche Rolle sie in seinem Leben spielten – eine veränderte Haltung, die sich vielleicht längst angebahnt hatte und die durch das Auftauchen von Karlheinz endlich auch ihren Ausdruck fand. Der damalige Freund aus dem Kinderheim sollte offenbar erfahren, dass sie, seine »Jack«, hier ihr Zuhause gefunden hatte.

Zum anderen ging es natürlich ausführlich um die Frage, ob es sinnvoll sei, zu ihrer morgen zwölfjährigen Pflegetochter den inzwischen dreizehnjährigen Jungen als Pflegesohn hinzuzunehmen. Jetzt waren beide noch Kinder – aber nicht mehr lange. Was würde sein, wenn sie beide in der Pubertät steckten, wenn in ihnen die Frau und der Mann erwachten, und das angesichts der Tatsache, dass sie ja keine leiblichen Geschwister waren? Bestand nicht die Gefahr, dass die beiden jungen Leute andere als geschwisterliche Gefühle füreinander entwickelten? Würde Jacquelines junger Glaube ihr Halt in der möglichen Versuchung geben können? Was hielt Karlheinz vom christlichen Glauben? Ob der Junge mit in die Gemeinde ging? Ließ der sich noch in die Gruppe der älteren Sonntagsschulkinder eingliedern oder vielleicht auch schon in die Jugendgruppe? Hatte er überhaupt irgendwelche geistlichen Vorerfahrungen?

Ein Anruf bei Frau Wilfer im Jugendamt Gelnhausen ergab, dass sie vergeblich versucht hatte, die Familie auf den Besuch von Karlheinz vorzubereiten. Bedauerlich, aber nun sei der Junge ja bereits im Haus und habe sich mit seinem Anliegen ja auch schon selbst eingeführt. Sie, Frau Wilfer, könne ihnen nur zuraten, den Jungen aufzunehmen. Er erscheine geistig reifer als die meisten Gleichaltrigen, was schon dadurch deutlich werde, dass Karlheinz sein Schicksal ein Stück weit selbst in die Hand genommen habe. Er sei dem Zeugnis nach ein ausgezeichneter Schüler, der seine Schullaufbahn auf der Realschule in Gelnhausen fortsetzen könne und wohl geeignet sei, eines Tages das Abitur, mindestens aber das Fachabitur zu machen, um danach irgendein Studium aufzunehmen. Bedenken, es könne zwischen den heranwachsenden jungen Leuten zu sexuellen Konflikten kommen, hielt Frau Wilfer für unbegründet. Das sei auch eine Frage der sachgerechten Aufklärung und der Führung der Jugendlichen durch die kritischen Entwicklungsjahre. Aber diese Führung könnten sie, das Ehepaar Koch, sicher leisten. Und sollte es Probleme geben, dann stünden die Fachleute des Jugendamtes jederzeit zur Hilfe zur Verfügung. »Ich würde mich sehr freuen – auch für Karlheinz Neider –, wenn Sie den Jungen bei sich aufnehmen würden. Ich erwarte Ihren Anruf oder noch lieber Ihren Besuch bei mir im Amt. Alles Gute und leben Sie wohl.« Mit diesen Worten beendete die Sozialhelferin das Telefonat mit Hildegard Koch.

Wussten die beiden Pflegeeltern jetzt mehr? Waren sie der richtigen Entscheidung nähergekommen? Hildegard und Karl Koch beschlossen, nach gutem Brauch über dem Problem wenigstens eine Nacht vergehen zu lassen, jeder an seinem Platz um Klarheit zu beten und ansonsten auf Signale zu achten, die Gott ihnen vielleicht geben würde.

Jacquelines zwölfter Geburtstag wurde für sie ein richtig fröhlicher Festtag. Das wurde er auch für den jungen Gast, der am Vortag so überraschend aufgetaucht war. Der Tag war ein Ferientag auch für die Pflegeeltern, die heute auf ihre Arbeit in der Schreinerwerkstatt und am Schreibtisch in der Firma verzichteten. Der Tag war auch ein Sommertag, an dem sich das Leben und Feiern zumeist draußen auf dem Hof und im Garten abspielte.

Nach dem Kaffeetrinken der Geburtstagsgesellschaft zog Karl Koch sich mit Karlheinz in die Werkstatt zurück. Er müsse mit dem Jungen ein paar Dinge besprechen. Jacqueline wollte gerne dabei sein, aber der Papa ließ es nicht zu. »Du hast doch Karola und Pia. Deine Freundinnen müssen dir jetzt reichen. Karlheinz gehört für ein paar Minuten mir.«

»Aber bitte nicht zu lang, Papa. Es ist bald Abend und dann muss er doch zurückfahren, und ich will vorher noch ein bisschen von ihm haben und mich mit ihm unterhalten«, sorgte sich das Mädchen um die verbleibende Zeit mit dem Freund aus den früheren Heimjahren.

»Gedulde dich, Jacky«, mahnte Karl Koch. »Du wirst schon früh genug erfahren, worum es uns geht.«

Jacqueline gab sich zufrieden und hatte plötzlich eine Ahnung, was der Papa wohl gemeint hatte. Sie ließ ihre beiden Freundinnen stehen, suchte schnellstens die Mutti, fand sie in der Küche, wo sie einen Kartoffelsalat anrührte, und fragte ganz direkt: »Glaubst du, Mutti, der Papa nimmt ihn?«

»Was meinst du, Kind? Wen soll der Papa nehmen?«

»Ich meine, ob Papa mir noch ein Geburtstagsgeschenk macht?«

»Ich versteh dich immer noch nicht«, erwiderte Hildegard Koch ein wenig ungeduldig.

»Du kapierst auch nichts, Mutti!« Jacqueline schüttelte den Kopf und hüpfte ungeduldig von einem Bein aufs andere. »Mutti! Ich meine, ob Karlheinz hierbleiben darf und mein Pflegebruder wird.«

Hildegard blickte von ihrer Salatschüssel auf und unterbrach ihr Rühren. »Würde dir das gefallen?«

»Das wäre jedenfalls mein größtes Geburtstagsgeschenk, Mutti«, wiederholte das Mädchen sich selbst. »Wir haben uns im Heim schon immer gut verstanden. Das weißt du doch noch. Und wir werden uns auch hier wieder gut verstehen. Bitte, Mutti, sag dem Papa, er soll ihn nehmen.«

Hildegard Koch musste innerlich lächeln über das Werben des Kindes um den Bruder. Zugleich aber ging auch die Frage noch einmal durch ihren Sinn, ob das wirklich gutgehen würde, wenn sie künftig ihre Zuwendung zwischen zwei Pflegekindern aufteilen müsste, nachdem sie endlich die Zuneigung des Mädchens gewonnen hatte. Aber sie war sich einig mit ihrem Karl, das Risiko zu wagen. Sie hatten seit gestern beide den Eindruck gewonnen, dass Gott ihnen den Jungen ins Haus geführt hatte. Waren ihnen nicht die Losung aus Psalm 41,2 und der Lehrtext des Tages aus Apostelgeschichte 20,35 wie die erbetenen Zeichen erschienen:

Wohl dem, der sich des Schwachen annimmt! Den wird der Herr erretten zur bösen Zeit und *Ich habe euch in allem gezeigt, dass man so arbeiten und sich der Schwachen annehmen muss im Gedenken an das Wort des Herrn Jesus, der selbst gesagt hat: Geben ist seliger als nehmen.*

Nein, deshalb konnten und wollten sie den Jungen auch nicht wieder wegschicken. Zu Jacqueline sagte sie: »Lass dich überraschen, was gleich passiert, wenn Papa und Karlheinz aus der Werkstatt zurückkommen.«

Etwa eine Viertelstunde später kamen die beiden zurück auf den Hof. Beide strahlten über das ganze Gesicht, als sei etwas passiert, das sie froh und glücklich machte. Jacqueline, die mit ihren beiden Freundinnen inzwischen auf dem Werkstatthof Hüpfkästchen spielte, fiel die gute Stimmung der beiden sofort auf. Das Gespräch zwischen ihrem Pflegevater und Karlheinz musste gut gewesen sein und ein gutes Ergebnis gebracht haben. Papa hatte sicher Ja gesagt. Jacqueline stieß einen lauten Jauchzer aus. »Er nimmt ihn! Er nimmt ihn!«, rief sie, dass es im Garten und auch im Haus zu hören war. Dann ließ sie Spiel Spiel sein, lief auf die beiden zu und fiel zuerst Karlheinz um den Hals und dann dem Papa. »Karlheinz wird mein Bruder! Hurra! Danke, Papa! Danke, Mutti! Das ist mein schönstes Geschenk!« Das Mädchen nahm den Jungen genau wie gestern bei den Händen und wirbelte mit ihm ein paarmal über den Hof, nahm dann die erstaunten Freundinnen Karola und Pia mit in den Kreis und drehte noch ein paar Runden. Welch eine Freude! Karlheinz wurde ihr Bruder! Der Freund aus dem Heim gehörte ab sofort zur Familie. Und er hatte dieselben Pflegeeltern wie sie, Jacqueline Lee Koch.

Jacqueline Lee Koch? Dieser Gedanke machte dem Mädchen plötzlich Unruhe. »Heißt Karlheinz dann auch Koch?«, fragte sie die Mutti, die inzwischen mit zwei Salatschüsseln in ihren Händen nach draußen gekommen war und den Freudentanz der Kinder gerade noch mitbekommen hatte.

»Natürlich nicht, du Geburtstags-Mädchen. Du heißt doch auch nicht Koch, sondern immer noch Garrigan wie dein leiblicher Vater, Kind«, gab die Mutti zurück.

»Ich will aber Koch heißen! Warum kann ich nicht endlich

Karl und Hildegard Koch mit ihren beiden Pflegekindern (1977)

Koch heißen wie ihr? Ich will nicht mehr Garrigan heißen! Ich kenne doch meinen Vater überhaupt nicht«, rief Jacqueline zornig und stampfte wütend mit dem Fuß auf.

»Über diese Frage denken wir jetzt nicht nach, Jacky«, wies der Papa diesen Gedanken nachdrücklich zurück. »Jetzt feiern wir erst einmal Karlheinz' Einzug in die Familie. Das ist für heute genug Grund zur Freude. Kommt, ihr beiden, und helft, dass wir den Grill in die Gänge kriegen und die Wurst auf den Rost. Ich hab Hunger und ihr sicher auch und Pia und Karola ebenso, stimmt's, ihr beiden?«

»Stimmt, Onkel Karl, sogar einen Bärenhunger«, bestätigten die beiden Schulfreundinnen des Geburtstagskindes und griffen wie Jacqueline und Karlheinz nach Holzscheiten, um sie auf den Grill zu schichten.

Schon am nächsten Tag fuhren Hildegard und Karl Koch mit den beiden Kindern nach Gelnhausen. Es war notwendig, einen Besuch bei Karlheinz Großvater zu machen, um mit ihm über die neue Lage für seinen Enkel zu sprechen und die restlichen Sachen des Jungen zu holen. Danach ging es zum Jugendamt, um dort die Aufnahme von Karlheinz als Pflegesohn in die Familie Koch amtlich zu regeln und die entsprechenden Unterschriften zu leisten. Danach nahmen sich die vier noch ein paar Stunden Zeit, um durch die Straßen und über die Plätze der schönen alten

Barbarossa-Stadt zu bummeln, war es doch immer wieder lohnend, die schönen Fassaden der vielen historischen Gebäude anzuschauen.

»Woher hat die Stadt eigentlich den komischen Beinamen? Barbarossa-Stadt?«, fragte Jacqueline ihren Pflegebruder, als der diesen Begriff einmal gebraucht hatte.

»Weil Kaiser Friedrich I. so genannt wurde«, erklärte Karlheinz. »Der hat 1170 die Stadt gegründet. Er war ein Kaiser aus dem Geschlecht der Staufer und hatte einen roten Bart. Deshalb hieß er Rotbart oder Barbarossa. Das ist italienisch oder so. Von dem stammt auch die Kaiserpfalz unten an der Kinzig.«

»Du weißt eine Menge, mein neuer Flegelbruder«, staunte Jacqueline und fuhr mit einem gewissen Stolz in der Stimme fort: »Ich weiß aber auch was.«

»Und was weißt du?«, forschte der neue Bruder zugleich mit seiner neuen Pflegemutter.

»Ich weiß, wer die drei berühmtesten Leute sind, die in Gelnhausen geboren sind.«

»Und wer sind die?«, kam die Frage jetzt vom Pflegevater.

»Das sind der Johann Jakob Christoffel von Grimmelshausen und der Philipp Reis.«

»Als ob du von denen sonst noch was wüsstest als nur ihre Namen, Flegelschwester«, feixte Karlheinz und knuffte das Mädchen auf den Oberarm. Dass Jacqueline von dreien gesprochen hatte, war ihm anscheinend entgangen.

»Warte du, du Simplissimus«, schlug die zurück. »Zumindest so ähnlich heißt ein wichtiges abenteuerliches Buch von dem Grimmelshausen. Und der ist 1622 geboren und müsste eigentlich Johann Jakob Christoffel von Gelnhausen heißen, weil er in Gelnhausen geboren ist und nicht in Grimmelshausen.«

»Ha ha, Jack Scherzliese«, lachte Karlheinz. »Und der Philipp hat wahrscheinlich am liebsten Reis gegessen und deshalb heißt er so.«

»Ob der gerne Reis gegessen hat, weiß der Philipp. Ich nicht«, erwiderte das Mädchen. »Jedenfalls war der Philipp Reis ein berühmter Erfinder.«

»Und was hat der erfunden?«, hakte der Junge nach.

»Das Telefon, du Depp, dieses schwarze Ding an der langen Schnur mit der Drehscheibe und den zehn Ziffern und dem Hörer auf der Gabel, wenn man gerade nicht reinspricht oder raushört und mit der man nicht essen kann und das zu Deutsch Fernsprecher heißt«, erklärte Jacqueline, ohne einmal im Satz Luft zu holen. »Jetzt weißt du's«, setzte sie hinzu und musste über ihre eigene Erklärung lachen.

Die Pflegeeltern Koch, die ein paar Meter hinter den beiden den Obermarkt überquerten, amüsierten sich köstlich über den Dialog der Kinder. Das ließ sich gut an mit den beiden. Mit Gottes Hilfe würde es auch gut weitergehen, versicherten sie sich gegenseitig noch einmal. Dann erinnerte Hildegard Koch ihre Jacky daran, sie habe aber doch von drei berühmten Leuten gesprochen, die in Gelnhausen geboren seien.

»Natürlich waren es drei«, gab das Mädchen lachend zurück. »Schaut mich an!« Sie blieb stehen und wandte sich zu den Eltern um. Dann stellte sie sich in Pose und grinste über das ganze hübsche Gesicht. »Ist Jacqueline Lee Garrigan – noch immer nicht Koch – etwa kein berühmter Mensch?«

»Ha, ha, ha! Was noch nicht ist, kann ja vielleicht noch werden, du eitle Flegelschwester, Tschuldigung: meine edle Pflegeschwester«, machte Karlheinz sich lustig. »Weißt du denn wenigstens auch, in welchen Häusern die drei berühmten Leute geboren sind?«

»In welchem Haus ich geboren bin, weiß ich nicht. Ich war zwar dabei, aber ich war noch zu klein und zu müde, um richtig hinzugucken. Die Geburtshäuser der beiden Männer kenne ich. Die kann man besichtigen. Dazu habe ich aber keine Lust.«

»Ich allerdings auch nicht«, stimmte Karlheinz zu. »Aber wir könnten den Philipp Reis auf dem Untermarkt besuchen. Da steht der nämlich rum.«

»Und dann gehen wir irgendwo essen, ihr beiden«, ließ sich jetzt Karl Koch vernehmen. »Mich gelüstet es nach einem Schnitzel oder so was Ähnlichem. Gehen wir, Hildegard?«

»Wir beide gehen«, bestätigte die Frau. »Die Kinder werden eh nichts essen wollen.«

Diese Feststellung verursachte den erwarteten lauten Protest. »He, ihr Flegeleltern. So geht's aber nicht! Ich falle schon fast vom Fleisch!« und »Ich kann mich schon kaum noch auf den Beinen halten!«, kam es von den beiden, und dann stoben sie auch schon davon. »Wir sind schon mal weg und warten beim Philipp auf euch.«

Ein schöner und bemerkenswerter Nachgeburtstags-Donnerstag nahm so seinen fröhlichen Fortgang. Er endete später mit dem endgültigen Einzug von Karlheinz Neider in die Fünfkirchner Straße 4 als zweites Pflegekind von Hildegard und Karl Koch und begründete einen neuen und im Wesentlichen glücklichen Lebensabschnitt für die vier dort lebenden Menschen.

Der wurde allerdings im Mai 1980 jäh beendet, denn es geschah etwas, das von niemandem zu ahnen und noch weniger zu erwarten war …

An Kindes statt …

Die an Jacquelines Geburtstag angesprochene Frage um den möglichen neuen Namen verschwand zunächst einmal wieder aus dem Bewusstsein der betroffenen Personen. Das Mädchen blieb weiterhin Jacqueline Lee Garrigan, und das machte ihr auch keine Mühe mehr. Aber noch im Advent desselben Jahres stellte sich die Namensfrage für die Kochs ganz neu, quasi als vorgezogenes Weihnachtsgeschenk für das Mädchen. Frau Wilfer vom Jugendamt Gelnhausen meldete sich mit einem Schreiben und teilte den Pflegeeltern mit, John Garrigan, Jacquelines leiblicher Vater, habe am 10. 11. 1977 »vor dem Kreis- und Jugendrichter des Kreisgerichts Manitowoc, Staat Wisconsin/USA … seine Einwilligung unwiderruflich zum Abschluss des Adoptionsvertrages« gegeben. Sie, die bisherigen Pflegeeltern Koch, hätten nunmehr die Möglichkeit, ihr Pflegschaftsverhältnis gegenüber Jacqueline Lee Garrigan in ein Adoptionsverhältnis umzuwandeln und das Mädchen an Kindes statt anzunehmen. Die erforderliche Einwilligungserklärung der Mutter läge ja bereits vor und sei gemäß dem Beschluss des Amtsgerichts Gelnhausen seit dem 25. 04. 1977 rechtskräftig. Es läge nun an ihnen, die weiteren Schritte einzuleiten. Im Übrigen sei das Jugendamt bereit, ihnen den Notar zu nennen, mit dem es in der Regel zusammenarbeite. Sie hätten allerdings auch die Möglichkeit, das Verfahren mit jedem anderen Notar eigener Wahl abzuwickeln.

Jetzt war für das Ehepaar Koch guter Rat teuer. Sollten sie diesen Schritt gehen und ihre Jacky an Kindes statt annehmen, also adoptieren? Das hätte weitreichende Folgen für sie als Eltern und für Jacqueline als Tochter. Und was war mit Karlheinz? Der hatte irgendwann mal erwähnt, dass er sich nie adoptieren lassen würde. Damals war die ganze Geschichte aber gar nicht akut. Jetzt mochte sich der Junge anders entscheiden und auch auf seiner Adoption bestehen. Was dem einen Recht war, sollte dem anderen billig sein. Dann müssten beide die Rechte leiblicher Kinder erhalten, allerdings auch die Pflichten leiblicher Kinder übernehmen. Aber war eine Adoption des Jungen überhaupt möglich? Gab es denn für Karlheinz auch die Einwilligungserklärungen seiner leiblichen Eltern? Diese Frage musste zunächst geklärt werden. Erst wenn die Antwort vorlag, wollten und konnten Hildegard und Karl Koch das Adoptionsverfahren für Jacqueline in die Wege leiten.

Wie besprochen, so getan. Hildegard Koch fuhr nach Gelnhausen, um beim Jugendamt die Frage zu klären, ob eine Adoption des Pflegesohns Karlheinz überhaupt möglich sei. Das Ergebnis ihrer Gespräche bei der Behörde war eindeutig, und es war negativ. Dem Amt lagen keine entsprechenden Unterlagen der Eltern von Karlheinz vor. Eine Adoption des Jungen war also gar nicht möglich. Wie aber würde er reagieren, wenn seine Pflegeschwester …? Ein offenes Gespräch am Sonntagabend in der Familienrunde um den Adventskranz sollte und musste die Klärung bringen.

Nachdem die beiden Erwachsenen und ihre Pflegekinder ein paar Adventslieder gesungen hatten, die Jacqueline auf dem Klavier bzw. auf der Flöte begleitete – das Trompetenduett der beiden Kinder klang noch ein wenig kümmerlich, hatten sie doch erst nach den Sommerferien im Gemeindeposaunenchor mit dem Blasen begonnen –, las der Hausvater den Tagestext aus dem Brief des Apostels Paulus an die Philipper, Kapitel 4, Verse 4 bis 7 vor:

Freuet euch in dem Herrn allewege, und abermals sage ich: Freuet euch! Eure Güte lasst kund sein allen Menschen! Der Herr ist nahe! Sorgt euch um nichts, sondern in allen Dingen lasst eure Bitten im Gebet und Flehen mit Danksagung vor Gott kundwerden! Und der Friede Gottes, der höher ist als alle Vernunft, bewahre eure Herzen und Sinne in Christus Jesus.

Er schloss die Lesung mit einem Gebet ab, und danach stellte die Hausmutter die Frage, die das weitere Gespräch bestimmen sollte: »Möchtest du eigentlich immer noch Koch heißen, Jacky?«

Das Mädchen schaute einigermaßen erstaunt drein und fragte zurück: »Könnte ich denn überhaupt Koch heißen? Ihr habt doch immer gesagt, das ginge nicht.«

»Seit ein paar Tagen geht es«, antwortete Karl Koch.

»Und wieso geht das auf einmal?«, wunderte sich Karlheinz.

»Weil jetzt die sogenannten Einwilligungserklärungen von Jackys Mutter und von ihrem Vater vorliegen. Das Jugendamt hat uns das mitgeteilt«, erläuterte die Pflegemutter.

»Das heißt, meine beiden unbekannten Eltern geben mich frei, damit ihr mich adoptieren könnt?«, wollte sich Jacqueline noch einmal vergewissern.

»So ist es, Kind. Wenn du willst, können wir dich jetzt an Kindes statt annehmen, wie das heißt.«

»Und wenn ihr das mit mir macht, macht ihr das dann auch mit Karlheinz?«, sorgte sich das Mädchen um das Geschick ihres Pflegebruders.

Der antwortete prompt: »Bei mir geht das nicht. Ich kann nicht adoptiert werden. Meine ebenfalls unbekannten Eltern haben solche Erklärungen nicht ausgestellt.« Nach einer kurzen Pause ergänzte er: »Ich will aber auch gar nicht adoptiert werden. Das habe ich schon früher gesagt. Ich möchte der bleiben, der ich bin: Karlheinz Neider.«

»Und es macht dir nichts aus, wenn Jacky von unserer Pflegetochter zur Adoptivtochter würde?«, forderte Karl Koch den Jungen heraus.

»Nein, es macht mir nichts aus, wenn ihr Jack adoptiert!«, antwortete der mit Nachdruck.

»Bist du dir da ganz sicher, Junge?«, hakte Hildegard Koch nach.

»Wenn ich es doch sage!«, betonte der Junge noch einmal. »Ich bin froh und dankbar, dass ich bei euch leben darf. Aber ich möchte gar nicht euer Erbe werden. Ich will auch nicht Schreiner werden und mein Leben lang in der Werkstatt stehen wie Papa und in anderen Häusern Fenster einbauen und Türen und Treppen und so was.«

»Das will ich auch nicht«, wandte Jacqueline ein. »Aber ich würde trotzdem gerne Koch heißen. Oder muss ich dann später Schreiner werden, wenn ich euren Namen habe?«

»Nein, das musst du nicht«, beruhigte ihr Pflegevater sie. »Du kannst später den Beruf lernen, den du lernen willst.«

»Trotzdem würde die Schreinerei einmal dir gehören«, hängte seine Frau an. »Ob die dann weiter besteht, ist eine andere Frage. Bis dahin fließt noch viel Wasser den Gründau-Bach runter. Und noch hast du ja ein paar Schuljahre vor dir, ehe du einen Beruf erlernst.«

»Noch dreieinhalb, bis ich fertig bin mit der Schule«, bestätigte Jacqueline.

»Na ja, Jack, vorausgesetzt du bleibst nicht irgendwann kleben und drehst 'ne Ehrenrunde«, feixte Karlheinz dazwischen.

»Blödmann«, zischte das Mädchen zurück und trat dem Bruder unter dem Tisch gegen das Schienbein. »Bilde dir nur nichts ein, weil du in der Schule besser bist.«

»Schluss damit, ihr beiden«, griff die Pflegemutter tadelnd in das Wortgeplänkel ein. »Die Sache ist ernst, die wir hier bereden und klären müssen. Also kommt wieder zur Sache.«

»Genau, das tun wir jetzt«, sagte Jacqueline, nun wieder ganz ernst. »Ich will jetzt wissen, was sich für mich ändert, wenn ihr mich adoptiert.«

»Ich erklär' dir's noch mal«, nahm Hildegard Koch jetzt die Zügel in die Hand. »Wenn wir dich adoptieren, nehmen wir dich an Kindes statt an, wie das heißt. Das bedeutet, dass deine leiblichen Eltern kein Recht mehr auf dich haben. Sie haben dir gegenüber aber auch keine Pflichten mehr. Du bist quasi nicht mehr ihr Kind, weil du unser Kind bist, als wären wir deine richtigen Eltern. Du trägst dann unseren Namen und wir sind verpflichtet, für deinen Unterhalt zu sorgen. Dann wirst du eines Tages erben, was jetzt noch uns gehört.«

»Es sei denn, Jack, du machst zwischendurch irgendwelchen Blödsinn, sodass dich deine Eltern wieder enterben«, mischte sich Karlheinz ein und empfing wieder einen Fußtritt seiner Schwester.

»Du bist jetzt still, Junge«, wies sein Pflegevater ihn zurecht. »Und du, Jacky, behältst deine Füße bei dir. Jetzt redet die Mutter, und ihr bleibt ernst.«

Die Mutter fuhr fort, während die beiden Kinder sich zuzwinkerten und wirklich wieder ernst wurden. »Also, wer Kind ist, ist aber nicht nur Erbe, sondern er ist zum Beispiel auch dazu verpflichtet, seine Eltern zu versorgen, wenn die einmal nicht mehr dazu in der Lage sind.«

»Deshalb willst du nicht adoptiert werden, Karlheinz«, stellte Jacqueline gespielt vorwurfsvoll fest und grinste dabei ihren Bruder hintergründig an. »Du willst deine Eltern nicht versorgen, wenn sie einmal alt sind.«

»Das war jetzt nicht gut, du blöde Liese«, wehrte sich der Junge und trat seinerseits unter dem Tisch kräftig aus.

»Das war wirklich nicht gut, Jacky«, bestätigte Karl Koch und wies seine Noch-Pflegetochter mit einem missbilligenden Blick in die Schranken.

Jacqueline begriff und blickte für einen Moment verlegen zu Boden. Dann schaute sie auf und ihrem Bruder in die Augen: »Entschuldige, Karlheinz, ich wollte einen Scherz machen. War aber wohl nichts.«

»Geschenkt«, gab der Junge zurück und reichte ihr über den Tisch hinweg seine Hand. »Da war vorhin von Güte die Rede. Ich bin dir trotzdem gut, Jack.«

Jacqueline atmete auf. »Danke! Ich dir doch auch.«

Damit war der Frieden am Adventstisch wiederhergestellt, und die Mutter konnte ihre Rede zu Ende führen. »Übrigens verlierst du dann auch deine amerikanische Staatsbürgerschaft und bekommst dafür die deutsche.«

Für einen Moment schaute Jacqueline merkwürdig drein. »Dann bin ich nicht mehr Amerikanerin? Das ist aber schade. Dann besucht mich der nette Herr Konsul ja nicht mehr.«

»Nur Konsul, Jack, ohne Herr«, verbesserte Karlheinz. »Konsul ist nicht sein Nachname, sondern sein Beruf.«

»Ist ja gut«, nahm das Mädchen die Korrektur an. »Also dann besucht mich der nette Konsul nicht mehr. Kriege ich dann auch kein Pflegegeld mehr?«

»Nein«, bestätigte die Mutter. »Du bekommst dann kein Geld mehr, und wir bekommen auch kein Pflegegeld mehr für dich. Dann bezahlen wir alles, was du brauchst, aus unserer eigenen Kasse.«

»Und dann kriege ich mein Taschengeld nur noch von euch?«

»So ist es, Kind«, bestätigte der Pflegevater. »Ich denke, dazu wird das, was wir beide zusammen verdienen, immer reichen.«

Es ging noch ein wenig hin und her am Tisch um die Frage der Adoption des Mädchens und die Vor- und Nachteile dieser Personenstands-Änderung. Schließlich führte Hildegard Koch das Gespräch zu seinem Ende. Zunächst fragte sie Karlheinz: »Du bist also damit einverstanden, mein Junge, dass wir Jacky adoptieren?«

»Keine Einwände, euer Ehren«, antwortete der Junge knapp.

»Und du bist damit einverstanden, dass wir dich an Kindes statt annehmen, Jacky?«

»Ich bin gerne damit einverstanden«, gab das Mädchen freudig zurück. »Dann kann ich mit Berechtigung Mutti und Papa zu euch sagen, weil ihr dann auch wirklich meine Mutti und mein Papa seid. Amen und Punkt!«

Dieser Gesprächsabschluss von Jacqueline brachte die vier am Tisch nun doch noch zum Lachen, nachdem es zuletzt eher ernst zugegangen war.

»Noch nicht Amen und Punkt«, widersprach Karl Koch. »Der Punkt sollte wohl sowieso eher ein Doppelpunkt sein. Denn das Leben geht ja unter veränderten Bedingungen weiter. Aber unser Thema war so wichtig, dass wir darüber noch mit dem Vater im Himmel reden müssen.«

»Und vorher noch ein Lied singen«, wünschte sich Jacqueline und hatte ihren Vorschlag auch parat: »Das schöne Jochen-Klepper-Lied, das wir neu gelernt haben.« Damit sprang sie auch schon ans Klavier, um das Lied zu begleiten:

Die Nacht ist vorgedrungen, der Tag ist nicht mehr fern.
So sei nun Lob gesungen dem hellen Morgenstern!
Auch wer zur Nacht geweinet, der stimme froh mit ein.
Der Morgenstern bescheinet auch deine Angst und Pein.

So manche Nacht wird fallen auf Menschenleid und -schuld.
Doch wandert nun mit allen der Stern der Gotteshuld.
Beglänzt von seinem Lichte, hält euch kein Dunkel mehr,
von Gottes Angesichte kam euch die Rettung er.

Gott will im Dunkeln wohnen und hat es doch erhellt.
Als wollte er belohnen, so richtet er die Welt.
Der sich den Erdkreis baute, der lässt den Sünder nicht.
Wer hier dem Sohn vertraute, kommt dort aus dem Gericht.

Und so endete dieser besondere Adventabend mit dem gewünschten Lied und mit dem anschließenden Gebet, das der Hausvater in die Worte des letzten gelesenen Verses aus dem Philipperbrief einmünden ließ: *»Und der Friede Gottes, der höher ist als alle Vernunft, bewahre eure Herzen und Sinne in Christus Jesus. Amen.«*

Beim Hinausgehen hatte Jacqueline dann aber doch noch eine Frage: »Wann machen wir das denn dann mit der Adoptierung? Noch in diesem Jahr?«

»Das heißt Adoption, nicht Adoptierung«, verbesserte Karlheinz seine Pflegeschwester. »Und dieses Jahr klappt das bestimmt nicht mehr. In ein paar Tagen ist Weihnachten. Da macht kein Mensch mehr so eine Sache. Da machen doch alle Büros zu und erst im Januar 1978 wieder auf.«

»Aber die Adoptierung wär' für mich doch ein schönes Weihnachtsgeschenk gewesen«, meinte Jacqueline ein wenig traurig.

»Das wäre es sicher. Aber Karlheinz hat recht, Kind. Dieses Jahr klappt das nicht mehr. Hab einfach ein bisschen Geduld«, tröstete Hildegard Koch. »Wir müssen sie auch haben. Jetzt kommt es auf ein paar Wochen auch nicht mehr an. Im Januar sehen wir dann weiter. Zufrieden?«

»Zufrieden, Mutti«, kam es vom Flur zurück, und dann waren die Kinder auch schon in ihren Zimmern verschwunden.

Jacqueline Lee Koch und ihre Pflegeeltern mussten sich noch ein ganzes Vierteljahr gedulden, bis das Verfahren um die Adoption in den notwendigen Vertrag gefasst war. Am Donnerstag, dem 30. März 1978, trafen sich dann die Eheleute Koch in Gelnhausen mit Frau Wilfer vom Jugendamt und saßen endlich gemeinsam an dem großen schwarzen Schreibtisch des Notars, um mit dem Mann den Adoptionsvertrag zugunsten des Kindes Jacqueline Lee Garrigan zu verhandeln und zu beurkunden. Das Mädchen, die eigentliche Hauptperson des Treffens in der Kanzlei, durfte dabei sein und von einem Platz an einem kleinen Nebentisch die Sache beobachten und verfolgen. War Jacqueline vielleicht nervös! Ging es doch in dieser hoch amtlichen Verhandlung um sie und ihren künftigen Stand als Kind ihrer Eltern. Sie war dann nicht mehr Pflegekind von Pflegeeltern. Sie war dann an Kindes statt angenommen und hatte wie andere Kinder endlich richtige Eltern mit allem, was dazugehörte. Darüber hatten der Papa und die Mutti in den vergangenen Tagen noch einmal ausführlich mit ihr gesprochen. Sie, Jacqueline, hatte das auch alles einigermaßen begriffen und war mit allem einverstanden.

Endlich kam der Notar herein, stellte dem Kind im schicken Hosenanzug ein Glas Saft auf das Tischchen und reichte ihm dann die frei gewordene Hand. »Du bist also die Hauptperson unseres Treffens. Schön, dass du da bist. Zum letzten Mal als Jacqueline Lee Garrigan, Mädchen. Wenn wir vier Erwachsenen nachher den Vertrag unterschrieben haben, dann gilt nur noch Jacqueline Lee Koch. Ist das so in Ordnung, mein Fräulein?«

»Das ist so in Ordnung, Herr Notar«, strahlte Jacqueline den freundlichen Mann im feierlichen schwarzen Anzug an. »Ich freue mich.«

»Dann können wir ja zur Sache kommen«, begrüßte er seine anderen Besucher per Handschlag, legte die aufgeschlagene Akte auf seinen Schreibtisch und machte es sich dahinter bequem. »Brauchen wir noch ein Vorgespräch?«

Seine drei Gegenüber verneinten die Frage und gaben damit dem Notar die Gelegenheit, den Ablauf der nächsten Minuten zu beschreiben. Der Vertragsentwurf sei ja von beiden Parteien gelesen und für richtig befunden worden. Er müsse allerdings der Form halber den Text noch einmal vollständig verlesen, ehe er unterschrieben und beurkundet werden könnte.

»Gemäß deutscher Gründlichkeit und Ordnung muss es leider so sein«, bemerkte Frau Wilfer. »Für Jacqueline ist das sicher langweilig und auch schwierig.«

»Ich passe trotzdem gut auf«, kam die Antwort von hinten.

»Wir haben den Inhalt des Vertrages mit ihr mehrfach durchgesprochen«, informierte Hildegard Koch den Notar. »Sie weiß also Bescheid, worum es geht.«

»Dann können wir ja beginnen«, stellte der Notar fest und begann zu lesen:

> Verhandelt zu Gelnhausen am 30. März 1978.
> Vor mir, dem unterzeichneten Notar mit Sitz in Gelnhausen, erschienen heute: die ...

Es folgten die Namen und Daten der drei Erwachsenen vor dem Schreibtisch, die doch tatsächlich ihre Ausweise vorlegen mussten, obwohl doch alle drei dem Notar persönlich bekannt waren. Typisch deutsche Gründlichkeit!

> Die Erschienenen baten um die Beurkundung des nachfolgenden Adoptionsvertrages und erklärten:
> Römisch I ...

Jetzt folgten weitere Bemerkungen über Jacqueline, über ihre leiblichen Eltern und deren Einwilligungserklärungen und solche über die Eheleute Koch. Danach wurde es eigentlich erst richtig interessant. Jacqueline an ihrem Tisch spitzte besonders die Ohren. Den Vertragstext hatte sie bisher nicht im Original gehört.

Also aufgepasst! Der Notar las weiter:

»Römisch II. Die Erschienenen erklären hierauf folgenden Adoptionsvertrag: Das Kind Jacky Lee Garrigan, geb. am 11. 8. 1965, wird von den Eheleuten Koch, den Erschienenen zu 2 und 3, als gemeinschaftliches Kind an Kindes statt angenommen. – Die Erschienene zu 1 nimmt für das Jugendamt Gelnhausen die Kindesannahmeerklärung an. – Die Erschienenen zu 2 und 3 erteilen sich gegenseitig ihre Einwilligung zu dieser Kindesannahme. – Das angenommene Kind Jacky Lee Garrigan soll in Zukunft ausschließlich den Namen Jacqueline Lee Koch führen. – Das Kind behält die evangelische Konfession.«

Der Notar unterbrach seine Lesung, blickte von einem zum andern, als wolle er fragen, ob nicht doch jemand etwas anzumerken habe. Er wandte sich kurz an das Mädchen: »Hast du's gehört? Nur noch Jacqueline Lee Koch!«

Die schien über die Veränderung wirklich froh zu sein. »Nur noch Jacqueline Lee Koch, Herr Notar!«, gab sie mit einem Lächeln zurück. »Danke! Ich freue mich!«

»Dann also weiter«, setzte der Notar seine Lesung fort.

»Römisch III. Im Hinblick auf § 1764 BGB erklären die Erschienenen, dass das Erbrecht des Kindes den Annehmenden gegenüber nicht ausgeschlossen sein soll. – Römisch IV. Im Übrigen gelten die gesetzlichen Bestimmungen der Annahme an Kindes statt. – Die Erschienenen sind darüber belehrt, dass das Kind durch Annahme an Kindes statt den annehmenden Eheleuten Koch gegenüber die rechtliche Stellung eines ehelichen Kindes erlangt, hierdurch jedoch nicht das Verhältnis des Kindes zu seinen Verwandten berührt wird, soweit das Gesetz nichts anderes vorschreibt, worüber sie belehrt wurden. – Das Kind hat kein Vermögen. – Der Erschienene zu 2 ist Schreiner und die Erschienene zu 3 ist kaufmännische Angestellte. – Die Kosten dieses Adoptionsvertrages und seiner Ausführung tragen die Erschienenen zu 2 und 3 als Gesamtschuldner, ebenso alle weiteren mit

> der Durchführung der Adoption zusammenhängenden Kosten. – Der Wert dieses Vertrages wird mit 4000,– DM angegeben. – Der amtierende Notar wird beauftragt und ermächtigt, die vormundschaftsgerichtliche Genehmigung, etwa weitere Genehmigungen zu beantragen, entgegenzunehmen, sowie die Bestätigung des Adoptionsvertrages durch das zuständige Amtsgericht herbeizuführen, wobei der Notar insoweit zum Zustellungsbevollmächtigten bestellt wird. – Den Beteiligten ist bekannt, dass dieser Vertrag erst mit vormundschaftsgerichtlicher Genehmigung und Zustellung des Bestätigungsbeschlusses des Amtsgerichts rechtswirksam wird.«

Der Notar unterbrach seine Lesung wieder, um zu fragen, ob es irgendetwas anzumerken gebe. Das war nicht der Fall. Ob Jacqueline denn alles verstanden habe, fragte der Mann das Mädchen.

»Nein, habe ich nicht«, gab Jacqueline ehrlich zu, »Das war zuletzt ein bisschen kompliziert für mich. Aber die Eltern haben sicher alles verstanden. Und dann ist das schon in Ordnung.«

»Gut so, Jacqueline Lee Koch«, schmunzelte der Notar. »Dann kann ich ja zum Schluss kommen.«

Er las weiter:

> »Vorstehende Verhandlung wurde den Erschienenen durch den Notar vorgelesen, von ihnen genehmigt und wie folgt eigenhändig unterschrieben: …«

Er reichte das Papier über den Tisch. »Bitte, Frau Wilfer, Sie zuerst, dann Herr Koch, dann Frau Koch und zuletzt ich selbst.« Die vier Erwachsenen setzten nacheinander ihre Unterschriften unter das Papier.

»Das war es dann, meine Herrschaften«, sagte der Notar, erhob sich von seinem Platz und ging zu dem Mädchen hinüber. »Ich gratuliere dir, Jacqueline Lee Koch. Jetzt hast du richtige Eltern und bist ein richtiges Kind. Herzlichen Glückwunsch!«

Jetzt hatte das Mädchen aber doch noch eine Frage. »Wieso bin ich eigentlich 4000 Mark wert, Herr Notar?«

Der Mann musste lachen. »Du bist natürlich viel mehr wert, Jacqueline. Du bist ein sehr wertvoller Mensch. Du bist gar nicht bezahlbar. Aber wir mussten in den Vertrag eine bestimmte Summe eintragen, nach der sich später die Kosten des Verfahrens berechnen, und das ist für deinen Fall der Betrag von 4000 DM. Zufrieden, Fräulein Koch?«

»Danke schön, Herr Notar. Zufrieden«, antwortete das Fräulein Koch höflich und reichte dem Notar die Hand.

Dann bedankte der sich bei den »Erschienenen zu 1 bis 3« und verabschiedete sich zugleich. »Wunderbar, dass wieder einmal einem jungen Menschen geholfen werden konnte. Ihnen beiden besonderen Dank dafür, Herr und Frau Koch. Aber auch Ihnen, Frau Wilfer, für die Vermittlung. Jetzt geht die Sache ihren Gang beim Vormundschaftsgericht. Sie werden von mir hören. Aber haben Sie Geduld. Das wird ein bisschen dauern. Der Amtsschimmel ist bekanntlich langsam. – Ich bringe Sie noch an die Tür.« Damit nahm der Notar seine Unterlagen, begleitete seine Besucher zum Ausgang, hielt ihnen dort die Tür auf und entließ sie aus seiner Kanzlei. Jacqueline gab er noch einmal die Hand: »Ich freue mich für dich, mein Kind. Ich wünsche dir, dass du diesen Tag dein ganzes Leben lang zu würdigen weißt.«

Ein gutes Vierteljahr später brachte der Briefträger Post vom Amtsgericht Gelnhausen ins Koch'sche Haus. Mutti Hildegard ließ den Umschlag verschlossen liegen, bis die Familie am Abend um den Tisch saß. »Möchtest du selbst lesen oder soll ich …?«

»Wenn ich darf, möchte ich gerne selbst lesen«, freute sich Jacqueline und öffnete vorsichtig den braunen amtlichen Umschlag. Dann zog sie das Schreiben heraus, entfaltete es bedächtig und überflog es mit großen Augen.

»Lies laut, ich möchte hören, was das Gericht schreibt«, forderte die Mutti.

»Vielleicht macht ja der Richter den Adoptionsvertrag ungültig«, frozzelte Karlheinz, »und dann hat es sich ausgekocht, Miss Garrigan.«

»Das hättest du wohl gerne, Mister Neider«, schoss Jacqueline zurück. »Der Richter tut dir den Gefallen aber nicht.«

»Hört auf, euch schon wieder zu kabbeln, ihr zwei«, wurde Hildegard Koch ein wenig energisch. »Lies endlich, Jacky, was da steht.«

»Okay, ich lese«, sagte das Mädchen und las vor: »Oben drüber steht ›Beschluss‹. Dann kommt's: ›Das minderjährige Kind Jacky Lee Garrigan, geb. am 11. August 1965 in Gelnhausen, ist von den Eheleuten Herrn Karl Koch und Ehefrau Hildegard Koch, geb. Eberling, wohnhaft in 6466 Gründau 2, Fünfkirchner Straße 4, gem. § 1741 BGB als Kind angenommen worden.‹ – Dann kommen ein paar Sachen ohne Kreuzchen. – Und dann kommt: ›Das Kind trägt nunmehr den Namen Jacqueline Lee Koch.‹ – Dann kommt noch ein Satz mit einem Kreuzchen davor.«

»Und was steht da hinter dem Kreuzchen?« Das wollte Karlheinz doch auch noch hören.

»Hinter dem Kreuzchen steht: ›Es handelt sich um eine normale Minderjährigenadoption (§§ 1754, 1755 Absender 1 und 2 BGB).‹ Und unten steht noch ›Gelnhausen, den 20. Juni 1978, Amtsgericht-Vormundschaftsgericht, Unterschrift Kuhls, Richter am Amtsgericht. Ausgefertigt: – die Unterschrift kann ich nicht lesen – als Urkundenbeamtin der Geschäftsstelle des Amtsgerichts‹ – Das war's.«

»Da steht aber sicher nicht Absender, Schwesterchen«, wandte Karlheinz grinsend ein. »Das Abs. heißt bekanntlich Absatz. Solltest du schon gelernt haben.«

»Ist ja schon gut, Besserwisser«, zischte Jacqueline zurück. »Jeder kann sich mal vertun.«

»Lasst gut sein, ihr zwei! Und danke, Jacky, das war's. Jetzt ist es wirklich amtlich und endgültig«, bestätigte die Mutti noch einmal. »Du bist jetzt für alle Zeit Jacqueline Lee Koch, unsere Tochter.«

»Eine normale Minderjährige«, wiederholte Karlheinz zwei Begriffe aus dem amtlichen Schreiben und frotzelte wieder mit einem breiten Grinsen auf dem Gesicht: »Minderjährig ist richtig, aber normal ist falsch. Oder ist Jack etwa normal?«

Mit der Bemerkung fing Karlheinz sich sofort eine scharfe Rüge seines Pflegevaters ein. »Du sollst doch nicht immer …!«

»Ist ja schon gut. Ich bin ja schon wieder still«, fügte sich der Junge und blinzelte seiner Pflegeschwester zu: »War nicht so gemeint, Jack, Tschuldigung! Du kennst mich doch.«

»Ja, ich kenne dich, du Flegelbruder. Ich zahl dir's gelegentlich zurück«, antwortete Jacqueline mit gespieltem Ernst, schwenkte dann aber auf ein ganz anderes Thema über: »Haben wir noch Eis in der Truhe und Cola im Keller?«

»Wozu brauchst du Eis und Cola?«, fragte die Mutti.

»Zum Feiern, Mutti«, gab das Mädchen zurück. »Erwachsene Leute würden jetzt mit einem Glas Sekt anstoßen. Für Kinder bleibt nur ein ordentliches Eis und eine Flasche Cola.«

»Hast recht, Kind«, bestätigte Hildegard Koch. »Ich gehe schon und mache uns leckere Eisbecher. Karlheinz geht und schaut nach, ob noch Cola im Keller ist.«

»Immer muss ich …«, motzte der Junge und bestellte beim Hinausgehen: »Pfirsich Melba, bitte!«

»Für mich Vanille mit heißen Himbeeren«, wünschte sich Jacqueline.

»Streitet euch ruhig, ihr zwei. Es wird ohnehin gegessen, was auf den Tisch kommt. Lasst euch also überraschen.« Damit war die Mutti draußen, um die Überraschung vorzubereiten …

Jacqueline mit ihrer Freundin und Poldi

Paul und die Konfirmation

In den ersten Tagen nach diesem Ereignis hatte Jacqueline viel zu tun, allen möglichen kleinen und großen Leuten in der Schule, in der Gemeinde und im Dorf davon zu erzählen, dass sie seit der Sitzung bei dem Notar neulich und der Post vom Vormundschaftsgericht nicht mehr amerikanisches Pflegekind war, sondern deutsches Adoptivkind, und dass sie ihren alten Namen abgegeben habe und jetzt Koch hieße. Sie hatte auch viel zu tun, auf allen ihren Schulheften und in allen ihren Schulbüchern und an vielen anderen Plätzen den Namen »Garrigan« durch den Namen »Koch« zu ersetzen. – Sie besuchte übrigens inzwischen die sechste Klasse der Abteilung Hauptschule der Anton-Calaminus-Schule, und ihr Klassenlehrer war Herr Komma, der zugleich auch ihr Klavierlehrer war. – Nach und nach geriet dann aber die Bedeutung der Namensänderung in den Hintergrund, und das Leben des Mädchens verlief wieder in seinen üblichen Bahnen.

Karlheinz hatte mit der Änderung im Personenstand seiner Pflegeschwester – die blieb Jacqueline ja auch künftig – keine

Probleme. Er war intelligent genug zu begreifen, dass er durch seine Nicht-Adoption einen anderen Status in der Familie hatte und behielt. Er hatte zum Beispiel später keine Rechte anzumelden, wenn es ans Erben ging. Er war allerdings auch zu nichts verpflichtet, wenn es eines Tages ans Pflegen ging. Wie er seine moralische Verpflichtung umsetzen würde, die er sehr wohl empfand, das würde die Zeit lehren. Er war von all dem frei und wollte es auch bleiben. Wie Jacqueline mit diesen Dingen umging, das musste ihn jetzt nicht berühren und später wahrscheinlich auch nicht.

Karlheinz hatte ohnehin nicht die Nähe zu ihr, die zu irgendwelchen Befürchtungen in welcher Richtung auch immer Anlass gegeben hätte. Die beiden Kinder gingen miteinander um, wie Geschwister halt miteinander umgehen. Mal vertrugen sie sich und standen zueinander und füreinander ein, dann wieder waren sie wie Hund und Katze und gingen aufeinander los oder einander aus dem Weg. Sie begegneten sich sowieso meist nur an den Nachmittagen und Abenden und am Sonntag. Karlheinz musste morgens früh aus dem Haus, um rechtzeitig in seiner Realschule in Gelnhausen zu sein. Jacqueline blieb im Ort und hatte so den kürzeren Schulweg. Der Junge hatte seine Interessensbereiche, in denen Bücher und technische Dinge eine wichtige Rolle spielten, das Mädchen hatte die seinen, in denen Dackel Lumpi Bedeutung hatte, dann die Hasen und zunehmend auch Poldi, das Pferd ihrer Freundin. Reiten zu können und gar ein eigenes Pferd zu besitzen, das wurde zu Jacquelines großem Traum. Ob sich der jemals erfüllen ließ …?

Übrigens gab es inzwischen eine wichtige Neuerung für die Familie: Karl Koch hatte mit seiner Frau und den Kindern, mit Freunden und auch anderen Handwerkern auf einem großen Grundstück an der oberen Kirchbergstraße ein schmuckes neues Haus gebaut, das im Herbst 1978 bezogen werden konnte. Dadurch waren künftig für den Schreiner Wohn- und Arbeitsplatz voneinander getrennt, und Karl war nicht mehr so oft zu Hause, wie das in der Fünfkirchner Straße der Fall gewesen war. So konnten die beiden jungen Leute weniger in der Werkstatt mithelfen, und da Hildegard weiterhin bei der Wibau AG in Gelnhausen beschäftigt war, waren sie auch nachmittags häufiger allein. Aber das war schon alles so in Ordnung und funktionierte auch.

Für Hildegard und Karl Koch als Eltern des Pflegesohns Karlheinz und der Adoptivtochter Jacqueline war das Leben kein außergewöhnliches. Auch für sie lagen Kummer und Glück wie bei allen Eltern, deren Kinder in die Pubertät hineinwuchsen, dicht nebeneinander. Dass Mädchen in diesen Entwicklungsjahren zickig wurden und Jungen gerne bockten, gehörte dazu. Die natürlichen Machtkämpfe der Generationen mussten ausgehalten werden. Da musste dann aus der Position der Erzieher und Verantwortungsträger durchaus gelegentlich ein deutliches Wort gesprochen oder auch einmal ein Hausarrest oder eine andere Sanktion verhängt werden. Danach war dann die Welt zumeist wieder für eine Weile in Ordnung. Bis zum nächsten Ausrutscher eines der beiden oder auch beider zugleich …

Dankbar waren die beiden Kochs dafür, dass sich beide Kinder zu ihrer methodistischen Gemeinde hielten, in deren unmittelbarer Nachbarschaft sie jetzt wohnten. Sonntags ging die ganze Familie auf kurzem Weg in den Gottesdienst beziehungsweise in die Sonntagsschule, montags bliesen beide Kinder im Posaunenchor ihr Blech, und mittwochs war für die Eltern und Jacqueline der Chor dran. Mit ihrer hellen Stimme als Jüngste unter den anderen Mädchen und Frauen im Sopran zu stehen und die Melodien schöner Evangeliumslieder und klassischer Motetten zu singen, machte dem Mädchen Spaß und brachte ihm auch inneren Gewinn. Mit dem Chor dann vor der Gemeinde zu stehen oder auch an einem anderen Ort, wo vorgetragen wurde, das brachte denen Freude, die selbst sangen, und auch denen, die zuhörten. Beim Chor war Jacqueline jedenfalls immer gerne dabei.

Am Donnerstag trafen sich mehr als zwanzig Jungen und Mädchen zur Jugendstunde, in der auch die bereits dabei sein durften, die am Vorbereitungsunterricht für die Konfirmation teilnahmen. Für Karlheinz galt das ab Herbst 1977, für seine Schwester ab Herbst 1978. Häufig traf sich die Jugend zusätzlich am Samstagabend oder auch am Sonntagnachmittag zu besonderen Unternehmungen, im Winter zum Beispiel zum Schlitten- oder zum Skifahren, im Sommer zum Baden, in den Zwischenmonaten zum Wandern. Oder sie trafen sich auch im Haus eines der jungen Leute zum geistlichen Miteinander oder zum Spielen oder auch nur zum Blödeln.

Für Jacqueline waren das willkommene Abwechslungen und

Anlässe, nicht zu Hause zu sein, zumal sie mit zunehmendem Alter auch zunehmend auf Abstand zu ihren Eltern ging. Die wurden mit der Zeit immer neugieriger. Die wollten immer genau wissen, was denn in den Zusammenkünften gemacht worden war, was da gelaufen war, was denn die Jungen mit den Mädchen … und umgekehrt. Das ging dem Mädchen mehr und mehr auf die Nerven. Wozu mussten Hildegard und Karl das eigentlich wissen? Hatten die Eltern plötzlich kein Vertrauen mehr zu ihrer Tochter? Was glaubten die denn, was in einer christlichen Jugend gemacht wurde? Waren die selbst nie jung gewesen und hatten allen möglichen Blödsinn gemacht? Natürlich wurde nach den Bibelarbeiten und Andachten gefeixt und gealbert und zuweilen auch handfester Unsinn getrieben. Aber alles immer im Rahmen des Anständigen. Das war heute sicher nicht viel anders als früher. Was sollte also das Misstrauen? Jedenfalls entzog sich Jacqueline solchen Befragungen immer recht schnell.

Zum Glück blieben die Gedanken ja auch für ein 14-jähriges Mädchen frei. Und die waren zunehmend beschäftigt mit Paul. Der war ein toller Junge, hübsch war der und intelligent und immer freundlich und zuvorkommend und gut gelaunt. Den mochte sie. Mit dem unterhielt sie sich gern. Immer, wenn sie den sah, ging ihr Puls ein wenig schneller. Jacqueline suchte mehr und mehr, diesem jungen Mann zu gefallen. Der war zwar schon 22 und sie war erst 14 – aber was machte das schon, dass Paul so viel älter war als sie? Paul kam mittwochs in den Chor und donnerstags in die Jugend. Sonntags saß er meistens im Gottesdienst, und wenn die Jugend irgendeine Unternehmung plante, dann war Paul in der Regel dabei. Jacqueline gingen jedes Mal das Herz und der Blick auf, wenn sie Paul begegnete, und die Veranstaltungen, in denen Paul fehlte, waren bald überhaupt nicht mehr schön …

Sonntag, der 6. Januar 1980, war ein Wintertag, wie sich die jungen Leute ihn lange gewünscht hatten. Es lag Schnee, viel Schnee, und die Sonne schien angenehm vom wolkenlosen Himmel. Dabei war die Luft kalt und trocken, wie es sich für einen richtigen Wintertag auch gehörte. Klar, dass sich die Jugend der Rothenberger methodistischen Gemeinde nach dem Gottesdienst verabredete, das schöne Wetter zu nutzen und mit einigen Autos zum Schlittenfahren auf den Hoherodskopf in den Hohen Vogelsberg zu fahren. Rasch wurde geklärt, wer mitfahren wollte, wer seinen Pkw mitbrachte und wer seinen Schlitten zur Verfügung stellte. Abfahrt war um 12.30 Uhr an der Kirche.

Hildegard und Karl Koch waren allerdings nicht begeistert von der Idee der jungen Leute. Die Sache war ihnen nicht ganz geheuer. Am Mittagstisch brachten sie eine Menge Argumente gegen die Unternehmung vor. Bis zum Hoherodskopf sei es zu weit. Schlitten fahren könnten sie auch am Hühnerberg oder am Dachberg. Die Straßen hinauf in den Vogelsberg seien sicher nicht genügend vom Schnee geräumt und es könne glatt sein; das Fahren sei also gefährlich. Beim Schlittenfahren könne es einen Unfall geben. Was dann? Außerdem hätten sie eigentlich einen Besuch bei Bekannten geplant. Was die denn sagen würden, wenn sie ohne die Kinder kämen?

Jacqueline und Karlheinz ließen sich auf keins der Argumente ein. Besonders das Mädchen wusste immer ein Gegenargument zur Begründung der gemeinsamen Fahrt hinauf in die Berge, bis die Eltern zuletzt ihren Widerstand aufgaben und den Kindern die Erlaubnis zum Mitfahren erteilten. Aber bitte, dass sie ja nicht über die Stränge … und außerdem … Jacqueline und Karlheinz stießen sich unter dem Tisch mit den Füßen an und zwinkerten sich zu. Das sollte wohl heißen: Lass sie nur reden, wir fahren, und dann werden wir sehen, wie es wird.

Und es wurde gut. Besonders für Jacqueline. Paul kam nämlich mit und – wie sich das auch immer ergeben hatte –, er saß im selben Auto wie sie. Herrlich! Und da sie auf der Rückbank des Fahrzeugs zu dritt sitzen mussten, saßen sie sogar auf Tuchfühlung. Noch herrlicher! Dem Mädchen wurde es richtig warm ums Herz und sein Puls ging erheblich schneller als normal. Bei der Enge im Fahrzeug blieb es zudem nicht aus, dass sich ihre Hände berührten. Jacqueline war selig. Sie saß neben Paul, und er saß neben ihr! Ob sie wohl nachher auch mit ihm auf demselben Schlitten …? Er hinten und sie vorne? Dann musste er sie festhalten und würde dazu seine Arme um sie legen … Jacqueline geriet ins Träumen und fühlte sich bereits von Paul ….

»Nimmst du mich nachher auf deinen Schlitten?«, wagte sie den jungen Mann zu fragen.

»Warum nicht?«, antwortete der. »Wenn du keine Angst hast,

dich mir auszuliefern. Ich bin schließlich ein Raser auf zwei Kufen. Im vorigen Winter war ich immer der Schnellste.«

»Ist doch toll!«, freute sich Jacqueline. »Mir kann es gar nicht schnell genug gehen. Ich ziehe den Schlitten dann auch wieder nach oben.«

»Brauchst du nicht, Jacky«, wies Paul dieses Angebot zurück. »Ich bin doch Gentleman. Ich lasse eine Dame nicht für mich arbeiten.«

»Danke für die Dame«, freute sich das Mädchen über diese Anrede. »Ich lade dich dafür nachher zu einer heißen Schokolade ein.«

»Oh, das klingt gut. Da lasse ich mich gerne einladen. Wir werden sehen, wie das nachher wird. Wir müssten übrigens gleich da sein. Der Hermann ist ein guter Fahrer. Nicht mal ein kleiner Ausrutscher unterwegs und sichere Ankunft. Gott sei Dank!«

»Gott sei Dank! Das stand auch heute im Sonntagspsalm«, erinnerte sich Jacqueline.

»Psalm 138 zum Fest Epiphanias, zum Erscheinungsfest«, wusste Paul und zitierte den ersten Vers: »Ich danke dir von ganzem Herzen, vor den Göttern will ich dir lobsingen.«

»Dass du auswendig weißt, was da steht!«, staunte Jacqueline.

»Den Psalm habe ich einmal im Konfi-Unterricht gelernt. Und gelernt ist gelernt«, sagte Paul und fuhr fort: »Du wirst doch dieses Jahr auch konfirmiert. Ich kann dir nur raten, Jacky, lern, was der Pastor euch aufgibt. Was man im Kopf hat, kann einem keiner mehr nehmen. Aber jetzt sind wir da. Gleich geht's auf die Bahn. Viel Spaß auf der Piste.«

Wenige Minuten später ging es zum ersten Mal den Hang hinunter und danach immer wieder unter lautem Hallo und mit großer Begeisterung. Jacqueline war selig. Bei der Abfahrt dicht an dicht vor Paul zu sitzen und von ihm gehalten zu werden, das war ein Stück Himmel für das Mädchen. Gerne wälzte sie sich später mit ihm im Schnee und ließ sich von ihm einseifen, zahlte allerdings auch mit gleicher Münze zurück. War das ein Spaß! Der nahm einem schier die Luft und ließ die Gefühle Rad schlagen und Purzelbäume machen. Dass die anderen Jungen und Mädchen des Jugendkreises auch mit im Schnee tobten, war Jacqueline gar nicht recht bewusst. Sie sah nur Paul und suchte ihn immer wieder, wenn doch einmal jemand anderes dazwischengeraten war. Paul! Wie schlug ihr junges Herz für diesen lieben Kerl!

Selbstverständlich löste das verliebte Mädchen nach dem Schneevergnügen ihr Versprechen ein und spendierte ihrem heiß umworbenen Paul die heiße Schokolade. Dass sie im Gasthof nicht neben ihm zu sitzen kam, machte ihr nichts, saß sie ihm doch unmittelbar gegenüber und konnte den jungen Mann so immer wieder anschauen. Wenn der doch ihren Blick nur deutlicher erwiderte! Hatte der Paul keine weiteren oder tieferen Empfindungen für sie, als die, die er auch für die anderen Mädchen zeigte? Paul konnte es mit allen gut. Jacqueline wurde ein wenig traurig und versank mitten in den lebhaften Gesprächen, die über den langen Tisch hin und her gingen, für eine Weile in trüben Gedanken.

»Hey, süße Köchin, wo treibst du dich rum mit deinen Gedanken?«, hörte sie plötzlich wie von Ferne Pauls Stimme.

Blitzartig war das Mädchen wieder hellwach. »Süße Köchin«, hatte er gesagt. Das war schön! Das machte Hoffnung darauf, dass Paul ihre Empfindungen verstand und erwiderte. Doch dann ging es Jacqueline plötzlich durch den Kopf: Nimm deine Gefühle nicht so wichtig; du bist erst vierzehn, und er ist zweiundzwanzig. Vielleicht hat er ja auch irgendwo bereits eine Freundin, die er nur nicht mitbringt und von der er auch nicht redet. Jacqueline, genieß diese Momente. Er sitzt dir gegenüber und lacht dich an und nennt dich »süße Köchin«. Lach zurück und dann lass kommen, was kommt. Laut antwortete sie, und dabei überzog eine deutliche Röte ihr Gesicht: »Ich habe geträumt, Paul.«

»Und wovon träumt eine angehende Konfirmandin an einem Tag wie heute, wenn ich fragen darf?«, wollte er wissen.

»Fragen darfst du, Paul«, gab die so Ertappte mit einem verschmitzt-verliebten Blick auf die andere Tischseite zurück, »aber ich sag's dir nicht.«

»Dann lässt du's halt bleiben«, akzeptierte Paul die Antwort und tat pikiert. Ob er eine leise Ahnung hatte? »Hast ja auch Recht: Träumen ist erlaubt, und was der Mensch träumt, ist ganz allein seine Sache. Damit muss er auch alleine klarkommen.«

Wenig später saßen die jungen Leute wieder in ihren Fahrzeugen und heim ging's in der frühen Dunkelheit dieses herrlichen Wintersonntags. Jacqueline wurde während der Fahrt plötzlich sehr müde. Sie legte ihren Kopf an die Schulter ihres Nachbarn, an Pauls Schulter natürlich, und versank wieder in gedanklichen Träumen, die dann bald zu echten wurden. Das Mädchen schlief ein und wurde erst wieder wach, als der Pkw auf dem Platz vor der Kirche zum Stehen kam und Hermann den Motor abstellte. Wenn sich doch jetzt ihr Traum bewahrheiten würde, ging es Jacqueline durch den Sinn. Dann nähme Paul sie zum Abschied in seine Arme und gäbe ihr einen Kuss.

Aber das blieb ein Wunschtraum. Paul gab ihr nur die Hand und sagte: »Das war doch ein toller Tag, oder? Und es war schön, dass du dabei warst, Jacky. Mach's gut. Wir sehen uns am Mittwoch.«

Zugegeben, ein wenig enttäuscht war das Mädchen über diesen kühlen Abschied schon. Aber es gab ja bald schon wieder den Mittwoch und den Donnerstag und dann auch wieder einen Sonntag. Und immer würde Paul dabei sein, na ja, wenn ihm nichts dazwischenkam. Aber wenn er da war, konnte sie ihn sehen und ansehen und ihm die Hand geben und seine Nähe spüren. Vorfreude war immerhin auch schon Freude.

In den nächsten Wochen bestimmten die Gedanken an Paul Jacquelines Tage und auch ihre Nächte. Der junge Mann war für sie allgegenwärtig und beeinflusste ganz erheblich ihr Denken, Tun und Lassen und wirkte sich aus auf ihre schulischen Leistungen und auf ihre Bereitschaft, im Haus ihren Pflichten nachzukommen. Nur der Konfirmandenunterricht litt nicht darunter. Hier hatte Jacqueline wohl im Kopf, dass Paul gesagt hatte, was der Pastor zu lernen aufgäbe, das müsse auch gelernt werden. Das sei einfach wichtig für später. Und das Mädchen wollte Paul doch nicht enttäuschen, wenn der demnächst bei der Konfirmandenprüfung dabei sein sollte.

Ihrer Mutter blieb nicht verborgen, dass die Tochter verliebt war und zuweilen regelrecht unter Liebeskummer litt. Kleine Zettel an Jacquelines Spickbrett wiesen deutlich darauf hin, rote Herzen, die den Namen Paul umschlossen, Zettel mit eindeutigen Liebesbekundungen, ein Foto von dem jungen Mann. Hildegard Koch war schier entsetzt. Das Mädchen war doch erst vierzehn, Schülerin der Klasse acht und nicht einmal konfirmiert! Paul war bereits zweiundzwanzig und hatte seinen Beruf. Außerdem waren sie, die Kochs, mit Pauls Eltern befreundet. Das konnte ja wohl alles nicht angehen! Jacqueline sollte erst einmal ein erwachsener Mensch werden, ehe sie an Jungen denken konnte. Dieser Zahn musste ihr unbedingt gezogen werden. Da war ein ernstes Gespräch nötig, das sie von Mutter zu Tochter führen musste. Vielleicht war auch ein Gespräch mit Paul geboten oder auch eins mit seinen Eltern. Der junge Mann war schließlich leitender Mitarbeiter in der Gemeindejugend. Der sollte gefälligst seine Hände von Jacqueline lassen. Einem so jungen Mädchen irgendwelche Hoffnungen zu machen, passte auch nicht zu Pauls Glaubenszeugnis, das er immer wieder einmal im Gottesdienst abgab oder bei Einsätzen des Chors. Es musste also etwas geschehen. Nein, so nicht! Darin waren sich die Eltern Koch einig, wobei Karl seiner Hildegard die Initiative überließ. Ihm lag es nicht, mit dem Mädchen über ein solches Thema zu reden.

Anfang März sprach Hildegard Koch ihre Jacky dann auch auf die Geschichte an, nachdem sie einmal wieder ein rotes, von einem Pfeil durchbohrtes Herzchen gefunden hatte mit der eindeutigen Aussage: »Paul, ich liebe dich.« Dann gab es allerdings auch ein solches Herzchen mit dem Namen »Thomas« darin. Wer war das nun wieder? Fuhr das Mädchen etwa sogar zweigleisig?

Das Gespräch Mutter-Tochter nahm einen sehr einseitigen Verlauf. Jacqueline informierte ihre Mutter lediglich, dass dieser Thomas ein netter Junge sei, den sie auf der Skifreizeit kennengelernt habe. Da sei aber nichts Besonderes gelaufen bis auf einen Kuss, den ihr der Junge beim Abschied gegeben habe. Und da sei ja wohl auch nichts dabei. Dann bestätigte sie, dass sie ohnehin nur Paul liebe. Und zwischen dem und ihr sei noch weniger gelaufen. Denn der habe sie bisher nicht einmal richtig umarmt und geküsst. Sie wisse also gar nicht, was sie, die Mutter, denn eigentlich von ihr wolle.

Damit war für Jacqueline dieses Gespräch im Grunde beendet. Sie setzte ein mürrisches Gesicht auf und schaltete auf stur. Alles, was jetzt noch von ihrer Mutti kam, lief an ihr herunter und erreichte sie nicht mehr. Hildegard Koch gab es endlich auf, auf das Mädchen einzureden. Sie bat sie nur inständig darum, anständig und sauber zu bleiben und sich ihre Unschuld zu bewahren. Sie möge bitte nicht vergessen, dass sie demnächst am Palmsonntag eingesegnet würde. Und ihr Glaube, von dem sie gelegentlich selbst rede, müsse halt mit dem Leben übereinstimmen.

Jacqueline war nach diesem Gespräch stinksauer und die wandelnde schlechte Laune. Innerlich kochte sie, und alles in ihr bäumte sich gegen die Adoptiveltern auf, vor allem gegen die Mutti. Aber was konnte sie schon ausrichten? Immer nur brav sein und das tun, was die Erwachsenen sagten? Das würde denen so passen, aber das war ja wohl nicht möglich. Die waren offenbar früher nie verliebt gewesen und ausgeflippt und waren eigene Wege gegangen! Und wenn doch, dann hatten sie es vergessen!

Jacqueline jedenfalls konnte nicht immer brav und folgsam sein. Und deswegen musste sie solche unangenehmen Begegnungen halt immer wieder einmal über sich ergehen lassen. Sie musste ja dankbar sein, dass sie überhaupt aus dem Heim heraus in diese Familie hatte kommen dürfen und dass sie inzwischen die Stellung eines eigenen Kindes hatte. Aber musste die Mutti darauf immer wieder hinweisen? Sich das anhören zu müssen, gefiel Jacqueline überhaupt nicht. Die Eltern hatten sie doch adoptieren wollen. Aber zugegeben, sie provozierte die entsprechenden Äußerungen der Mutti wohl durch ihr zuweilen unmögliches Verhalten.

Jacqueline Lee Koch war sich nach dem Gespräch mit der Mutti selbst nicht gut. Ein besch… Tag!

Schulfreundin Sabine bot dem Mädchen am nächsten Tag eine willkommene Ablenkung von ihren negativen Gedanken und trüben Empfindungen. Sabine hatte immer irgendeinen Blödsinn drauf, wenn sie miteinander mit den Fahrrädern oder auch zu Fuß und dann mit Lumpi unterwegs waren. Heute nieselte es leider immer wieder, und draußen war nicht viel zu machen. Also hockten sich die beiden Mädchen unter das Dach, unter dem Papa Karl das Holz für den Kamin lagerte. Hier war Platz, weil zu dieser Jahreszeit der meiste Vorrat verbraucht war.

Jacqueline und Sabine blödelten eine Weile rum, sprachen über die Schule und unterhielten sich dann über ihre Väter und Mütter, die zuweilen einen »Knall« hatten und »saudoof« waren. Dabei kamen die Frauen schlechter weg als die Männer. Dann zog Sabine ein Päckchen Zigaretten aus der Tasche. Die Gedanken über das Für und Wider des Rauchens und die Reaktion der Eltern, falls die diese Schandtat bemerkten, endeten mit dem Entschluss, die Zigaretten doch einfach zu genießen und den möglichen Sanktionen mutig entgegenzusehen.

Für Jacqueline folgte die Strafe tatsächlich auf dem Fuß. Alles Kaugummikauen und Pfefferminzlutschen hatte nicht geholfen, den Nikotingeruch zu beseitigen. Den trug Jacqueline vor sich her, und der steckte auch in ihren Kleidern. Das Ergebnis der heftigen Auseinandersetzung mit Mutti Hildegard hieß: Erstens: Hausarrest für die kommenden zweieinhalb Wochen bis zur Konfirmation; ausgenommen waren nur die Chorproben und die Gottesdienste. Zweitens: Kontaktssperre zu Sabine und anderen jungen Leuten einschließlich derer aus dem Jugendkreis.

Das Mädchen war schockiert. Eine so harte Reaktion der Mutti hatte sie dann doch nicht erwartet. Und die strengen Maßnahmen war sie auch nicht bereit hinzunehmen. Paul nicht begegnen zu können?! Das war die schlimmste Begleiterscheinung dieser Sanktionen. Nein, das hielt sie nicht aus! Aber was tun? Natürlich kleine Brötchen backen und zu Kreuze kriechen. Da war wohl eine Entschuldigung notwendig und auch dran.

Jacqueline überwand ihren inneren Schweinehund, nahm allen Mut und alle Kraft zusammen und bat unter Tränen um Verzeihung für ihr widerspenstiges und ungehöriges Benehmen in den letzten Tagen und für den speziellen Fehltritt am Vortag. Es täte ihr leid, dass sie den Eltern dadurch Kummer und Ärger mache. Sie habe auch eingesehen, dass ihr Verhalten mit dem Glauben nicht vereinbar sei, und sie gelobte Besserung und Korrektur.

Die Mutti hörte sich Jacquelines Rede an, äußerte jedoch zunächst Zweifel an ihrer Glaubwürdigkeit und der Ehrlichkeit der Tränen und ließ dann doch Gnade vor Recht ergehen und erlaubte wenigstens den Besuch der Jugendstunden. Der Hausarrest bliebe allerdings bestehen und der Kontakt nach außen bliebe ebenfalls begrenzt.

Damit musste die Tochter nun zufrieden sein. Und sie war es auch, war doch die Möglichkeit, Paul zu begegnen, wieder gegeben. Das allein war ihr wichtig.

Wichtig war ihr in den nächsten beiden Wochen allerdings auch, zu wiederholen oder neu zu lernen, was Lutz Heil, der Pastor der Gemeinde, von seinen Konfirmandinnen und Konfir-

Jacqueline mit ihrer Pflegefamilie an ihrer Konfirmation

manden als festen Wissensbestand erwartete. Sie wollte sich ja bei der Prüfung vor der Gemeinde nicht blamieren. Was sie dann auch nicht tat. Das Prüfungsgespräch des Pastors mit seinen jungen Leuten verlief gut, und jeder konnte mit den Ergebnissen zufrieden sein. Jacquelines Konfirmation stand also von daher nichts mehr im Wege. Und da der Frieden in der Familie inzwischen wiederhergestellt war, gab es auch hier keine Bedenken, die Freude dieses besonderen Tages könne durch irgendetwas getrübt werden.

Am Palmsonntag 1980 – es war der 30. März – hörte dann die Konfirmandenschar inmitten einer großen Gemeinde in der Friedenskirche einen guten Zuspruch aus dem Lehrtext des Tages aus 1. Petrus 1,15, der zugleich aber auch einen hohen Anspruch enthielt:

Wie der, der euch berufen hat, heilig ist, sollt auch ihr heilig sein in eurem ganzen Wandel.

Welch ein Zuspruch auch für Jacqueline Lee Koch, die hübsche Konfirmandin im schlichten schwarzen Kleid: Du gehörst zu denen, die Gott, der Heilige, berufen hat. Du bist wertvoll für diesen Gott. Er liebt dich und er will dich auf seiner Seite haben!

Welch eine Ehre! Welch ein Adel! Welch ein unerklärlicher Vorzug vor anderen, die mit dieser Berufung nichts anfangen konnten oder auch nichts anfangen wollten.

Und dann aber zugleich welch ein Anspruch: »… sollt auch ihr heilig sein in eurem ganzen Wandel«. War diesem Anspruch denn nachzukommen? Heilig sein, wie Gott heilig ist? Welcher Mensch kann denn schon heilig sein, wie Gott heilig ist? Aber Vorsicht! »Heilig sein«, so machte es der Pastor deutlich, sei für den Menschen keine Beschreibung einer besonderen Qualität. »Heilig sein« sei für den Menschen die Beschreibung einer besonderen Beziehung, nämlich seiner Beziehung zu dem allmächtigen Gott. »Heilig sein« heiße »zu Gott gehören«, sein Eigentum sein, seinen eigenen Wandel von ihm bestimmen lassen. Für die Konfirmanden und für alle Gottesdienstbesucher heiße das: »Ihr dürft Gott gehören. Das ist eure Berufung! Und wer dieser Berufung folgt und sich Gott zum Eigentum hingibt, der richtet seinen Wandel, sein ganzes Leben, so ein, dass es Gott gefallen kann.«

Jacqueline ging diese gute Botschaft warm in die Seele. Das wollte sie doch im tiefsten Grunde ihres Herzens bei aller Zwiespältigkeit, die sie zuweilen beherrschte: Gott gehören und so leben, wie es ihm gefiel. Ja, das wollte sie! Deshalb freute sie sich auch ganz besonders über den Spruch, den ihr Pastor ihr zur Einsegnung nach Jesaja 49,23c ausgesucht hatte und ihr auf der Bildkarte zur Erinnerung an die Einsegnung überreichte:

Du wirst erfahren, dass ich der Herr bin und dass keiner enttäuscht wird, der mir vertraut.

Ein wunderschöner Zuspruch, eine herrliche Zusage: »Du wirst erfahren …!« Das war viel mehr als ein Wunsch; das war schon eine vorgezogene Tatsache. Allerdings war die verbunden mit dem Anspruch: »… der mir vertraut.« Die Erfahrung war also nicht umsonst zu kriegen. Sie musste schon etwas dazu tun; sie musste auf Gott und sein Wort vertrauen. Jacqueline nahm es sich fest vor, genau das zu tun: Auf Gott vertrauen; fest mit Gott rechnen, der ihr im Heiland Jesus Christus immer wieder begegnete. Ja, das wollte sie wirklich mit Ernst beginnen und durchhalten: Gottes Hilfe erfahren in allen Dingen ihres jungen Lebens und auch des späteren, wenn sie eines Tages richtig erwachsen war.

Auch deshalb sang sie voller Inbrunst und Überzeugung das Lied der Julie von Hausmann mit, das für sie schon einmal Bedeutung gewonnen hatte und das Pastor Lutz Heil für diesen Tag zum Abschluss der Segnung der etwa zwanzig jungen Leute ausgesucht hatte:

So nimm denn meine Hände und führe mich
bis an mein selig Ende und ewiglich.
Ich mag allein nicht gehen, nicht einen Schritt:
wo du wirst gehn und stehen, da nimm mich mit.
In dein Erbarmen hülle mein schwaches Herz
und mach es gänzlich stille in Freud und Schmerz.
Lass ruhn zu deinen Füßen dein armes Kind:
es will die Augen schließen und glauben blind.
Wenn ich auch gleich nichts fühle von deiner Macht,
du führst mich doch zum Ziele auch durch die Nacht:
so nimm denn meine Hände und führe mich
bis an mein selig Ende und ewiglich.

Nach dem Gottesdienst hatte Jacqueline – wie die anderen Konfirmandinnen und Konfirmanden auch – eine Menge Hände zu schütteln, und viele Gemeindeglieder nahmen sie in die Arme. Natürlich gratulierten ihr auch ihr Bruder und ihre Eltern. Die überreichten allerdings kein Geschenk und auch keinen Umschlag, wie andere Gratulanten das taten, sie vertrösteten auf später zu Hause. Dort warte die besondere Überraschung …

Aber warum hatte Paul ihr nicht gratuliert?, ging es dem Mädchen durch den Kopf, als sie sich mit ihrer Familie und den Gästen anschickte, das Kirchengelände zu verlassen und zum Festessen zu gehen. Pauls Eltern hatten ihr bereits die Hände gereicht und Gottes Segen gewünscht und ihr einen Umschlag in die Hand gedrückt. Aber wo war Paul? Sie hatte ihn doch eben noch gesehen. Ach ja, dort drüben stand er in einer Gruppe junger Leute. Warum schaute der nur nicht herüber? Was fesselte ihn dort? Spürte der nicht, dass ihr sein Glückwunsch in der großen Sammlung fehlte? Jacqueline versuchte, den jungen Mann mit ihren Blicken auf sich aufmerksam zu machen. Und als ob er es gespürt hätte, schaute er plötzlich herüber. »Hallo Jacky, warte einen Moment«, rief er, ließ die Hand des Mädchens, das neben ihm stand, los und löste sich aus der Gruppe.

»Entschuldige bitte, Jacky«, sagte er und reichte der Konfirmandin die Hand, »da hätte ich dich doch beinahe vergessen. Wir waren so ins Gespräch vertieft über unsre menschliche Heiligkeit, dass ich doch beinahe … Aber jetzt: Herzlichen Glückwunsch zum Tag und Gottes Segen für dein Leben! Bleib auf dem Weg mit Jesus, Jacky, und für heute noch fröhliche Stunden. Wir sehen uns im Chor.« Und schon war Paul wieder weg – und hielt dort drüben auch schon wieder die Hand dieses unbekannten Mädchens. Also war doch was dran an dem Gerücht, das seit ein paar Tagen unter der Jugend rum ging: Paul hatte wohl eine Freundin.

Also, Jacqueline, sagte sich das Mädchen, während es der Familie die Kirchbergstraße hinauf nacheilte, vergiss ihn. Der ist wohl nicht für dich bestimmt. Ein Anflug von Traurigkeit über diese Erkenntnis überkam sie. Aber der wurde zum Glück bald überlagert von der Vorfreude auf die besondere Überraschung, die zu Hause als Konfirmationsgeschenk auf sie wartete.

Vor der Haustür gab es zunächst noch einmal ein vielfältiges Gratulieren, Wünsche-Aussprechen und Geschenke-Überreichen der Eltern, des Bruders und der Gäste dieses besonderen Tages. Jacqueline war dankbar und glücklich über so viel herzliche Zuwendung. So viele gute Segenswünsche auf einmal, da musste die Zukunft doch gut werden.

Hinter der Haustür stand die Konfirmandin dann mit großen Augen und offenem Mund vor der angekündigten Überraschung. Hatte sich der eine Traum vor wenigen Minuten in Luft aufgelöst, erfüllte sich hier der andere: Eine lustige Figur grinste ihr mit ihrem eigenen Gesicht auf einem Foto im Hausflur entgegen. Bekleidet war sie mit einem weißen T-Shirt und einer Reithose, deren Beine in Reitstiefeln steckten. Auf ihrem Kopf trug die Figur eine schwarze Kappe, in der Hand hielt sie eine Reitgerte.

Für einen Moment war Jacqueline sprachlos. Dann jauchzte sie: »Jetzt fehlt nur noch das Pferd!«, und fiel den Eltern nacheinander vor Freude um den Hals. »Danke, Papa! Danke, Mutti! Reiterkluft! Das ist wirklich eine Überraschung!«

»Mir kannst du ruhig auch danken«, meldete sich Karlheinz in den Gefühlsausbruch seiner Schwester hinein.

»Wieso denn dir?«, fragte Jacqueline erstaunt zurück. »Hattest du zur Feier des Tages etwa auch etwas für mich übrig?«

»Die Gerte, Fräulein Amazone«, gab der Bruder zurück. »Da staunst du wohl. Die ist künftig das Disziplinierungsmittel im Haus für den, der nicht pariert.«

Jacqueline hängte das Ding aus dem Gestell. »Dann will ich das Teil gleich mal an dir ausprobieren, Brüderchen«, lachte sie und tat so, als wollte sie zuschlagen. Was sie natürlich nicht tat. Im Gegenteil, sie nahm auch ihren Bruder herzlich in die Arme. »Danke, Flegelbruderherz! Ich werde die Gerte allerdings gut verstecken, damit niemand auf die Idee kommt, sie als Zuchtmittel gegen mich zu gebrauchen. Wenn sie jemand gegen dich verwenden will, leihe ich sie gerne aus.« Die Konfirmandin hängte die Gerte wieder an ihren Platz und meinte dabei: »Du hättest mir natürlich statt der Gerte auch das Pferd zu dem Reiterdress schenken können.«

»Natürlich, Flegelschwesterchen, hätte ich das tun können«, grinste Karlheinz zurück. »Mir haben leider fünf Mark dazu gefehlt, und niemand wollte mir diesen kleinen Betrag leihen. Dein Pech, Jack.«

»Könnt ihr die Pferdefrage bitte später klären?«, kam der Ruf der Mutti aus dem Wohnzimmer. »Die Gäste haben Hunger, und das Essen ist fertig.«

Jacqueline im April 1979

Die Katastrophe

In den folgenden Wochen zeigte es sich, dass Jacquelines Konfirmation, die Botschaft des Tages und die ausgesprochenen Segenswünsche ihr Leben tatsächlich verändert hatten. Der Umgang mit ihr im Hause Koch wurde leichter und war von weniger Auseinandersetzungen begleitet. Die Vierzehnjährige war seitdem in ihrem Verhalten viel ausgeglichener und freundlicher. Sie bemühte sich, als »Berufene« zu leben, ihre tägliche Stille Zeit zu halten mit Bibellesen und Gebet, Gottvertrauen einzuüben und ihre persönlichen Fragen und Probleme nicht in den Vordergrund zu stellen, sondern sie in ihren Glauben einzubetten. Das hatte Einfluss auf ihre Beziehung zum Papa und zur Mutti, die jetzt eher von Verständnis, Wohlwollen und Entgegenkommen bestimmt war. Das galt auch für ihre Beziehung zu Karlheinz. Und das wirkte sich sogar aus auf Jacquelines Arbeit mit und an den Menschen, die sie in ihrem ersten »Praktikum zur Berufsfindung« im Alten- und Pflegeheim des Deutschen Roten Kreuzes in Büdingen zu leisten hatte. Dort war man mit dem Mädchen sehr zufrieden, wie es die Heimleiterin nach den beiden Praktikumswochen bescheinigte. Die Leiterin des Rothenberger Kindergartens würde sicher demnächst ein ähnliches Zeugnis abgeben, wenn Jacqueline im Juni dort ihr zweites Praktikum machen würde.

Seit ihrer Konfirmation besuchte Jaqueline auch die Veranstaltungen ihrer Gemeinde mit einem ganz neuen Interesse und mit einem tieferen Ernst. Beim Singen und in der Jugend ging es ihr nicht mehr in erster Linie um die Begegnung mit Paul. Dem begegnete sie zwar immer noch gerne, aber ihr Herz blieb dabei ruhig. Der junge Mann hatte ja auch jemanden, dessen Herz in seiner Nähe höher schlug. Nein, es ging dem Mädchen jetzt mehr um die geistlichen Inhalte. Und es ging ihr um den missionarischen Auftrag, an dem sie in den Gruppen beteiligt war. Jedenfalls hatte die Einsegnung in der Vierzehnjährigen einen Denk- und Lernprozess angestoßen, der sich gerne in die eingeschlagene Richtung weiterentwickeln konnte.

Doch blieb dieser Entwicklung leider nicht viel Zeit, sich weiter positiv zu entfalten. Bereits nach wenigen Wochen wurde ihr ein plötzliches drastisches Ende gesetzt.

Es gehörte schon lange zur Gemeindetradition, dass die Jugend der Rothenberger EMK jährlich am Himmelfahrtstag bei gutem Wetter eine Wanderung unternahm. Das war in diesem Jahr nicht anders. Am Morgen des 15. Mai 1980 trafen sich deshalb etwa zwanzig Jungen und Mädchen an der Kirche, um sich von dort auf den Weg nach Altenmittlau zu machen, ca. zwei Wanderstunden entfernt auf der anderen Seite des Kinzig-Flusses gelegen. Dort wollten sie auf einem Platz in der Nähe der Freigerichthalle bei Spiel und Spaß den Tag verbringen. Jacqueline Lee Koch durfte da natürlich nicht fehlen, und ihr Bruder war selbstverständlich auch mit dabei.

Nachdem die Jugendlichen ihre beiden Handwagen mit den Provianttaschen und Getränkekisten, der Kiste mit den Liederbüchern und mit einigen Wolldecken beladen hatten, sammelte Arno, der Jugendleiter, sein Volk zu einem Stehkreis um sich, um den Wandertag mit einer kurzen Andacht zu beginnen. Losung und Lehrtext des Tages sollten erst gelesen und mit einigen Sätzen kurz bedacht sein.

Seid getrost und lasst eure Hände nicht sinken; denn euer Werk hat seinen Lohn. – 2. Chronik 15,7

Nachdem der Herr Jesus mit ihnen geredet hatte, wurde er auf-

gehoben gen Himmel und setzte sich zur Rechten Gottes. Sie aber zogen aus und predigten an allen Orten. Und der Herr wirkte mit ihnen und bekräftigte das Wort durch die mitfolgenden Zeichen. – Markus 16,19-20

Arno, den die Gruppe zumeist nur JL nannte, führte in einigen Sätzen aus, dass es eine wichtige, froh machende und Mut gebende Tatsache sei, dass der auferstandene Herr Jesus Christus seinen Platz beim Vater im Himmel habe und von dort her seine Königsherrschaft ausübe. Allen seinen Freunden auf der Erde – auch den jungen – sei der Auftrag erteilt, dort, wo jeder seinen Platz habe, mit seinen Gaben und Möglichkeiten davon Zeugnis zu geben. Dieses Zeugnis habe die Verheißung des Segens; denn er selbst, Jesus Christus, sei nach seiner Verheißung bei jedem Einzelnen dabei und in der Gruppe mitten unter ihnen. Das gelte auch für diesen Tag, auch wenn sie nicht in erster Linie zu einem missionarischen Einsatz unterwegs seien. Wenn sich eine solche Möglichkeit ergäbe, umso besser. Deshalb wolle er gerne in das Gebet einstimmen, das ebenfalls im Losungsbuch abgedruckt sei, und dann wolle er noch ein paar eigene Sätze anfügen:

Herr Jesus Christus, du hast deine Jünger nicht alleingelassen, sondern mit ihnen dein Werk, die Kirche, begonnen. Du lässt auch uns nicht im Stich, sondern gibst uns dein Wort, deinen Geist und die Gemeinschaft mit dir, dem Auferstandenen und Erhöhten. Hilf, dass wir dir mehr vertrauen und dir entschlossener gehorchen. Lass uns tätig sein in deinem Dienst.

Gemeinsam beschlossen die jungen Leute die Andacht mit der ersten Strophe des bekannten Tagesliedes von Philipp Friedrich Hiller:

Jesus Christus herrscht als König,
alles wird ihm untertänig,
alles legt ihm Gott zu Fuß;
aller Zunge soll bekennen,
Jesus sei der Herr zu nennen,
dem man Ehre geben muss.

Danach bekamen sie noch ein paar Verhaltensregeln zu hören: »Und jetzt auf den Weg, Freunde, immer schön rechts, nicht mehr als drei nebeneinander und die Kolonne nicht zu weit auseinanderziehen. Die Sinne auch nach hinten richten. Von hinten naht die Heimtücke. Wir sind sicher nicht die Einzigen, die heute unterwegs sind. Da wird es noch ein paar Autos geben. Und jetzt viel Spaß miteinander.«

Den hatten sie, die jungen Leute, die singend, scherzend, lachend und über den Boykott der Olympischen Spiele in Moskau diskutierend, den gerade heute das Nationale Olympische Komitee beschließen wollte, die Landstraßen entlangzogen. Nach knapp zwei Stunden hatten sie das politisch-sportliche Problem zwar nicht gelöst, dafür aber ihr Ziel schon vor Augen. Gerade jetzt, etwa hundert Meter vor der Abzweigung zum Spielplatz, näherte sich von hinten ein Fahrzeug. Dessen Fahrer benutzte seine Hupe offenbar dazu, die jugendliche Wandergruppe an der rechten Fahrbahnseite zu erschrecken. Das gelang ihm auch ausgezeichnet. Die fröhlich palavernden und singenden Wanderer hatten den Pkw nicht kommen hören, und so schreckten sie tatsächlich bei dem ungestümen Dauerhupton mächtig zusammen, blieben stehen, wandten sich auf der Stelle um oder sprangen fluchtartig nach rechts in den Grünstreifen.

Und dann ging alles so schnell, dass später keiner aus der Gruppe genau sagen konnte, wie der Unfall nun wirklich abgelaufen war. Das Auto war unerwartet plötzlich da, Bremsen quietschten, das Fahrzeug schleuderte an der Wandergruppe vorbei und blieb schließlich gegen die Fahrtrichtung mit leicht eingebeultem rechten vorderen Kotflügel auf dem gegenüberliegenden Grünstreifen stehen. Ein paar Meter daneben lag mitten auf der Fahrbahn – Jacqueline. Sie lag wie tot auf ihrer linken Körperseite, schaute mit leeren, stieren Augen ins Nichts und rührte sich nicht.

Im Nu standen alle anderen um sie herum, stumm und sprachlos vor Entsetzen. Was war nur mit dem Mädchen?? Warum bewegte Jacqueline sich nicht? Die war doch wohl nicht – tot? Der Jugendleiter beugte sich zu ihr hinunter und ertastete die Schlagader an ihrem Hals. »Der Puls geht, Gott sei Dank! Äußere Verletzungen sehe ich keine. An der Schulter und am Oberarm sind ein paar Abschürfungen«, sagte Arno leise und blieb dabei erstaunlich ruhig. »Jemand muss Notarzt und Polizei rufen. Die drüben in dem Haus werden Telefon haben.«

»Ich mach das. Ich bin schon weg!«, rief Hermann und sprintete bereits davon.

Arnos weitere Anweisungen kamen ruhig und besonnen. »Zwei Jungen sperren die Straße, und die anderen gehen an die Seite. Wer kann, der betet. Ich brauche für Jacky eine Wolldecke. Sie liegt in günstiger Seitenlage. Sie kann so liegen bleiben, aber sie darf nicht kalt werden.« Karlheinz brachte die Decke und hockte sich neben seine Schwester. Dabei standen ihm Tränen in den Augen. Reden konnte er nichts. Die Situation hatte ihm die Stimme genommen.

Der Unfallverursacher, ein junger Mann, vielleicht 20 Jahre alt, saß derweil völlig apathisch in seinem Fahrzeug, den Kopf auf das Lenkrad gelegt. Der hatte wohl einen Schock erlitten. Susanne, eins der älteren Mädchen, kümmerte sich um ihn, soweit ihr das möglich war. Dann kam Hermann zurück: »Notarzt und Polizei sind unterwegs.«

Im selben Moment hielt aus Richtung Altenmittlau ein Pkw. Ein Mann sprang heraus, in der Hand ein kleines Köfferchen, und kam mit schnellen Schritten zu den beiden Männern und dem Mädchen herüber. »Lassen Sie mich schauen«, sagte er zu Arno, der immer noch neben der bewusstlosen Jacqueline kniete und ihre freie Hand hielt. Was hätte er auch sonst tun können? »Ich bin Arzt«, informierte ihn der Fremde. »Mich muss der Himmel hier vorbeigeschickt haben. Was ist passiert?«

Arno gab Auskunft, so gut er es konnte. Er wusste es doch selbst nicht genau.

Der Arzt schaute sich das Mädchen an, soweit das in dieser Körperstellung ging, fühlte den Puls und hörte das Herz ab. »Bis auf die kleine Kopfwunde und die Schürfwunden und Prellungen sehe ich keine äußeren Verletzungen. Mögliche Brüche kann ich so nicht feststellen. Der Kreislauf scheint stabil, die Atmung funktioniert«, sagte der Arzt: »Ich vermute ein schweres Schädel-Hirn-Trauma. Deshalb die Ohnmacht. Notarzt und Polizei sind informiert?«

»Sind sie, die sind bald hier. Das Martinshorn ist schon zu hören.«

Der Arzt seufzte leicht auf: »Was Sie hören, ist die Polizei. Der Notarzt kommt mit seiner Mannschaft aus Gelnhausen, das ist 15 km von hier. Das wird noch ein paar Minuten dauern. Wir brauchen Geduld. Was ist mit dem Unfallfahrer?«

»Der sitzt in seinem Auto und scheint unter Schock zu stehen. Eins der Mädchen ist bei ihm. Würden Sie nach ihm sehen?«

»Ist sonst jemand betroffen?«

»Nur Jacky hat's erwischt.«

»Was machen die anderen im Gras?«

»EMK-Jugend, Doktor. Die beten.«

»Ist auch dringend nötig. Das sieht nicht gut aus hier. Sind Sie der Leiter?«

Nun war es Arno, der seufzte: »Bin ich. Schlimm, dass das passieren musste.«

»Bleiben Sie bei dem Mädchen. Die Kleine muss spüren, dass jemand bei ihr ist. Ich schaue mal nach dem Fahrer.«

Inzwischen hatten sich in beiden Fahrtrichtungen einige Autos gesammelt. Dabei hielt sich die Neugier der Insassen zum Glück in Grenzen. Dann kam auch schon das Polizeifahrzeug in schneller Fahrt aus Richtung Niedermittlau und Sekunden später nahmen die Beamten ihre Arbeit auf. Der Leitende, ein Herr Euler, Polizeiobermeister, so stellte er sich vor, suchte als Erstes den Kontakt zum Arzt und zum Verantwortlichen der Gruppe, während sein Kollege Anweisungen gab an die, die herumstanden oder auch im Gras des Seitenstreifens saßen. – Einige der jungen Leute beteten immer noch. – Dann ging es um die Spurensicherung auf der Fahrbahn und um die Befragung der Zeugen, die etwas zum Verlauf des Unfalls sagen konnten. Arno und der vom Himmel geschickte Arzt hockten derweil weiter bei Jacqueline, die zwar lebte, aber sich in einer ganz anderen Welt aufzuhalten schien. »Der Fahrer ist so weit in Ordnung. Psychischer Schock. Der sitzt aber nicht sehr tief. Das gibt sich bald wieder.«

Endlich – die Wartezeit schien Stunden gedauert zu haben, dabei waren seit dem Anruf von Hermann gerade mal zehn Minuten vergangen –, endlich waren aus der Ferne die Signalhörner zweier Fahrzeuge zu hören, die rasch näher kamen. »Gott sei Dank, sie kommen«, atmete Arno auf.

»Ich denke, der KW nützt hier nichts. Wir brauchen den Hubschrauber.« Damit nahm der Arzt dem Jugendleiter die Hoffnung, das Mädchen könne bald in der Klinik der ehemaligen Kreisstadt versorgt werden. »Die Kollegen in Gelnhausen sind für den Fall nicht eingerichtet. Das Mädchen gehört zu Prof. Dr. Fromm in die

Neurochirurgie nach Offenbach. Aber das muss der Kollege entscheiden.«

Der Gelnhausener Notarzt, der Momente später Jacqueline untersuchte, gab nach kurzer Untersuchung seinem Kollegen recht und die Anweisung an die Notfall-Sanitäter, per Funk den Rettungshubschrauber des Katastrophenschutzes anzufordern. Er selbst nahm Verbindung zum Stadtkrankenhaus Offenbach auf und bereitete Jacquelines Ankunft auf der Intensivstation dieser Klinik schon einmal vor. Jetzt galt es für alle an der Unfallstelle, weiterhin Geduld zu bewahren. Für die jungen Leute aus Rothenbergen hieß das, weiter um Gottes Erbarmen und um seine Hilfe zu beten und darum, dass er dem Unfallopfer gnädig sei und das tragische Ereignis gut für sie ausgehen lasse.

»Hat schon jemand die Eltern informiert?«, fragte POM Euler in die Runde.

»Noch nicht, aber ich würde es gerne tun«, antwortete Arno.

»Danke, dass Sie mir das abnehmen.« Der Polizist war offensichtlich erleichtert, die traurige Nachricht von dem Unfall nicht überbringen zu müssen. »Rufen Sie von unserem Fahrzeug aus an.«

Arno nahm das Angebot gerne an. Er kam bald zurück, mit Tränen in den Augen. »Die Eltern machen sich gleich auf den Weg nach hier«, konnte er mitteilen.

»Dann werden sie ihre Tochter hier nicht mehr antreffen. Der Hubschrauber ist schon im Anflug und wird gleich landen.«

Tatsächlich senkte sich das Fluggerät keine Minute später bereits ab, großen Lärm und heftigen Wind verursachend, und landete auf dem freien Platz vor der Freigerichthalle. Bereits zwei Minuten später war der Vogel wieder in der Luft, um auf schnellstem Weg mit dem Notarzt und seiner immer noch tief bewusstlosen Patientin das Klinikum Offenbach zu erreichen.

Während die Männer aus Gelnhausen mit ihren beiden Fahrzeugen die Rückfahrt antraten, die Passantenfahrzeuge an der Unfallstelle vorbeigeführt wurden, der Unfallverursacher und sein Auto von seinen Eltern abgeholt wurde – der Junge Mann wirkte dabei immer noch sehr apathisch –, nahm die Arbeit der beiden Polizisten ihren routinemäßigen Fortgang: Fotos machen, Unfallstelle vermessen, Skizze anfertigen, Namen und Adressen der Zeugen notieren, erste Befragungen durchführen …

Währenddessen erreichten Hildegard und Karl Koch die Unfallstelle und ließen sich kurz von POM Euler und von Arno über den Unfall, den Verlauf der vergangenen halben Stunde und die Einschätzung der beiden Ärzte informieren. Die Tatsache, dass der Unfallverursacher aus ihrer ehemaligen Nachbarschaft kam, versetzte sie in einen zusätzlichen Schrecken. Den Jungen kannten sie doch, und seine Eltern erst recht. Mit dieser Sache mussten sie nun auch noch umgehen.

Die beiden Kochs hielten sich jetzt aber nicht länger auf, sondern machten sich bald auf den Weg nach Offenbach. Sie muss-

Auch in der Zeitung wurde von dem schweren Unfall berichtet …

Schwerer Unfall in Altenmittlau

Ein schwerer Verkehrsunfall, bei dem die 14-jährige Jaqueline K. aus Rothenbergen solche Verletzungen erlitt, daß sie mit einem Rettungshubschrauber in die Unfallklinik Offenbach gebracht wurde, ereignete sich am Himmelfahrtstag unmittelbar an der Freigerichthalle. Eine Gruppe von 13 Jugendlichen methodistischen Glaubens aus Gründau-Rothenbergen wanderte von Niedermittlau aus Richtung Altenmittlau. Sie benutzten die rechte Fahrbahnseite. Ein Pkw, dessen Fahrer mit dem Mädchen verwandt ist, kam aus Niedermittlau, erfaßte die Vierzehnjährige und schleuderte sie zu Boden.

Kurze Zeit später erschien der Notarztwagen aus Gelnhausen und der Rettungshubschrauber des Katastrophenschutzes.

ten doch wissen, wie es um ihre Jacky stand und was man dort mit ihr machte. Ein Trost war es ihnen nicht, dass der Notarzt ihnen hatte sagen lassen, sie sollten sich nicht zu stark beunruhigen. Die Lage ihres Kindes sei zwar ernst, aber nicht hoffnungslos. Ihre Tochter käme schon zurück ins Leben, wenngleich das dauern könne.

Dass Karlheinz seine Eltern begleiten wollte, hatten sie wohl erwartet, und das ging auch in Ordnung, obwohl der Junge noch weniger ausrichten konnte als sie. Aber Pferd an seinem Handwagen spielen konnte jetzt tatsächlich jemand anderes.

Nachdem die beiden Polizisten ihre Arbeit getan hatten, konnten die jungen Leute aus Rothenbergen endlich ihren traurigen Rückweg antreten. Lachen, Singen und Feixen war ihnen allen gründlich vergangen. Eine sehr betroffene und schweigsame Truppe kam zwei Stunden später in Rothenbergen an ihrer Kirche an. Sie wurde dort von einigen älteren Gemeindegliedern empfangen, die sich bereits vorher zur Fürbitte getroffen hatten. Die Nachricht von dem Unfall hatte sich in Windeseile verbreitet, nachdem die Eltern Koch die Nachrichten-Kette noch selbst in Gang gesetzt hatten. Es sollte und musste doch für ihre Jacky gebetet werden.

Niemand mochte jetzt gleich nach Hause gehen. Alte und Junge versammelten sich zunächst noch einmal im Jugendraum ihrer Kirche, um jetzt gemeinsam dafür zu beten, dass der König Jesus Christus sich um Jacqueline kümmerte und auch sonst alle Dinge um dieses schlimme Ereignis in seine guten Hände nahm – auch den jungen Mann, der durch seine Unaufmerksamkeit oder auch durch seinen Übermut, vielleicht auch wegen seiner fehlenden Fahrpraxis – sein Führerschein war noch sehr frisch – den Unfall verursacht und sich selbst damit schuldig gemacht hatte. Das Losungswort dieses Tages aus 2. Chronik 15,7 bekam für die EMK-ler plötzlich eine ganz neue Bedeutung:

Seid getrost und lasst eure Hände nicht sinken;
denn euer Werk hat seinen Lohn.

Während dies geschah, lief der Verkehr auf der L 3269 bei Altenmittlau längst wieder normal, und an der Unfallstelle erinnerten nur noch ein paar weiße Kreidestriche auf der grauen Fahrbahndecke daran, dass sich hier gegen Mittag ein schwerer Unfall ereignet hatte, von dem niemand sagen konnte, welchen Ausgang er letztlich nehmen würde ...

Hildegard und Karl Koch und ihr Pflegesohn mussten lange vor der Tür der Intensivstation des Stadtkrankenhauses warten, bis endlich einer der Ärzte kam und sie über den Stand der ersten Untersuchungen und ihre Ergebnisse informierte. Was er mitzuteilen hatte, klang gar nicht gut und ließ die drei bangenden Menschen erneut erschrecken. Der Mann mit dem grünen Kittel und dem heruntergezogenen Mundschutz sprach sehr ernst und sichtlich betroffen davon, dass es um Jacqueline nicht sehr gut stünde. Sie befände sich in einem tiefen Koma und es bestünde durchaus Lebensgefahr. Er sprach von einem gedeckten Schädel-Hirn-Trauma und vom Vorliegen eines primären traumatischen Mittelhirnsyndroms. Die computertomografische Untersuchung habe erfreulicherweise die befürchtete intrakranielle Blutung ausgeschlossen. Von daher sei eine neurochirurgische Intervention, das bedeute eine operative Öffnung des Schädels, überflüssig. Es seien aber noch einige weitere Untersuchungen erforderlich. Man überlege im Team, ob es sinnvoll sei, einen epiduralen Druckaufnehmer zu implantieren, um jederzeit Aufschluss zu haben über die Stärke des Hirndrucks. Zu hoher Hirndruck zwinge zum Handeln. Er hoffe aber sehr, dass es nicht dazu kommen werde. – Und jetzt könne er ihnen, den Angehörigen, nur raten, nach Hause zu fahren und sich in Geduld zu üben. Über dramatische Veränderungen werde man sie umgehend unterrichten. Dabei hoffe er allerdings sehr, nein, er sei eigentlich sogar sicher, dass der finale Ernstfall nicht eintrete. Aber es könne durchaus einige Tage dauern, bis die Patientin aus ihrem Koma erwache. Sie könnten sich aber gerne jederzeit telefonisch erkundigen, wie es um die Patientin stünde. – Damit reichte der Arzt den drei Menschen im Vorraum die Hand und verschwand auch schon wieder hinter der Tür mit dem Schild »Intensivstation – Eintritt nur mit besonderer Befugnis«.

Den drei Menschen vor der Tür brummten die Köpfe. Was der Arzt ihnen da erzählt hatte, klang durch die medizinischen Fachausdrücke furchtbar und zutiefst erschreckend. Hätte der sie nicht in einer verständlichen Sprache informieren können? Was war denn nun eigentlich mit Jacqueline?

Karlheinz versuchte, seinen Eltern zu helfen. »Ich habe kapiert, dass Jack im Koma liegt und keiner weiß, wann sie aufwacht. Und weil es zum Glück keine Gehirnblutung gibt, muss der Schädel nicht operiert werden. Und dann wollen sie Jack zur ständigen Kontrolle ein Messgerät für den Hirndruck anlegen, damit sie sofort reagieren können, wenn der Hirndruck zu hoch und gefährlich wird.«

»Danke, Karlheinz«, sagte die Mutti leise. »Das muss uns dann zum Beten auch reichen.«

»Und auch als Information für die, die sich nach Jacky erkundigen«, ergänzte Karl.

»Das werden viele sein«, glaubte der Junge zu wissen. »Ein solches Unglück rüttelt die Leute auf und weckt ihre Neugierde.«

»Wenn sie dann wenigstens mit beten«, seufzte Hildegard.

»Wer beten kann, wird es tun«, sagte Karl überzeugt. »Aber jetzt lasst uns nach Hause fahren. Hier zu sitzen und zu lamentieren bringt nichts. Alles ist in Gottes Hand.«

»Gut, dass es so ist«, bestätigte seine Frau und erinnerte sich in gerade diesem Moment an Jacquelines Lieblingslied, das das Abschlusslied des Konfirmations-Sonntags gewesen war. Sie sprach den Text betend halblaut vor sich hin:

In dein Erbarmen hülle mein schwaches Herz
und mach es gänzlich stille in Freud und Schmerz.
Lass ruhn zu deinen Füßen dein armes Kind:
es will die Augen schließen und glauben blind.

»Amen!«, ergänzten Vater und Sohn, und dann machten sich die drei mit trüben Herzen und schweren Gedanken auf den Rückweg. Hier konnten sie tatsächlich nichts mehr ausrichten. Aber Gott war auch hier, der König Jesus Christus regierte auch hier. Ihm blieb alles anheimgestellt. Er würde es recht machen.

Rückkehr ins Leben

Für Hildegard und Karl Koch begann mit diesem tragischen Himmelfahrtstag eine äußerst schwierige und mühsame Zeit, eine Zeit zwischen ständigem Hoffen und Bangen, zwischen glaubendem Vertrauen und zweifelnder Anklage gegen Gott und Menschen, zwischen heftigem Widerstand gegen das grausame Schicksal, das ihre Familie getroffen hatte, und stiller Ergebung in die Lage, die ihnen anzunehmen auferlegt war. Die Gedanken um Jacqueline kreisten tagsüber in den Köpfen und lähmten das Handeln. Sie geisterten nachts durch die Träume und verhinderten den notwendigen Schlaf. Die Frage nach dem »Warum?« war allgegenwärtig wie auch die Frage nach der Gerechtigkeit und der bewahrenden Liebe Gottes.

Dazu kam, dass Pflegesohn Karlheinz selbst mit dem Ereignis nicht klarkam und seine Eltern in deren Reaktionen nicht verstand. Die sollten sich mal nicht so anstellen und ihr Heulen und Jammern und Lamentieren ein wenig zurückschrauben. In anderen Familien gebe es auch schwere Krankheitsfälle und passierten Unglücke; sie brauchten doch nur einmal in die Zeitung zu schauen, und die betroffenen Leute müssten auch weiterleben. Die meisten von denen hätten sicherlich keinen Glauben, der ihnen Kraft geben könne. Und außerdem, für ihn, für Karlheinz, hätten sie wohl überhaupt kein Auge und keine Zeit mehr. Er dürfe jetzt Jacks Tiergarten versorgen und bekomme kein Dankeschön dafür. Morgens hieße es: »Karlheinz hier … und denk dran und vergiss nicht …«, abends hieße es: »Karlheinz da … hast du daran gedacht und hast du auch nicht vergessen …?« Aber er sei ja auch nur der Pflegesohn, und Jack sei die Tochter, an Kindes statt angenommen und in alle Rechte eines leiblichen Kindes befördert. Das sei ja auch tatsächlich ein Unterschied. Ob sie wohl für ihn das gleiche Bohei veranstalten würden wie für Jack, wenn es ihn treffen würde? Seine Schwester tue ihm zwar sehr leid, dennoch kotze ihn die ganze Situation an.

Die Eltern Koch waren schockiert über die Äußerungen ihres Pflegesohns. War das seine Art, mit der Sache umzugehen und sie zu verarbeiten? Vor allem Hildegard Koch war tief verletzt, und sie bekam zusätzlich noch gesundheitliche Probleme, die ihr die seelischen und körperlichen Kräfte raubten, sodass sie sich in ärztliche Behandlung begeben musste. Einerseits hatte der Junge ja irgendwo recht. Ihre Gedanken kreisten in der Tat nur um Jacqueline auf der Intensivstation, und Karlheinz kam kaum darin vor. Sie sahen sich in diesen Tagen wirklich nur noch am Morgen vor der Schule und am Abend, wenn sie, die Eltern, aus Offenbach zurück waren. Dann reichte der Elan gerade noch dazu, den Haushalt vom ausgehenden Tag für den kommenden in Ordnung zu bringen. Dann hatten sie keine Kraft mehr, sich mit dem Jungen zu befassen. Dann flossen die Tränen, dann ging das Telefon, dann kam jemand, der sich nach dem aktuellen Stand der Dinge erkundigen und Trost spenden wollte, dann ....

Es blieb nicht aus, dass es zwischen den Alten und dem Jungen zu lautstarken Auseinandersetzungen kam, an deren Ende Türenknallen und Tränen standen. Großer Gott, wenn sich doch irgendwo Licht am Ende des Tunnels zeigte ...

Neben diesen unschönen Dingen gab es für die Kochs aber auch viel Positives zu erleben. Sie erfuhren eine nie erwartete Anteilnahme aus dem Ort und besonders natürlich aus der Gemeinde. Was ihnen aus dem »weltlichen« Rothenbergen an Mitgefühl entgegengebracht wurde, waren viele wirklich gut gemeinte Worte, aber sie waren zumeist hohl und flach und konnten kaum wirkliche Hilfe sein. Der zahlreiche Zuspruch, der aus der Gemeinde und von anderen Frommen des Dorfes kam, hatte eine ganz andere Qualität und vermochte sie zu trösten und zu tragen. Hier waren die Beter, die wussten, wo die besonderen Sorgen dieser Tage abgeworfen werden konnten und wo die Quelle der Kraft lag, aus der die direkt und indirekt Betroffenen schöpfen konnten.

Die Grüße und Zeugnisse der Anteilnahme stapelten sich auf dem Bord in Kochs Zuhause. Außergewöhnliche Worte und Aussprüche waren darunter, die unmittelbar in die Notsituation hineinzusprechen vermochten. Einer schickte eine Karte mit einer Lebensweisheit Martin Luthers: »Wo ein Tröpflein Unglück ist, daselbst ist ein ganzes Meer von Wohltaten Gottes.« Ein anderer schrieb in schöner Schrift ein Zitat von Johannes Calvin: »Nichts tröstet mehr als die Gewissheit, mitten im Elend von der Liebe

Gottes umfangen zu werden.« Auch das Wort »Mitten in der Nacht ist der Anfang des Tages« hatte etwas Tröstliches in sich.

Wohltuend war die kurze Hausandacht über Psalm 32,6-7, die Freunde bei einem Besuch mit den Kochs hielten:

Deshalb werden alle Heiligen zu dir beten zur Zeit der Angst. Darum, wenn große Wasserfluten kommen, werden sie nicht an sie gelangen. Du bist mein Schirm, du wirst mich vor Angst behüten, dass ich errettet gar fröhlich rühmen kann.

Wohltuend waren die Gespräche mit Pastor Heil und mit JL Arno. Wohltuend auch der Besuch von Jacquelines Lehrer, Herrn Komma, mit der Information, dass sogar im Religionsunterricht der Schule für die Mitschülerin gebetet würde, und mit dem Hinweis: »Wenn alle Wege verbaut sind, geht der Blick nach oben.« Mut machend waren auch die Botschaften, die immer wieder von den jungen Leuten der Gemeinde kamen, die regelmäßig den Blick nach oben wandten und sich zum Gebet für Jacqueline trafen.

Zuweilen sprach Gott wohl auch selbst zu den leidenden Eltern, indem er in Momenten besonderen Zitterns und Zagens, Weinens und Klagens an seine Zusprüche und Verheißungen erinnerte. Zum Beispiel stand Hildegard Koch einmal ganz groß vor Augen, was Gott den Propheten Jesaja ausrufen ließ: *Gedenkt nicht an das Frühere und achtet nicht auf das Vorige! Denn siehe, ich will ein Neues schaffen, jetzt wächst es auf. Erkennt ihr's denn nicht? Ich mache einen Weg in der Wüste und Wasserströme in der Einöde* (Jesaja 43,18-19). Oder das andere Bibelwort aus Psalm 68,20-21, das per Postkarte kam: *Gelobt sei der Herr täglich. Gott legt uns eine Last auf, aber er hilft uns auch. Wir haben einen Gott, der da hilft, und den Herrn, der vom Tode errettet.*

Was waren das alles für Worte, Zusprüche, Verheißungen! Wenn sich das umsetzte, was da gesagt war, dann wurde alles gut; dann musste alles gut werden! Aber wann? Und was war bis dahin …?

Tröstlich und hilfreich war auch das Verständnis, das die Vorgesetzten der Wibau AG ihrer Angestellten entgegenbrachten. Hildegard Koch durfte ihre Arbeitszeit reduzieren und bereits um 13 Uhr Feierabend machen, damit sie nach Offenbach fahren konnte, um den Nachmittag am Bett ihrer Tochter auf der Intensivstation zu verbringen. Ihr Mann war ja sein eigener Chef. Karl

Koch konnte sich seine Arbeitszeit so einteilen, dass er seine Aufträge abarbeiten konnte und doch Zeit genug blieb, etwa jeden zweiten Tag mit nach Offenbach zu fahren.

Auch hier in der Klinik kam den leidenden Eltern eine Welle von Mitgefühl entgegen. Die Ärzte, Schwestern und Pfleger kümmerten sich tatkräftig um ihre schwerstkranke junge Patientin, die vielfach verkabelt reglos in ihrem Bett lag. Sie kümmerten sich aber auch um ihre Besucher. Sie nahmen sich immer wieder Zeit, mit den Eltern ein paar Worte zu reden und ihre Fragen zu beantworten. Und Fragen gab es so viele. Manche wiederholten sich immer wieder, es gab aber auch täglich neue: War die Lebensgefahr endlich gebannt? Wie war das zu verstehen, dass nur Jacquelines Jugend sie noch am Leben hielt? Funktionierte die Magensonde auch richtig, wurde der Körper also hinreichend ernährt? Warum musste die Atmung zeitweise unterstützt werden? Was bedeuteten die zuweilen starken Schwankungen des Hirndrucks, die das Messgerät zeigte und aufzeichnete? Bestand immer noch die Gefahr, dass ein operativer Eingriff erforderlich wurde? Warum reagierte der Körper nicht auf taktile Reize? Führte das lange stille Liegen nicht zur Schwächung der Muskulatur? Warum dies und wieso das …?

Geduldig beantwortete das Personal der Intensivstation die Fragen der Eltern Koch. Ebenso geduldig forderten diese Leute sie aber auch immer wieder dazu auf, die Hoffnung nicht aufzugeben. Die Patientin werde sicher bald aufwachen, und wenn sie dann wach sei, könne man ganz anders mit ihr umgehen und mit ihr arbeiten. Aber dann wisse man auch erst, wie mit ihr umgegangen werden könne und müsse. Leider sei der Zeitpunkt immer noch zu früh, um etwas dazu zu sagen, welche Folgen die schwere Hirnverletzung letztlich haben werde.

Als Hildegard und Karl Koch sich wieder einmal sehr deprimiert auf den Heimweg machen wollten, drückte ihnen eine der älteren Schwestern – »Schwester Waltraud« stand auf dem Namensschildchen dieser eher stillen, aber offenbar gläubigen Frau – einen Liedvers in die Hand:

Harre, meine Seele, harre des Herrn;
alles ihm befehle, hilft er doch so gern!
Wenn alles bricht, Gott verlässt uns nicht;

größer als der Helfer ist die Not ja nicht.
Ewige Treue, Retter in Not,
rett' auch unsre Seele, du treuer Gott!

Diese Aufforderung des Liederdichters Friedrich Räder in der Hand zu halten und vor Augen zu haben, tat gut. Ja, das wollten sie: Des Herrn harren, mit Gott rechnen und annehmen, wie er weiter mit Jacqueline und mit ihnen umging. Es blieb ihnen freilich auch gar nichts anderes übrig.

Das Pfingstwochenende deutete endlich eine Wende an im Geschehen um das Unfallopfer und seine Angehörigen. Der kritische Punkt im Befinden des Mädchens schien überwunden. War der Hirndruck in den vergangenen Tagen immer wieder gefährlich hoch gewesen, so stabilisierte er sich mehr und mehr auf einem niedrigen Niveau. Jaquelines Körper reagierte zum ersten Mal sichtbar auf Berührungen. Ihre Augenlider und der Mund schienen sich leicht zu bewegen. Die Patientin zeigte nach zehn Tagen endlich, dass Leben in ihr steckte, das sich äußern wollte. Dr. Müller, der Arzt, mit dem es Hildegard Koch wegen seiner freundlichen und liebenswürdigen Art am liebsten zu tun hatte, bestätigte die erkennbare Veränderung, warnte aber vor Euphorie. Das seien erst die allerersten Signale. Jaqueline stecke bisher immer noch im Koma, wenngleich dies nicht mehr so tief sei wie zuvor. Das Mädchen befinde sich offenbar an einem Wendepunkt, es sei aber noch nicht über den Berg.

Dennoch, den Eltern Koch erschien es, als wolle Gott seine Worte bestätigen, die sie an diesem Pfingstsamstag in ihrem Losungsbuch gelesen hatten:

Deine Toten werden leben (Jesaja 26,19) und *Er, der Christus von den Toten auferweckt hat, wird auch eure sterblichen Leiber lebendig machen durch seinen Geist, der in euch wohnt* (Römer 8,11).

Sie waren unendlich dankbar für die ersten Zeichen einer positiven Veränderung bei Jacqueline. Aber auch für die, die Hildegard Koch erlebt hatte, nachdem sie in den vergangenen Tagen sehr depressiv geworden war und kurz davor stand, völlig zu verzweifeln und allen Glauben und alle Hoffnung über Bord zu werfen. In der Dunkelheit ihres Stimmungstiefs, das sie plötzlich erfasst hatte, war der leidenden Frau ein Vers aus dem 118. Psalm wie ein plötzliches Licht hell und leuchtend vor die Augen gekommen, der auch die Stichworte Tod und Leben enthielt und der geradewegs in die Zukunft wies:

Ich werde nicht sterben, sondern leben und des Herrn Werke verkündigen. Der Herr züchtigt mich schwer, aber er gibt mich dem Tode nicht preis.

Hildegard Koch deutete dieses Psalmwort zunächst für sich selbst und griff nach seiner Aussage wie nach einem zugeworfenen Rettungsring: Es würde wieder licht in ihr; diese »Züchtigung« Gottes würde ein Ende nehmen und neue Tage mit neuen Aufträgen hervorbringen. Dann deutete sie das Wort auch auf Jacqueline. Auch für sie würde es wieder Licht geben; auch ihr würden nach schwieriger Zeit neue Tage geschenkt und neue Aufgaben. – Wenn Gott doch nur ein Einsehen hätte, dass ihre menschliche Kraft so schwach war und ihre Geduld so begrenzt …

Am Donnerstag, dem 5. 6. 1980, an Fronleichnam, geschah dann das heiß ersehnte und erbetene Wunder. Bis zu diesem Tag war es mit Jacquelines Zustand auf und ab gegangen. Es hatte kritische Momente gegeben, in denen die OP schon vorbereitet wurde. Dann waren doch wieder ruhige Phasen eingetreten, in denen die Geräte keinen Alarm schlugen und in denen Atmung und Nahrungsaufnahme per Sonde ohne Probleme funktionierten. Eine Entzündung mit Fieber hatte die Patientin am Ende ohne weitere Komplikationen überstanden. Nach wie vor aber hatte sich das Mädchen im Zustand der Bewusstlosigkeit befunden und war auch durch alle möglichen Reize nicht daraus zu wecken gewesen. Sie hatte durch ihren schwankenden Gesundheitszustand ihre Betreuer und auch ihre Verwandten ständig unter Spannung gehalten. Dem Wechselbad der damit verbundenen Empfindungen sollte an diesem Fronleichnamstag endlich die Macht genommen werden.

Als Hildegard und Karl Koch an diesem Feiertag in die Klinik kamen, wurden sie vor der Tür zur Intensivstation bereits von Dr. Müller erwartet. »Schön, dass Sie schon da sind«, begrüßte er die beiden und reichte ihnen die Hand. »Ich habe neue Nachrichten für Sie und nachher noch einen Termin.«

Für einen Moment erschraken die beiden Besucher. Dann war ihnen aber klar, dass diese Nachrichten gute Nachrichten sein mussten. Würde sonst der Arzt so einen – ja, fast beschwingten Eindruck machen? »Sagen Sie uns, Herr Doktor, was ist mit Jacky?«

»Sie dürfen Ihrem Gott einen ersten Dank abstatten«, antwortete Dr. Müller. »Unser Sorgenkind ist aufgewacht.«

»Jacky ist wach?« Hildegard Koch wollte es für einen Moment nicht glauben. Dann hatte sie begriffen, dass sie sich nicht verhört hatte, und fiel ihrem Karl vor Freude um den Hals. »Sie ist wach, Karl. Sie ist wach! Gott sei Dank!« Und zum Arzt gewandt fragte sie: »Dürfen wir rein?«

»Natürlich dürfen Sie rein, wie immer im grünen Gewand.« Der Mann griff bereits nach der Türklinke. »Ich hoffe, Ihre Tochter straft mich nicht Lügen und ist wieder entschlummert.«

»Das wäre schade«, meinte Karl Koch, »aber bei der grundsätzlichen Veränderung wohl zu ertragen.«

Eine Minute später standen die Eltern wieder am Bett ihrer Tochter, zum zwanzigsten Mal seit Himmelfahrt – heute freilich in einer ganz anderen Spannung als bisher. Heute warteten sie mit berechtigter Hoffnung darauf, dass Jacqueline die Augen öffnete.

»Jacky, Liebes, schau, wir sind wieder hier«, sprach die Mutti ihr Kind an. Und als hätte die Kranke die Anrede wirklich gehört und verstanden, öffnete sie die Augen und schaute ihre Besucher nacheinander an, freilich mit einem starren und eher ins Nichts gehenden Blick. Dabei wendete sie ein ganz klein wenig den Kopf. Mehr Reaktion kam allerdings nicht. Aber das war doch schon was! Doch, dann kam noch etwas: Jacqueline bewegte ganz leicht die Lippen, als wollte sie etwas sagen. Heraus kam leider nichts, nicht mal ein leiser Ton.

»Schön, dass du wach bist, Jacky!« Die Mutti beugte sich über sie und streichelte ihrem Kind vorsichtig über die Wange. Dabei glaubte sie, eine Reaktion der Haut zu spüren, aber vielleicht unterlag sie da auch einer Täuschung und ihr eigener Wunsch hatte diese Empfindung in ihr ausgelöst.

Dann trat auch Karl Koch näher ans Bett und strich dem Mädchen zart über die Wange. »Ich bin auch da, Jacky, dein Papa. Kannst du mich sehen?« Ob die Patientin ihre Besucher nun wirklich wahrnahm, vermochte niemand mit letzter Sicherheit zu sagen. Es gab allerdings ein untrügliches Indiz: Die Messgeräte für Puls und Blutdruck schlugen heftig aus. Da musste also in Jacqueline etwas vorgehen, das das Herz schneller und heftiger schlagen ließ. Herrlich! Gott sei Dank!

Jetzt meldete sich der Arzt wieder, der in diesen Minuten mit der betreuenden Schwester Waltraud still dabeigestanden hatte. »Für heute muss es gut sein«, sagte er leise. »Ich denke, Ihr Besuch hat Ihre Tochter angestrengt. Sie hat deutlich gespürt, dass jemand da ist. Sie haben es selbst an den Geräten gesehen. Und jetzt braucht sie wieder Ruhe. Gehen wir nach draußen. Ich muss Ihnen noch einiges sagen.«

Noch einmal strich die Mutti ihrer Tochter über die Wange: »Tschüss, Kind, bis morgen«, sagte sie leise, und dabei schlugen die beiden Anzeigegeräte wieder etwas stärker aus.

Draußen atmeten die beiden Kochs tief aus und auf. »Gott tut doch noch Wunder, Dr. Müller«, freute sich Hildegard Koch. »Es lohnt sich, die Hoffnung ganz auf die Gnade zu setzen, wie das heute im Losungsbuch steht. Wie ich mich freue! Wie *wir* uns freuen!«, ergänzte sie mit einem Blick auf ihren Mann.

Der Arzt bestätigte die Bemerkung durch ein Kopfnicken. »Ich wollte Ihnen ja noch ein paar Dinge sagen. Also: Ihre Tochter ist zwar wach, ich kann allerdings noch nicht auf ein ›Aber‹ hinter dieser Feststellung verzichten. Ich bin immerhin guter Hoffnung, dass der Prozess sich nicht wieder umkehrt. Zum anderen: Sie sollten in den nächsten Tagen einen Rekorder einschließlich Kopfhörer mitbringen – Kopfhörer wegen der anderen Patienten in diesem Raum – und Tonkassetten mit Liedern, die Ihre Tochter kennt und die sie wiedererkennen kann. Sie können ihr auch kurze Texte vorlesen, damit sie Ihre Stimmen hört und identifizieren kann, sofern ihr das überhaupt möglich ist. Die medizinische Forschung nimmt zumindest an, dass Koma-Patienten ihre Umwelt durchaus registrieren. Bieten Sie ihr Musik und Text aber nur in kleinen Dosen an, um sie nicht zu überfordern. Wir sollten es dennoch auf jeden Fall probieren; es wird ihrer Seele sicher guttun.

Ihr Körper macht mir auch ein wenig Kummer. Wir beobachten an allen Extremitäten, das heißt an Armen und Beinen, deutliche Strecksynergismen und einen massiv erhöhten Muskeltonus. Das heißt, Jacquelines Muskulatur ist völlig verspannt und verkrampft. Sie konnten das vor allem an der Haltung ihres rechten Armes sehen. Die Beine stecken ja unter der Decke. Sie wird Mühe haben, ihre Arme und Beine normal zu bewegen, wie Sie und ich das tun.«

»Wo kommt das her?«, fragte Hildegard Koch beunruhigt nach.

»Das ist eine bekannte Folge des Traumas.«

»Und bildet sich das zurück?«, sorgte sich ihr Mann.

»Das braucht seine Zeit und ist abhängig vom Prozess der Heilung der Hirnverletzung. Die Schwellung unter der Schädeldecke ist immer noch recht groß. Die Spasmen, das heißt die Verkrampfungen, müssen später dann auch krankengymnastisch behandelt und gelöst werden. Leider muss ich auch hier ein ›Aber‹ anfügen.« Der Arzt merkte, dass er seinen Zuhörern mit diesen Bemerkungen neue Unruhe machte, und hakte genau da ein. »Ich muss Ihnen das sagen, damit Sie sich später nicht wundern und uns dann vorhalten, Sie seien nicht vorgewarnt worden.«

Hildegard Koch holte tief Luft und wagte dann die Frage: »Also, Dr. Müller, worauf müssen wir uns einstellen?«

Der Arzt besann sich einen Moment, als lege er sich seine Antwort zurecht. Jetzt nur nichts Falsches weitergeben! Dann sagte er: »Sie müssen sich darauf einstellen, dass Ihre Tochter nie wieder ein solcher Springinsfeld sein kann, wie sie es Ihrem Bericht nach gewesen ist. Über den Zaun springen, anstatt das Gartentürchen zu öffnen, das wird es vermutlich, ich sage vermutlich, nicht mehr geben.«

»Aber sie wird nicht gelähmt sein?«, hakte der Vater nach und schaute dabei sehr besorgt drein.

»Das glaube ich nicht«, bemühte sich Dr. Müller diese Befürchtung zu zerstreuen. »Aber Jacqueline wird vermutlich, und ich sage wieder vermutlich, eine gewisse Spastik ihrer Gliedmaßen zurückbehalten.«

»Wird sie krampfen, epileptisch?«, fragte wieder die Mutter.

Der Arzt zögerte mit seiner Antwort, blickte ein paarmal zwischen den beiden Personen hin und her und wiegte ein wenig den Kopf. Dann sagte er mit hochgezogener Stirn: »Ich kann das leider nicht ausschließen. Ich sage Ihnen das offen. Mancher Patient mit Hirnverletzungen musste danach mit Anfällen leben. Für Ihre Tochter hoffe ich, dass sie davon verschont bleibt. Die nächsten Wochen müssen zeigen, was wird. Jetzt sollten wir froh sein, dass die Bewusstlosigkeit endlich überstanden ist. Und sie scheint jetzt wirklich überstanden zu sein. In ein paar Tagen wissen wir hoffentlich mehr. Bleiben Sie optimistisch und getrost. Aber stellen Sie sich innerlich schon einmal auf einen langen Prozess ein.« Er schaute auf seine Uhr.

Hildegard Koch hatte das wohl bemerkt, aber dennoch wagte sie die Frage: »Haben Sie irgendeine zeitliche Vorstellung?«

Der Arzt atmete wieder ein paarmal tief durch, bis er seine Aussage machte. »Die Antwort ist sehr schwer zu geben. Ich sage mit ganz vielen Vorbehalten: Richten Sie sich noch auf einige Monate Klinik ein und dann auf ein Jahr oder mehr mit vielen Reha-Maßnahmen. Und jetzt muss ich leider ... Leben Sie wohl und kommen Sie gut nach Hause. Ich bin übrigens noch für eine Woche auf der Station, ehe ich für ein paar Tage wechsele.«

»Danke, Herr Doktor, für Ihre Informationen und für die Zeit, die Sie für uns übrig hatten«, verabschiedete sich Hildegard Koch zugleich für ihren Mann mit, und mit einem Lächeln hängte sie an: »Ab morgen klinken wir uns dann mit Texten und Liedern in die Therapie ein.«

Im Auto löste das in der vergangenen Stunde Erlebte zunächst einmal Tränen aus – freilich waren das heute überwiegend Tränen der Freude und der Dankbarkeit. Die Spannung war doch recht hoch gewesen, und sie durfte sich ruhig auf diese Weise lösen. Die ersten Dankgebete wurden dann auch noch im Auto gen Himmel geschickt, verbunden mit der Bitte um weitere Barmherzigkeit.

Später in Rothenbergen löste die Nachricht aus Offenbach ebenfalls große Freude und Dankbarkeit aus. Und das nicht nur im Jugendkreis, der auch an diesem Donnerstagabend zusammengekommen war. Die Nachricht von Jacquelines Aufwachen aus dem Koma verbreitete sich ähnlich rasch wie die vor drei Wochen von dem Unfall. Im Haus Koch stand das Telefon nicht still. Hatte es die wohltuende Anteilnahme im Leid gegeben, so gab es sie jetzt auch in der Freude. In vielen Häusern wurde am Abend dieses Tages für Gottes gutes Eingreifen gedankt und zugleich dafür gebetet, dass jetzt auch ein guter Heilungsprozess in Gang kam, der das Mädchen gründlich genesen ließ und möglichst bald nach Hause zurückbrachte.

Mühsame Schritte

Wie die nächsten Tage zeigten, war Jacquelines Rückweg in die Welt der Lebendigen und Aktiven tatsächlich beschritten. Aber der Weg sollte lang und mühsam werden. Es dauerte noch eine Weile, bis sich ihr Blick so weit erhellte und öffnete, dass man ihn auch als einen Blick bezeichnen konnte, der wirklich wahrnahm und erkannte. Es brauchte ebenso noch eine Reihe von Besuchen und vorsichtigen Ansprachen, bis die Kranke die Stimmen der Mutti und des Papas den beiden auch zuordnen konnte. Und es dauerte weitere Wochen, bis sie ihre Eltern entsprechend anredete. Dabei kam ihr der »Papa« leichter über die Lippen als die »Mutti«. Andere Namen konnte sie noch lange nicht aussprechen. Sie identifizierte »fremde« Besucher dann so, dass sie zu ihren Namen ja oder nein sagte.

Dabei blieb ihr Gesicht noch lange ohne besonderen Ausdruck. Das Lächeln musste Jacqueline erst wieder lernen. Den Ärger allerdings nicht. Der äußerte sich wie von alleine. Wenn ihr das Getränk oder das Essen nicht schmeckte, nachdem die Sondenkost abgesetzt werden konnte, oder wenn sie die Arznei nicht mochte, die sie für den Heilungsprozess brauchte, dann spuckte sie alles wieder aus ohne Rücksicht auf die Person, die ihr die Suppe, den Tee und den Nootrop-Saft einflößte oder den Brei und die Pillen in den Mund schob. Da wurde manches Kleidungsstück besudelt und musste in die Wäsche. Wenn der Patientin irgendetwas anderes nicht behagte, dann wehrte sie sich dagegen, seit sie ihren linken Arm wieder einigermaßen bewegen konnte – der rechte blieb noch wochenlang unbrauchbar. Was sie gerne abriss, war der Mundschutz, den die Ärzte, Schwestern und auch die Besucher auf der Intensivstation tragen mussten. Da grabschte sie immer wieder einmal ihrem Gegenüber ins Gesicht, wenn der oder die Betreffende ihr zu nahe kam. Auch der Blasenkatheder war dann nicht mehr vor ihrem Griff sicher, wurde herausgerissen und musste anschließend wieder erneuert werden. Die Pampers, die später den Katheder ersetzten, wurden ihr zuweilen lästig. Wenn Jacqueline die Einlagen dann wieder einmal vor Verrichtung ihrer Geschäfte entfernt hatte, mussten der kranke Mensch wieder gewaschen und das Bettzeug gewechselt werden. Die Schwestern gerieten zuweilen an die Grenzen ihrer Geduld und ihrer Kräfte, und Hildegard Koch ging es nicht anders. Sie kam täglich, um sich mit der Kranken zu befassen das Pflegepersonal zu entlasten.

Es dauerte, bis Jacqueline ihre Körperfunktionen wieder zu beherrschen gelernt hatte und zu ihren kleinen und großen Geschäften im Rollstuhl oder später am Arm eines Helfers die Toilette aufsuchen konnte. Ihre Stimmungen vermochte sie eine noch längere Zeit nicht zu beherrschen. Die Reaktionen des Mädchens auf alle möglichen Reize, Anregungen, Ereignisse und Besuche blieben lange unberechenbar. Frohsinn und Traurigkeit wechselten immer wieder ab und das von einem Moment zum anderen, ohne dass es dafür eine erkennbare Erklärung gegeben hätte. Das waren lange, schwierige Wochen für alle Beteiligten. Da wurde mancher Seufzer laut, und es waren immer wieder bittere Tränen zu trocknen.

Dennoch gab es für die Eltern Koch und ihre Freunde, aber auch für das Pflegepersonal der Offenbacher Klinik Grund zu danken und zur weiteren Zuversicht: Die große Kurve des Genesungsprozesses verlief dauerhaft ansteigend, wenngleich langsam und unbeständig und mit wechselndem Auf und Ab. Irgendwann würde diese Kurve eine Höhe erreicht haben, auf der sie zur ebenen Linie wurde, die dann hoffentlich ohne nennenswerte Schwankungen auf gutem Niveau weiterlief.

Genau vier Wochen nach dem Unfall wurde Jacqueline von der Intensivstation in ein Einzelzimmer der neurologischen Kinderstation verlegt. Diese äußere Veränderung schaffte Erleichterung für das Pflegepersonal und für die Besucher. Das Mädchen musste nicht mehr unter ständiger Beobachtung sein, wie das auf der IS der Fall gewesen war. Hildegard und Karl Koch konnten sich zu zweit oder auch einzeln länger bei ihrer Tochter aufhalten. Sie konnten nun auch andere Besucher mitbringen, die Jacqueline gerne sehen und erfreuen wollten. Jetzt wurden die Kopfhörer nicht mehr gebraucht, um den Geist musikalisch anzuregen. Der Rekorder konnte seine Musik unmittelbar über die Lautsprecher abgeben. Jetzt brauchten die Lieder auch nicht mehr nur aus der

Konserve zu kommen, sie konnten gesungen werden, und es war schon bewegend, als die Patientin drei Wochen nach ihrer Verlegung von der IS zum ersten Mal ein paar Töne mitsang, wenngleich immer noch ohne Worte. Das Sprechen war nach wie vor sehr schwierig. Dennoch, die Melodien waren erkennbar: »Alle meine Entchen schwimmen auf dem See …«, und sogar das wesentlich schwierigere »Sing mit mir ein Halleluja …« Wunderbar! Hier zeigte sich, dass das Langzeitgedächtnis allmählich zurückkehrte und immer besser funktionierte.

Etwa gleichzeitig – es war in den ersten Julitagen – entdeckte Jacqueline das Laufen wieder. Das ging zwar nur unter großer Anstrengung und auch nur am Arm einer anderen Person, aber es ging, wobei das rechte Bein nicht so recht mitwollte und nachschleifte. Nach einem solchen »Spaziergang« griff die Kranke beim Essen am Tisch zum ersten Mal mit der rechten Hand nach dem Messer, um sich selbst ein Brot zu schmieren. Als sie merkte, dass ihr das nicht gelang, wurde sie böse, schimpfte mit einigen unpassenden und unflätigen Ausdrücken, sprang von ihrem Stuhl auf und schleuderte das Messer quer durch den Raum. Danach erschrak sie wohl vor sich selbst. Sie tat ohne Hilfe ein paar Schritte und hob das Messer mit der linken Hand auf, blieb dann aber auf den Knien liegen und kam allein nicht mehr hoch. Die Mutti half ihr auf und führte sie an den Tisch zurück. Jacqueline setzte sich wieder und fing an zu weinen, als sei ihr für den Moment ihre eigene Not bewusst geworden. Dann brachte sie tatsächlich ein zwar geschluchztes, aber verständliches »Entschuldigung« über die Lippen. Danach schaute sie nur noch vor sich hin, als wolle sie mit stierem Blick ein Loch in die Tischplatte bohren.

Für Hildegard Koch war das eine denkwürdige Szene, die sie hier erlebte. Zum einen erschrak sie heftig. Sie empfand es als äußerst merkwürdig, dass ein kranker Mensch, dessen Gedächtnis schwer gestört war und der das Sprechen erst wieder lernen musste, sich an übelste Schimpfwörter erinnerte und sie deutlich aussprach. Hatte das Böse – oder der Böse? – wirklich eine solche Macht über einen Menschen, dass es – er? – selbst in einer solchen Krankheit die Oberhand hatte? Das wäre schlimm; und das hier war schlimm! Dagegen war das andere erfreulich und zum

Danken und ließ hoffen: Derselbe kranke Mensch, der seine Gefühle bisher nicht kontrollieren konnte, erkannte plötzlich sein Handeln als Fehlverhalten und entschuldigte sich dafür. Also war dieses Gute doch auch abrufbar. Tröstlich!

Wenn man in diesen Menschen doch nur einmal richtig hineinschauen könnte, ging es Hildegard Koch durch den Sinn, während sie ihrem Kind wieder gegenübersaß. Und dann traute sie ihren Augen und Ohren nicht. Jacqueline hob plötzlich ihren Blick, schaute ihre Mutter offen und frei mit großen, noch feuchten Augen an und fragte unvermittelt: »Warum bin ich hier?« Dabei klang die Stimme rau und kratzig, so wie bei einem Menschen, der Probleme mit seinen Stimmbändern hatte. Ob das bei ihr tatsächlich der Fall war?

Dennoch, die erste vollständige Frage! Herrlich! Und zugleich doch auch tragisch. Was mochte das Kind in diesem Moment empfinden? Was sollte sie dem Mädchen antworten? Die Frau dachte fieberhaft nach. Ihr eine Geschichte erzählen? Ihr die Wahrheit sagen? Sie entschied sich für die Wahrheit. Sie ergriff über den Tisch hinweg die Hände der Tochter und sagte: »Du hattest einen Unfall, Kind.«

»Unfall?«, fragte Jacqueline und schaute sehr ungläubig drein. Damit konnte sie offenbar nichts anfangen.

»Ein Auto hat dich angefahren.«

»Auto?«

»Kannst du dich nicht erinnern?«

Jacqueline machte große Augen, zuckte mit den Schultern und antwortete: »Weiß nicht.« Damit war für sie allerdings dies Thema schon wieder beendet. Ihre Mutter schmierte ihr jetzt die Brote, die der Tochter ausgezeichnet zu schmecken schienen.

Das war auch so eine Sache. Seit Jacqueline in diesem Zimmer war, entwickelte sie einen zunehmenden Appetit. Sie konnte immer essen und beschwerte sich, wenn das Tablett leer und sie ganz offensichtlich noch nicht satt war. Ihrer Mutter war das gar nicht recht. Jacqueline konnte anscheinend überhaupt nicht einschätzen, was ihr Körper brauchte. Sie stopfte alles Essbare in sich hinein, dessen sie habhaft werden konnte, und das war inzwischen weit mehr als das, was aus der Krankenhausküche kam. Jeder Besucher brachte irgendetwas Leckeres mit wie Schokolade, Plätzchen, Kekse, Bonbons. Was sonst hätten die Jugendlichen der Gemeindejugend oder die Freunde aus ihrer Klasse oder Leute aus der Verwandtschaft und Bekanntschaft auch mitbringen sollen? Kuscheltiere hatten sich genug angesammelt.

Ob hier nicht von außen reguliert werden musste, damit eine übermäßige Gewichtszunahme vermieden wurde? Noch war das Mädchen rank und schlank und eher am unteren Rand ihres Normalgewichts. Aber wenn sie weiter so zulangte? Sie, die Mutter, musste Dr. Müller danach fragen, der die Betreuung von Jacqueline wieder übernommen hatte. Der musste ihr auch noch ein paar andere Fragen beantworten, die sich angesammelt hatten. Hoffentlich konnte sich der Arzt die Zeit nehmen.

Während Hildegard Koch noch darüber nachdachte, kam eine Schwester herein und teilte ihr mit, dass der Herr Doktor Müller sie gerne sprechen würde. Er sei in seinem Zimmer und habe gerade Zeit und Gelegenheit dazu. Das war wohl von oben gelenkt, ging es der Frau durch den Kopf, während sie ihre Handtasche vom Haken nahm. Jacqueline kritzelte gerade mit einem dicken farbigen Stift in ungelenken Bewegungen auf einem großen Papierbogen herum, den ihr die Mutter auf den Tisch gelegt hatte. Versuchte sie zu schreiben? Wenn, dann war das allerdings noch nichts. Die Motorik ihrer Schreibhand machte noch nicht mit, sie war noch mehr als grob. Buchstabenformen waren jedenfalls auf dem Papier nicht erkennbar, auch nichts, was nach einem konkreten Gegenstand aussah. Aber das würde wohl auch noch werden.

»Ich gehe zu Doktor Müller, Jacky. Ich komme aber dann noch mal rein. Ich muss mich doch noch von dir verabschieden.«

Das Mädchen registrierte den Hinweis der Mutti kaum oder gar nicht. Sie wechselte den Farbstift und kritzelte weiter, jetzt allerdings mit der linken Hand, deren Motorik wesentlich freier war. Dennoch waren die Bewegungen ebenso ungelenk. Das Mädchen war schließlich Rechtshänderin. Aber das war trotzdem auch schon wieder was: Jacqueline wechselte von sich aus den Stift und die Schreibhand!

»Danke, dass Sie Zeit für mich haben, Herr Doktor«, begrüßte Hildegard Koch den Arzt. »Sie hatten mich rufen lassen, aber ich hätte auch so das Gespräch gesucht. Ich habe auch ein paar Fragen an Sie.«

Dr. Müller begab sich hinter seinen Schreibtisch und setzte sich. »Dann beginnen wir doch mit Ihren Fragen, Frau Koch.«

»Na ja«, begann die etwas zögerlich. »Ich freue mich ja riesig über jeden kleinen Fortschritt in Jackys Genesung. Aber manches geht so langsam. Das macht Mühe. Die Sprache will zum Beispiel nicht so recht wiederkommen und ihre Stimme klingt so merkwürdig rau.«

»Nicht ungeduldig werden, Frau Koch«, mahnte der Arzt. »Ich will es einfach sagen: Die Rückkehr der Sprache und auch die der richtigen Phonation – das ist der Vorgang, der zur Stimme und Sprache führt, also zur richtigen Tonbildung im Kehlkopf – ist gekoppelt an die Rückkehr der Bewegungsfreiheit von Jacquelines rechter Körperseite. Sie ist mit der linken Schädelseite aufgeschlagen. Da sitzen die entsprechenden Zentren und Funktionsbereiche. Und die Hirnschwellung ist immer noch nicht genügend zurückgebildet. Das kommt, aber eben langsam, leider sehr langsam.«

»Und ihre Unbeherrschtheit …?«

»… wird sich regulieren. Die entsprechenden Zellbereiche liegen dicht beieinander. Und da steht eben manches noch unter Druck, wie gesagt. Wenn der weiter nachlässt, dann …«

»… und ihr übermäßiger Appetit? Das Kind wird eines Tages noch zur Tonne.«

»Da haben Sie nur zum Teil recht, Frau Koch. Hier muss durchaus aufgepasst und kontrolliert und notfalls reguliert werden, wenn Jacqueline wirklich aufgehen sollte wie ein Hefekuchen. Das ist aber bis jetzt noch nicht der Fall, und vom Typ her neigt sie auch gar nicht dazu. Sie ist Asthenikerin; so heißt das bei uns. Erst wenn es wirklich erforderlich ist, gilt: nicht zu viele Zwischenmahlzeiten, wenn Besuch da ist. Mitbringsel rationieren, notfalls vorsichtig verschwinden lassen, ohne dass das Mädchen es merkt. Den Besuchern müssen Sie's dann erklären, und dann lassen Sie anderes oder auch nichts mitbringen. Aber wie gesagt, lassen Sie Jacqueline zunächst ruhig essen, was ihr schmeckt.« Nach einem Moment der Besinnung griff der Arzt den Gedanken doch noch einmal auf. »Wenn Jacqueline alles isst, was sie an Essbarem sieht, dann könnte es sein, dass ihr Geschmackssinn gestört ist. Dazu lässt sich nur leider jetzt noch gar nichts sagen. Das müsste man später gezielt austesten.«

»Und was könnte da …?«, fragte die Mutter besorgt.

»Na ja, der Geschmackssinn könnte geschädigt sein, aber auch der Geruchssinn. Der Mensch schmeckt ja auch durch die Nase. Und wenn dieser Sinn nicht mehr funktioniert, isst der Mensch auch das, was er sonst nie essen würde, weil es nicht nur schlecht schmeckt, sondern auch unangenehm riecht.«

»Hoffentlich kommt das nicht auch noch«, seufzte Frau Koch auf und fuhr fort: »Gut, danke, ich hoffe, Sie verstehen die Sorge der Mutter um die Figur der Tochter. Aber darf ich etwas anderes wissen: Was geschieht denn alles zur Verbesserung der Motorik von Jackys rechter Körperseite, vor allem ihrer Hand?«

»Sehen Sie, Frau Koch, da sind wir bei dem, worüber ich gerne mit Ihnen sprechen wollte. Unsere Möglichkeiten hier sind leider begrenzt. Die Krankengymnastin gibt sich alle Mühe, aber sie hat zu viele Patienten. Logotherapeutisch können wir hier noch weniger machen. Wir sind ein Krankenhaus. Jacqueline gehört inzwischen aber in eine Reha-Klinik, die ganz andere Möglichkeiten hat.«

»Und was haben Sie vor oder was werden Sie tun?«, fragte Hildegard Koch. Sie war gespannt, was der Arzt vorschlagen würde. Vielleicht hatte er ja auch schon eine Entscheidung getroffen?

»Wir haben bereits Kontakt aufgenommen mit den Kollegen der Neurologischen Klinik Bad Homburg vor der Höhe. Die meisten unserer Patienten schicken wir dorthin zur Rehabilitation. Die Klinik hat die Aufnahme für den 15. Juli bereits zugesagt.«

Bei dieser Auskunft erschrak Hildegard Koch nun doch ein wenig. »Bad Homburg? Das sind ja 60 Kilometer quer über Land durch die Wetterau. Hierher sind es nur dreiunddreißig. Da können wir Jacky ja kaum täglich besuchen, wie das hier möglich war.«

»Ich denke, dass das auch gar nicht nötig sein wird und vielleicht auch gar nicht gut wäre. Vielleicht in den ersten Tagen, bis Jacqueline sich eingewöhnt hat. Das Mädchen ist da bestens untergebracht. Sie wird ältere Patientinnen an ihrer Seite haben, die ihr helfen und sie unterstützen. Sie bekommt ihre persönlichen Betreuerinnen und Betreuer. Die Kollegen Meyer, Freytag und Haupt sind erfahrene Mediziner und sie haben gute Fachkräfte. Also, machen Sie sich deswegen mal keine Gedanken. Hier bei uns war das anders. Wir sind, wie gesagt, ein Krankenhaus und keine Reha-Anstalt. Hier haben ja auch Sie einen sehr wichtigen Beitrag geleistet zur Begleitung und Förderung des Heilungsprozesses und wir sind dafür sehr dankbar.«

»Das war uns eine Selbstverständlichkeit, Herr Doktor«, wies die Frau das Lob des Arztes ab. »Ich, ich meine, wir …«

»Und übrigens, Frau Koch«, unterbrach Dr. Müller sein Gegenüber, »Sie müssen dringend darüber nachdenken, wie lange Sie das noch durchhalten wollen und können, jeden Tag unterwegs zu sein. Und das manchmal sogar zweimal oder auch dreimal am Tag. Ihre Kräfte sind auch einmal erschöpft. Sie haben doch noch Ihre Arbeit, und Sie haben Ihren Haushalt. Ihr Mann zieht in allem ja wohl mit, auch wenn sein eigenes Geschäft darunter leidet. Aber wenn ich richtig informiert bin, haben Sie auch noch einen Pflegesohn, der seine Ansprüche hat und sie wohl auch geltend macht.«

Mit dieser Feststellung hatte Dr. Müller nun einen Punkt getroffen, der der Pflegemutter peinlich war, weil er sie an eine Pflicht erinnerte, die sie zugunsten ihrer Adoptivtochter tatsächlich stark vernachlässigt hatte. Sie seufzte auf und antwortete: »Sie haben ja recht, Herr Doktor. Karlheinz hat mir – uns – schon mehrmals schwerste Vorwürfe gemacht. Von daher ist es vielleicht wirklich gut, wenn wir nicht mehr täglich unterwegs sind.«

Der Arzt erhob sich. »Sehen Sie, Frau Koch, dann hätte die Verlegung Ihrer Tochter in mehrfacher Hinsicht einen positiven Effekt. Sie sollten in den nächsten Tagen überlegen, was Jacqueline für Bad Homburg noch an Kleidung oder Sonstigem braucht. Sie wird dort wesentlich länger als hier auf den Beinen sein. Sie wird dort auch viel im Haus unterwegs sein und zudem immer wieder zur Freilufttherapie nach draußen kommen. – Und jetzt mein Dankeschön dafür, dass Sie hier waren. Leben Sie wohl, Frau Koch. Ach, und am 15. sollten Sie auf jeden Fall mit nach Bad Homburg fahren. Beim Auszug hier und beim Einzug in die neue Umgebung sollten Sie schon für Jacqueline da sein. Das Kind wäre sonst mit Sicherheit körperlich und seelisch überfordert.«

»*Ich* habe zu danken, Herr Doktor. Wir werden vorbereiten, was von uns aus vorbereitet werden muss und kann. Und am 15. werden wir selbstverständlich bei Jackys Umzug mit dabei sein. Auf Wiedersehen, Herr Doktor. Und nochmals vielen Dank!«

Reha-Zeit

Am Dienstag, dem 15. Juli 1980, also etwas mehr als acht Wochen nach dem Unfall, wurde Jacqueline Lee Koch per Krankentransport von Offenbach nach Bad Homburg verlegt. In den letzten Tagen davor hatte es offenbar noch so etwas wie einen kleinen Schub im Genesungsprozess gegeben. Die Kranke war wacher als zuvor, sie war überwiegend gut aufgelegt und ausgeglichen, war freundlich zu den Leuten und hatte viel häufiger als zuvor etwas zu lachen.

Der Krankentransport hinüber vom Main zum Taunus machte Jacqueline dann aber viel Mühe. Die letzten notwendigen Vorbereitungen und der Abschied selbst waren mit großer Hektik verbunden. Es war schon gut, dass die Eltern dabei waren und beruhigend auf das Mädchen einwirken konnten. Die Fahrt mit dem Krankenwagen verlief dann recht ruhig, auch dank eines Medikaments, das ihr zur Beruhigung verabreicht worden war. Leider war die Ankunft am neuen Ort mit einer anderen Aufregung verbunden: Es gab kein Bett für den vierzehnjährigen Neuzugang. In der Reha-Klinik war offenbar nichts vorbereitet, als hätte es zwischen Offenbach und Bad Homburg keinerlei Korrespondenz gegeben.

Die Eltern Koch wurden erst einmal gebeten, mit ihrer Tochter in der Halle zu warten, bis … Das konnte doch wohl nicht wahr sein! Und die Wartezeit dauerte! Je länger sie dauerte, desto unruhiger wurde die Reha-Patientin und desto nervöser wurden ihre Eltern. Jacqueline begann, am Arm ihrer Mutter unruhig im Raum herumzulaufen, musste immer wieder zur Toilette, verlangte nach Essen. Das bekam sie schließlich – ihre Eltern ebenso –, aber sie bekam nach zwei Stunden immer noch kein Bett. Das brauchte sie inzwischen dringender als alles andere. Sie brauchte unbedingt Ruhe, musste schlafen. Aber es schien niemand im Haus zu sein, der für die Misere hier zuständig war, kein Arzt, keine Schwester, niemand. Waren die alle in einer überzogenen Mittagspause? Das Warten in der Halle wurde zu einer nervlichen Zerreißprobe für die angespannte Patientin und für ihre Eltern.

Hildegard und Karl Koch empfanden diesen Empfang als unerhört. So durfte man doch mit einem kranken Menschen nicht umgehen, der nach einer langen Fahrt im Krankenwagen dringend Ruhe brauchte! Der erste Nachmittag im neuen Haus war doch hoffentlich nicht symptomatisch für diese Einrichtung. Die Eltern Koch nahmen sich fest vor, in der kommenden Zeit ihre Augen und Ohren weit offen zu halten und genau aufzunehmen, was sich hier abspielte. Wenn sich dabei herausstellen sollte, dass hier einiges im Argen lag, dann hatte ihnen Dr. Müller offenbar ein ganz falsches Bild von dieser Reha-Einrichtung vermittelt. Oder er hatte selbst kein anderes. Gelegentlich würden sie den Offenbacher Arzt auf die Zustände in diesem Haus hinweisen. Der sollte sich dann einmal darum kümmern, dass es anderen Patienten besser erging als ihrer Tochter. Von wegen »Das Mädchen ist da bestens untergebracht. Sie bekommt ihre persönlichen Betreuerinnen und Betreuer. Dr. Haupt ist ein erfahrener Mann, und er hat gute Fachkräfte. Also machen Sie sich deswegen mal keine Gedanken.« Nein, Sorglosigkeit war hier nicht angebracht. Nein, sie, die Eltern Koch, würden wohl doch die mehr als fünfzig Kilometer täglich unter die Reifen nehmen müssen, um bei ihrer Jacky zu sein. Zumindest in den ersten Wochen.

Nach mehr als vier Stunden Wartezeit in der Halle der Reha-Klinik wurde Jacqueline endlich zur Aufnahme geholt, und erst danach konnte sie ihr Zimmer beziehen. Ein Gespräch mit einem Arzt oder einem Therapeuten war den Kochs nicht möglich. Der Chef der Station sei gar nicht im Haus und die anderen Ärzte seien nicht frei. Vielleicht könnten sie ja morgen vorbeikommen, schlug die Schwester vor, die das Mädchen abgeholt und zurückgebracht hatte und die ihnen jetzt den Weg zum Zimmer zeigte. Dr. Haupt sei dann wieder da und um ca. 15 Uhr zu sprechen. Damit war sie auch schon wieder weg. Ein merkwürdiges Verhalten, zum Kopfschütteln und zum Ärgern.

Es blieb Hildegard und Karl Koch nichts anderes übrig, als Jacqueline den beiden Frauen ans Herz zu legen, mit denen sie das karge, schmucklose Zimmer teilte und die den Eindruck machten, als könnten sie sich neben ihren eigenen Belangen ein wenig um die Neue in ihrer Behausung kümmern. Die beiden freundlichen Damen – beide deutlich älter als Jacqueline –, die sich als »Epilepsie-Hannelore« und »Mofa-Heidi« vorstellten, versprachen, es nach Kräften zu tun und ihre Mitbewohnerin an die Hand zu nehmen, wenn es notwendig sei und sie dazu frei seien. Die Neue – »Der müssen wir dann noch einen kurzen Namen geben, vielleicht Auto-Jacky« – war während des Gesprächs mit den Mitbewohnerinnen bereits eingeschlafen. Das Mädchen war offenkundig mit seinen Kräften völlig am Ende.

Das waren ihre Eltern am Ende dieses Nachmittags freilich auch. Im Auto liefen bei Hildegard zunächst wieder einmal die Tränen, und es kam zum x-ten Mal die Frage hoch nach dem Warum, Wieso, Weshalb der tragischen Geschichte ihrer Tochter. Warum ausgerechnet Jacqueline? Warum musste es sie so schwer treffen? Was hatten sie als Eltern falsch gemacht, dass ihnen dieses Schicksal widerfuhr? Was hatte Gott mit der ganzen Sache vor? Wo war er überhaupt gewesen und wo war er jetzt? Für den Moment und vor dem Hintergrund der Erlebnisse dieses Nachmittags machten sich in der Mutti wieder einmal Zweifel und Kleinglaube breit, bekamen Zittern und Zagen, Weinen und Klagen wieder die Oberhand.

Zunächst blieb Karls Bemühen vergeblich, seine Frau zu trösten, sie aufzurichten und ihre Gedanken und Empfindungen geistlich auszurichten. Ihm gingen doch selbst wieder die merkwürdigsten Gedanken durch den Kopf. Für einige Minuten saßen die beiden schweigend in ihrem Auto.

Während Hildegard noch damit beschäftigt war, die Spuren ihrer Tränen aus dem Gesicht zu entfernen, griff ihr Mann zu der Post, die er zu Hause kurz vor der Abfahrt noch aus dem Briefkasten gezogen und ins Auto gelegt hatte in der Absicht, sie irgendwann im Laufe des Tages durchzusehen. Als Erstes öffnete er den Freundesbrief einer Missionarin, die unter schwierigsten Bedingungen an einem sozialen Brennpunkt mit vielen Ausländern und Asozialen ihre Arbeit tat und deren Gebetsnachrichten sie regelmäßig erhielten. Karl überflog das Schreiben und kommentierte staunend den Text mehr für sich selbst mit »Toll! Wunderbar! Deshalb musste ich die Post mitnehmen.«

»Was schreibt Esther denn, das du so toll und wunderbar findest?«, fragte Hildegard neugierig.

»Ich lese es dir gerne vor, Frau. Das ist wie gerade für uns geschrieben.«

»Da bin ich gespannt. Lies bitte vor.«

Ihr Mann räusperte sich und las dann bedächtig und betont vor, was diese Missionarin ihren Freunden mitzuteilen hatte:

Liebe Freunde, Gott kennt die tiefen Abgründe in unserem Leben, die Situationen, die wir nicht verstehen und in denen wir ratlos sind. Gerade dann gilt es, mit dem Herrn und seiner Hilfe zu rechnen – durchzuhalten, an ihm festzuhalten, auf sein Eingreifen zu warten. Diese Lektion lernen wir besonders in den Tiefen des Lebens. Und wir erfahren dabei: Gott lässt uns nicht im Stich! Er hält, was er verspricht! Fest steht: ›Zu der Zeit wird man sagen: Siehe, das ist unser Gott, auf den wir hofften, dass er uns helfe. Das ist der Herr, auf den wir hofften; lasst uns jubeln und fröhlich sein über sein Heil‹ (Jesaja 25,9).

Karl Koch schwieg und erwartete eine Reaktion seiner Frau. Die schien den Text aber noch auf sich wirken zu lassen. Also setzte er noch einmal an. »Hier steht noch ein guter Satz. Hör zu, Liebes:

Wir sind überzeugt, dass da, wo wir heute noch keinen Ausweg sehen, die Verheißung Gottes gilt: ›Und es soll geschehen: Ehe sie rufen, will ich antworten; wenn sie noch reden, will ich hören.‹

Weil von seiner Frau noch immer keine Reaktion kam, hängte er an: »Ist das nicht wirklich schön und wie für uns geschrieben?«

»Das ist sehr gut und in der Tat wie für uns geschrieben, Karl«, bestätigte Hildegard mit deutlich angeschlagener Stimme und nahm ihrem Mann den Brief aus der Hand, um selbst noch einmal hineinzuschauen. »Ich will das auch gerne für mich und für uns in Anspruch nehmen. Aber …«

»Aber …?«

Jetzt brach es so richtig aus der Frau heraus: »… ich hatte wirklich gehofft und angenommen, wir bräuchten künftig nicht mehr jeden Tag unterwegs zu sein, um Jacky zu besuchen und ihr auf den Weg zu helfen. Ich wollte mir endlich mehr Zeit für Karlheinz nehmen und auch für das eine oder andere, das wir in der letzten Zeit vernachlässigen mussten. Aber das geht jetzt alles wohl doch wieder nicht. Wir können Jacky denen hier nicht allein überlassen. Die bringen es fertig und vergessen, sie zur Therapie abzuholen. Die findet doch auch in dem großen Haus die Wege zu den Räumen gar nicht alleine. Und wenn sie da ist, findet sie nicht zurück in ihr Zimmer. Sie braucht doch auch immer noch jemanden, an den sie sich halten kann und der sie führt. Und die beiden Frauen im Zimmer haben ihr eigenes Programm und können Jacky unmöglich immer an die Hand nehmen. Ich drehe bei der ganzen Geschichte noch durch. Ich kann einfach nicht mehr! Ich bin am Ende meiner Kraft, Karl.« Hildegard Koch schluchzte heftig auf und brach erneut in Tränen aus.

Ihr Mann kam sich jetzt noch hilfloser vor als zuvor. Was sollte er seiner Frau noch sagen? Wie nur sollte er sie beruhigen und trösten? Sie trug ja nun wirklich die Hauptlast der ganzen Geschichte und war inzwischen acht Wochen lang jeden Tag unterwegs gewesen, häufig mehrmals am Tag. Er hatte sie ja nur dreimal in der Woche begleiten können. Seine Arbeit in der Werkstatt und auf den Baustellen hatte ja weitergehen müssen. Zudem war er doch auch nicht der starke Glaubensheld und hatte selbst seine Probleme mit der Geschichte, und einen Ausweg aus der Sache vermochte auch er nicht zu sehen. Er musste nach diesem Tag auf jeden Fall noch einmal eindringlich mit dem Pflegesohn reden und vielleicht für seine Frau bei der Wibau AG wegen einer Zeit unbezahlten Urlaubs nachfragen. Bisher war die Firma seiner Hildegard und mit ihr der ganzen Familie sehr weit entgegengekommen; vielleicht zeigten sie dort ja noch ein weiteres Entgegenkommen. Vielleicht fand er ja auch einen Zugang zu Karlheinz.

Während Karl Koch über diese Dinge nachdachte, las seine Hildegard noch einmal den Brief der Missionarin. »Lies den letzten Satz, den ich gelesen hatte, noch einmal laut, Frau«, forderte er sie auf.

Hildegard las: »Wir sind überzeugt, dass da, wo wir heute noch keinen Ausweg sehen, die Verheißung Gottes gilt: *Und es soll geschehen: Ehe sie rufen, will ich antworten; wenn sie noch reden, will ich hören.*«

»Und? Glaubst du das nun oder glaubst du das nicht?«, fragte der Mann liebevoll und nahm dabei die Hände seiner Frau in die seinen. »Die Verheißung Gottes gilt, Schatz, auch wenn uns die Bedingungen in dieser Reha-Einrichtung nicht gefallen, zumindest nach unserem heutigen Eindruck. Vielleicht gelten die Zusagen Gottes gerade deshalb umso mehr. Ich will jedenfalls nicht wieder anfangen, daran zu zweifeln. Und du darfst es auch nicht!

Bitte, Liebes! Wir machen es uns sonst nur noch schwerer, als es sowieso schon ist.«

Bei dieser nachdrücklichen Aufforderung ihres Mannes ging ein Ruck durch die Frau. Sie wischte sich die letzten Tränen aus dem Gesicht und sagte mit wieder fester Stimme: »Du hast ja recht, Mann. Nein, ich will nicht wieder anfangen, daran zu zweifeln, dass Gott seine Verheißungen erfüllt. Leider erfüllt er nicht alle unsere Wünsche. Also dennoch! Von Kraft zu Kraft. – Und jetzt lass uns fahren, Karl. Wir müssen nach Hause.«

»Das mit den zuweilen unerfüllten Wünschen und den immer erfüllten Verheißungen hat schon Dietrich Bonhoeffer den Christen in ihre Gebetsbücher geschrieben. Das gilt auch für uns, und darum sollten wir uns auch wieder daran halten. – Und jetzt müssen wir wirklich sehen, dass wir nach Hause kommen. Leider geht es von hier aus wieder quer über Land und durch die Dörfer.«

»Machen wir nachher zu Hause noch eine Rundrufaktion?«, fragte Hildegard Koch, die nun doch wieder mit mehr Zuversicht nach vorn schaute.

»Was willst du den Leuten sagen?«

»Dass sie ihre Fürbitte verstärken und gezielt auf die neue Lage abstimmen sollen. Ich befürchte immer noch, dass Jacky in diesem Haus nicht in ebenso guten Händen ist wie in Offenbach.«

»Es freut mich, Frau, dass du wieder Licht siehst. Und irgendwann ist dann der Tunnel tatsächlich zu Ende.«

Der nächste Tag war Karl Kochs Geburtstag – er wurde 47. An eine Feier in der Familie war freilich nicht zu denken. Die ging baden, wieder wegen Jack, wie Karlheinz ein wenig bitter bemerkte. Die Pflegeeltern vertrösteten den Jungen beim Frühstück auf den Abend, wenn sie aus Bad Homburg zurück seien. Sie hätten es auch lieber anders. Aber dass sie heute, an Jacquelines erstem vollen Tag in dieser Klinik, dort hinmüssten, sei ja wohl zu verstehen. Das Gespräch mit dem Arzt sei einfach nötig. »Bitte, Karlheinz, versteh das!«, bat die Mutti eindringlich.

Der Junge schluckte diese neue Kröte und schickte sich in die Entscheidung der Eltern. Er gratulierte dem Pflegevater dennoch herzlich und hatte sogar ein Geschenk für ihn. Dann freue er sich halt auf den Abend, meinte er noch. Mit dem »Sagt der Jack einen

Gruß!« verließ er das Haus, um pünktlich den Bus zur Schule zu erreichen.

Hildegard Koch fuhr mit ihrem Mann wie geplant mittags hinüber nach Bad Homburg, wo sie Jacqueline innerlich unruhig und ängstlich und ein wenig depressiv antrafen. Sie hatte eingenässt und niemand hatte sich darum gekümmert. Auch die beiden Mitbewohnerinnen nicht. Aber die waren ja auch nicht ständig in der Nähe gewesen, und die zuständige Schwester hatte die Sache offenbar nicht gemerkt. Dabei hätte der Geruch sie aufmerksam machen müssen, wenn sie denn in der vergangenen Stunde einmal ins Zimmer geschaut hatte. Jacquelines eigene Sinne waren offenbar tatsächlich noch nicht wach genug, um ihren eigenen Körpergeruch wahrzunehmen.

Die Kochs waren aufgebracht. Das wäre so in Offenbach nicht vorgekommen, und hier durfte es erst gar nicht einreißen. Es gab ja nachher das geplante Gespräch mit dem Arzt, und da musste die Sache zur Sprache gebracht werden. Also zog die Mutter ihre Tochter zunächst einmal um, ehe sie zu dritt miteinander Papas Geburtstagskaffee tranken und die Eltern sich dann mit dem Stationsarzt trafen.

Dr. Haupt entschuldigte sich zunächst für den Ablauf des gestrigen Nachmittags. Irgendwas sei in der Kommunikation des Hauses schiefgelaufen, was eigentlich nicht hätte passieren dürfen.

»Ist nicht auch etwas schiefgelaufen, wenn wir unsere Tochter nass antreffen und sich offenbar niemand gekümmert und sie rechtzeitig zur Toilette gebracht hat?«, rückte Hildegard Koch sofort mit ihrem aktuellen Problem heraus.

Da habe sie wohl recht, gestand der Arzt zu und bemühte sich, die Schärfe der Anfrage zu mildern. »Es tut mir leid, Frau Koch. Ich kümmere mich drum. Ein solches Versäumnis wird nicht wieder vorkommen. – Aber erzählen Sie mir doch bitte zunächst ein wenig über unsere neue Patientin. Der Bericht aus Offenbach ist ein rein medizinischer. Ich wüsste schon gerne ein wenig mehr über den Menschen Jacqueline Lee Koch.«

Dieser Aufforderung des Arztes kamen die Eltern natürlich gerne nach, und sie erzählten im Wechsel das, wovon sie glaubten, dass es dem Mann für seine Einschätzung seines neuen

Schützlings hilfreich wäre. Besonders wichtig war ihnen dabei, dass dem Arzt bewusst wurde, dass seine Patientin als ehemaliges Heimkind den Aufenthalt in dieser Reha-Klinik vermutlich anders empfinden würde als ein »normales« Familienkind, selbst wenn das dieselben schweren Verletzungen mitbrächte. Dem Arzt war das wichtig zu erfahren, und er stellte eine Menge Zwischenfragen, um ein möglichst genaues Bild von Jacqueline zu bekommen. So entwickelte sich doch noch ein einigermaßen harmonisches Miteinander der Kochs mit dem Mediziner. Die inneren Widerstände, die sich gestern aufgebaut hatten, wurden so ein Stück weit wieder abgebaut. Schließlich fragte Hildegard Koch: »Was werden Sie nun hier mit unserer Tochter machen, damit sie wieder lebenstüchtig wird?«

Auf diese Frage hatte Dr. Haupt wohl schon gewartet, und er hatte die Antwort parat. »Dazu kann ich leider noch nicht viel sagen, Frau Koch, Herr Koch. Es kann nach den ersten vierundzwanzig Stunden natürlich noch keinen Therapieplan geben. Wie denn auch? Dazu müssen wir Jacqueline zunächst noch ein wenig austesten: Was geht und was geht nicht? Was ist mit der Motorik? Wie wach ist ihr Geist? Wie steht es mit ihren Gedächtnisleistungen und ihrer Merkfähigkeit? Was ist mit der Sprache? Wie ist sie zeitlich und räumlich orientiert?, und so weiter. Wenn wir da ein angemessenes Bild haben, werden wir einen Therapieplan erstellen, der sowohl die körperlichen als auch die geistigen Schwächen und Defizite in den Blick nimmt und die Maßnahmen darauf abstimmt. Anfangs dürfen wir das Mädchen sicher nicht überfordern. Wir müssen sehen, in welchem Maße wir die Behandlungen nach und nach verstärken und verändern müssen. Wir möchten am Ende natürlich ein optimales Ergebnis erreichen. Und …«, der Arzt zögerte einen Moment, fuhr dann aber doch fort: »... wir müssen zunächst auch ein wenig austesten, ob nicht hier und da bereits Aggravationen oder gar Simulationen vorliegen.«

»Aggravationen und Simulationen? Was soll das denn nun jetzt?«, empörte sich Hildegard Koch und erhob sich sichtlich erregt von ihrem Stuhl. Zumindest den zweiten Begriff kannte sie, und der erste musste wohl etwas mit dem zweiten zu tun haben. »Wollen Sie damit andeuten, dass Jacky gar nicht so krank ist, wie es aussieht, dass sie übertreibt und vortäuscht? Das ist ja …«

Der Arzt erschrak regelrecht vor der Reaktion der Frau und

bemühte sich um Schadensbegrenzung: »Nein, Frau Koch, so habe ich das nicht gemeint. Aber wir haben bei unseren Reha-Patienten schon alles Mögliche erlebt. Bitte haben Sie Verständnis dafür, dass wir zuweilen misstrauisch sein müssen.«

Hildegard Koch setzte sich wieder und atmete ein paarmal tief durch. Dann sagte sie: »Das mag ja sein, Doktor Haupt, aber aus dem Bericht aus Offenbach sollten Sie entnommen haben, wie es um unsere Tochter steht, ohne Misstrauen gegen den Bericht Ihrer Kollegen anzumelden.«

Dass er seinen Kollegen misstraute, wollte sich der Arzt dann doch nicht vorwerfen lassen. Er entschuldigte sich für seine Äußerung und für die Empörung, die er damit ausgelöst hatte. »Gut«, sagte er, um eine weitere Beruhigung des Gesprächs bemüht, »auf die Berichte von Dr. Müller war immer Verlass. Diesmal sicher auch. Fragen Sie mich, was Sie noch wissen möchten.«

Die nächste Frage stellte Karl Koch: »Was wird, wenn unsere Tochter die Wege nicht allein bewältigt, sich nicht genügend orientieren kann, die Zeiten nicht beachtet und die Therapieräume nicht findet? Damit hat sie bisher noch große Probleme.«

»Sie denken weit, Herr Koch. Aber machen Sie sich mal keine unnötigen Sorgen. Zumindest in der ersten Zeit wird Jacqueline selbstverständlich abgeholt und zurückgebracht.«

»Und denken Sie, dass Jacqueline wieder die Alte wird und die Schule schafft und eine Ausbildung machen kann?«, fragte Karl Koch weiter.

Der Arzt schaute den Mann mit großen Augen an. Er schien nun doch ein wenig ungehalten: »Ich bitte Sie, Herr Koch. Ich bin doch kein Hellseher. Dazu kann ich heute wirklich noch nichts sagen. Fragen Sie mich in sechs oder acht Wochen noch einmal danach. Vielleicht weiß ich dann mehr.«

»Entschuldigung, Sie haben natürlich recht«, nahm Hildegard die Frage ihres Mannes quasi wieder zurück. »Es ist halt der heiße Wunsch der Eltern, der so fragen lässt.«

»Das ist schon in Ordnung«, gestand der Arzt zu. »Ich verstehe Sie gut. Und ich verspreche, dass wir uns alle Mühe geben, dem gewünschten Ziel so nahe zu kommen, wie es eben möglich ist. Das andere ergibt die Zeit. Zufrieden?«

»Müssen wir ja wohl sein«, antwortete die Frau, wobei sie

innerlich zweifelte, ob das Versprechen wirklich ernst zu nehmen sei. Na ja, sie würden sehen und die Maßnahmen, die in den nächsten Tagen und Wochen durchgeführt wurden, kritisch verfolgen.

»Darf ich noch etwas fragen?«

»Natürlich, Frau Koch.«

»Unsere Tochter isst neuerdings sehr gerne. Sie kennt zuweilen weder Maß noch Ziel. Wird ihr das nicht eines Tages zum Schaden sein?«

Der Arzt wiegte den Kopf. »Das glaube ich eigentlich nicht. Jacqueline ist eher ein asthenischer Typ. Die setzt nicht viel an. Zurzeit scheint mir ihr Ernährungszustand ohnehin eher ein wenig reduziert zu sein, wie überhaupt ihr Allgemeinzustand. Einen pathologischen Befund hat die Untersuchung unseres Internisten allerdings nicht ergeben. Jacqueline ist organisch relativ gesund. Also, im Moment besteht noch kein Grund zur Sorge. – War es das jetzt?«

»Danke, Herr Doktor, das war's für heute«, nahm Hildegard Koch den Hinweis auf, das Gespräch jetzt zu beenden. »Aber wir dürfen doch jederzeit nachfragen?«

»Selbstverständlich. Immer wenn Sie hier sind«, nickte der Arzt, spürbar bemüht, die immer noch ein wenig gereizte Stimmung aus dem Gespräch gänzlich herauszunehmen. »Ich denke, Sie werden ohnehin häufig kommen. Für Ihre Tochter kann das nur gut und hilfreich sein. Also, unsere Türen stehen Ihnen immer offen.«

Die ersten Tage in Bad Homburg verliefen dann auch gut und Erfolg versprechend. Jacqueline wurde von verschiedenen Ärzten und anderen Fachkräften gründlich untersucht und getestet. Die Ergebnisse bestätigten die Aussagen, die zuletzt in Offenbach gemacht worden waren. Von Aggravation oder Simulation konnte jedenfalls keine Rede sein! Die entsprechenden Therapiemaßnahmen kamen dann auch in Gang und zeigten nach und nach erste kleine Erfolge. Im Wesentlichen ging es dabei um verschiedene krankengymnastische Übungen zur Mobilisierung des gesamten Körpers und vor allem der rechten Gliedmaßen. Dazu kamen eine logopädische Therapie zum Abbau der stimmlichen und sprachlichen Defizite und Übungen zur Aktivierung des Langzeitgedächtnisses und zum intensiven Training des Kurzzeitgedächtnisses.

An den Fortschritten waren freilich auch die täglichen Besuche von Hildegard Koch beteiligt, die einen großen Einfluss auf die allgemeine Befindlichkeit ihrer Tochter hatten. Die Mutti gestaltete im Einverständnis mit den beiden Mitbewohnerinnen und der Stationsleitung das Zimmer ein wenig wohnlicher, wie sie es auch schon in Offenbach getan hatte, nachdem Jacqueline auf die Kinderstation verlegt worden war. Sie hängte auch hier ein paar Bilder an die Wände und stellte Blumen auf den Tisch und ein paar Dinge auf das Wandbord über Jacquelines Bett, zu denen sie eine Beziehung hatte. Fortan hatte das Mädchen ihren geliebten Lumpi vor Augen und auch Poldi, das Pferd ihrer Freundin. Papa, Mutti und Karlheinz schauten aus einem Rahmen und waren dadurch gegenwärtig, ebenso wie die Schulklasse und die Freunde des Jugendkreises. Nachts konnte das Mädchen ihr vertrautes Kuschelkissen in den Armen halten.

Das alles tat Jacqueline gut. Die Unruhe, die die Patientin in den ersten Tagen am neuen Ort immer wieder ergriffen hatte, wich einer größeren Ausgeglichenheit. Die wiederum bedingte eine bessere Mitarbeit in den Therapie-Sitzungen und förderte damit auch den Erfolg.

Das Zusammenleben der drei Frauen im Zimmer erwies sich ebenfalls als günstig. Epilepsie-Hannelore, Mofa-Heidi und Auto-Jacky verstanden sich gut und die beiden Stärkeren nahmen sich der Schwächeren an, so gut sie das konnten. Sie halfen ihr bei ihren täglichen Verrichtungen wie An- und Ausziehen, beim Toilettengang, auf den Wegen in den Speisesaal, beim Essen und Trinken, wenn es nötig war. Falls sie selbst nicht gerade beschäftigt waren, brachten sie ihre Mitbewohnerin, wenn diese noch nicht abgeholt war, zu den Therapeuten und gingen gelegentlich auch draußen mit ihr spazieren.

Im Zimmer machten sie immer wieder mit ihr Sprech-, Mal- und Schreibübungen, die von Woche zu Woche zu wachsenden Erfolgen führten. Das Sprechen wurde beinahe täglich besser. Ziffern zu schreiben ging schon ganz gut, und »Papa«, »Mutti«, »Heidi«, »Oma«, »Ball« und andere einfache Wörter waren Ende Juli/Anfang August bereits durchaus lesbar, sogar die schwierigeren Namen »Jacqueline« und »Hannelore«. Bald gab es auch die ersten kleinen vollständigen Sätze: »Alles wird gut«, »Papa ist lieb«, »Mama ist lieb«. Wunderbar!

Leider waren die beiden Frauen nicht bereit, ab und zu mit Jacqueline einen kurzen Text in der schlichten Sprache der Kinderbibel zu lesen, ihn lesen zu lassen und die Bilder dazu anzuschauen oder gar mit ihrer Auto-Jacky zu beten. Schade. Mit frommen Sachen hatten sie nichts am Hut. Es reichte ihnen, dass sie immer wieder einmal ein frommes Lied von der Kassette anhören mussten, das Jacqueline bald durch eigenen Knopfdruck in Gang setzen konnte. Die Jüngste im Zimmer musste ja auch ihre Musik von HR 3, dem dritten Programm des Hessischen Rundfunks, mit anhören, bei der sie sich freilich zumeist die Ohren zuhielt. Deshalb nahmen Mofa-Heidi und Epilepsie-Hannelore die frommen Lieder als notwendigen Ausgleich in Kauf. Dass Auto-Jackys Kinder-Memory biblische Motive enthielt, störte sie nicht. Sie mussten die Geschichten dazu ja nicht hören oder gar selbst nachlesen oder erzählen, wie die Mutti das machte, wenn sie mit ihrer Tochter ihre eigene Therapie zur Förderung ihrer geistigen Fähigkeiten machte. Sie beide waren dann in der Regel nicht im Zimmer. – Alles in allem waren die ersten Wochen in der Reha-Klinik Bad Homburg also recht gut.

Ausgerechnet an Jacquelines fünfzehntem Geburtstag am 11. August trafen Karl und Hildegard Koch ihre Tochter in einem schlechten Zustand an. Das Geburtstagskind war allein im Zimmer, wirkte sehr depressiv und hatte wieder einmal eingenässt, was lange nicht mehr vorgekommen war. Was mochte Jacqueline nur verunsichert haben? Was beschäftigte sie? Hatte sie vielleicht vor irgendetwas Angst? Die Eltern versuchten, die gedrückte Stimmung ihrer Tochter zu ergründen. Sie konnte selbst aber nichts dazu sagen. Auf der Station zuckte man nur die Schultern. Ein Arzt, der vielleicht eine Begründung gewusst hätte, war an diesem Montag nicht erreichbar. Die beiden Zimmergenossinnen suchten die Ursache darin, dass Jacqueline heute zu keiner Therapie abgeholt worden war und sie keine Gelegenheit gehabt hatten, sie hinzubringen. Das sei übrigens in der vergangenen Woche schon mehrfach vorgekommen, wussten die beiden Frauen, ohne dass das Mädchen deshalb negativ reagiert hatte. Heute mache ihr vielleicht ihr Geburtstag zu schaffen.

»Genau«, bestätigte die jetzt Fünfzehnjährige diese Vermutung. »Ich will nach Hause, Geburtstag feiern.«

»Armes Ding«, tröstete Hildegard Koch ihre Tochter und nahm sie in den Arm. »Das geht leider noch nicht. Aber wir sind doch hier, und jetzt feiern wir fünf zusammen und sind fröhlich. Kuchen ist genug da für alle. Und Kaffee und Saft auch.«

»Kuchen genug? Toll! Wo ist Karlheinz?«, wollte Jacqueline jetzt wissen.

»Er konnte nicht mitkommen, Kind«, nahm der Papa die Frage auf.

»Warum nicht?«

»Karlheinz muss arbeiten.«

»Er hat Ferien«, wusste Jacqueline. Erstaunlich!

»Er macht ja auch Ferienarbeit bei der Wibau AG.«

»Für Geld?«

»Natürlich für Geld, Jacky. Er möchte sich doch ein Mofa kaufen.«

»Mofa ist gefährlich, gell, Heidi?«

»Nur, wenn man wild und unvernünftig fährt, Auto-Jacky, wie ich zum Beispiel«, antwortete die Angesprochene. »Der Geburtstagskuchen schmeckt übrigens gut. Toll, dass du uns eingeladen hast.«

»Hat die Mutti gemacht«, gab Jacqueline zurück und lachte dabei. Endlich lockerte sich ihr Gesichtsausdruck, und die Spannung, die immer noch ein wenig zu spüren gewesen war, wich vollends. In der folgenden Stunde wurde es sogar richtig lebhaft und ausgelassen im Zimmer. Es musste also tatsächlich Jacquelines Geburtstag heute an diesem Ort gewesen sein, der sie so traurig gestimmt hatte. Der Mutti und dem Papa erschien das wie ein Zeichen für eine weitere Besserung in der zeitlichen Orientierung.

»Nehmt Karlheinz noch einen Kuchen mit«, erinnerte sie die Eltern, und dieses Gedenken an den Bruder war ein gutes Signal, über das sich Hildegard und Karl Koch freuten.

Zugleich beschlossen sie, der Frage nachzugehen, ob ihre Tochter möglicherweise wirklich vernachlässigt wurde. Es konnte nicht angehen, dass Jacqueline die Therapie versäumte, weil sie nicht abgeholt wurde. Irgendwie wurde ihre Reha in diesem Haus wohl zur Routine, die bekanntlich gerne Oberflächlichkeit zur Folge hatte. Oder es gab Therapeuten, die sich darauf verließen, dass sich Jacquelines Orientierungsfähigkeit so weit gebessert hatte, dass sie ihre vorgegebenen Zeiten beachten und ihre Wege selbstständig finden konnte. So weit war es nur noch nicht, leider. Das Mädchen litt immer noch unter einer deutlichen zeitlichen und räumlichen Desorientierung. Sie trug zwar schon lange wieder ihre Armbanduhr, aber Zeiten und Ereignisse brachte sie nicht so zusammen, wie es sein musste. Und wenn sie von einem Spaziergang wieder ins Haus kam, fand sie ihr Zimmer noch nicht allein wieder. Das erforderte noch Lernen und Training an bestimmten Orientierungspunkten. Das zu leisten war aber nun einmal in erster Linie Aufgabe der Fachleute des Hauses, und die sollten das dann auch bitte tun.

Hildegard Koch führte bei nächster Gelegenheit ein ernstes Gespräch mit dem betreuenden Arzt, in dem sie ihn deutlich auf die von ihnen empfundenen Mängel in der Betreuung ihrer Tochter hinwies. Dr. Haupt konnte die Kritik nicht nachvollziehen. Er sei leider nicht über alles informiert. Er werde sich aber darum kümmern und versprach Abhilfe, wenn die erforderlich sei. Jacquelines Mutter war allerdings nicht überzeugt davon, dass sich die Dinge ändern würden. Man werde ja sehen.

Nach dieser eher unerquicklichen Begegnung erlebte Mutti Hildegard dann eine Überraschung. Die Tochter hatte ihren ersten zusammenhängenden Brief aufs Papier gebracht und in einen Umschlag gesteckt. Er dürfe aber erst zu Hause beim Abendessen in Rothenbergen gelesen werden.

Dort hatten die Eltern Koch und Pflegesohn Karlheinz Jacquelines Brief später vor sich. Er war in ungleichmäßiger und zum Ende hin immer schlechter werdender, aber dennoch lesbarer Schrift gehalten und in erstaunlich guter Rechtschreibung. Das war doch einmal etwas! Der Inhalt trieb den Eltern freilich die Tränen in die Augen, während Karlheinz ein wenig erhaben darüber stand:

> *<u>Liebe Papa und liebe Mama und lieber Bruder</u>* *13.8.80*
> *Wie gehtes Euch? Mir geht es gut. Aber wenn ihr nicht bei mir seid, geht es mir nicht gut. Ich freue mich wenn ihr immer kommt. Ich mag Euch richtig. Ich habe Heimweh nach Euch. Wist ihr wer den Brief geschrieben*

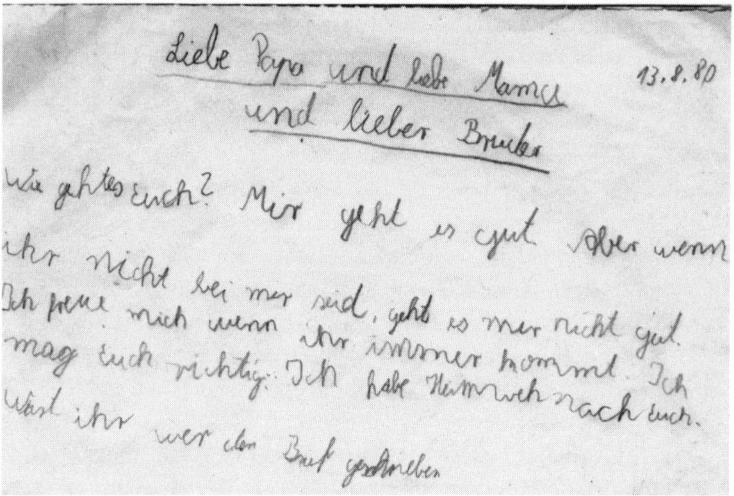

Liebe Papa und liebe Mama
und lieber Bruder 13.8.80
Wie gehtes Euch? Mir geht es gut. Aber wenn
ihr nicht bei mir seid, geht es mir nicht gut.
Ich freue mich wenn ihr immer kommt. Ich
mag euch richtig. Ich habe Heimweh nach euch.
Wist ihr wer den Brief geschrieben

Jacquelines Brief an ihre Familie vom 13. 8. 1980

Das Stichwort Heimweh brachte die Eltern dazu, die Frage erstmals ernsthaft zu bedenken, ob es nicht angebracht sei, Jacqueline von dem stationären Aufenthalt in Bad Homburg nach Hause zu holen und sie von Rothenbergen aus in ambulante Reha-Therapien zu schicken. Eine solche Lösung hätte einige Vorteile. Das Kind wäre wieder in der Familie und erführe die Geborgenheit, die ihr an ihrem derzeitigen Ort fehlte und nach der sie sich offenbar sehnte. Die würde ihrem Befinden sicher zugutekommen. Dann könnte sie vielleicht nach den Ferien versuchsweise wieder in die Schule gehen. Darüber müsste man auch mit der Schulleitung sprechen. Sie, die Eltern, bräuchten nicht mehr die täglichen weiten Fahrten allein oder zu zweit und die häufige Abwesenheit von zu Hause auf sich zu nehmen. Möglichkeiten zur ambulanten Fortsetzung der krankengymnastischen Behandlung gäbe es sicher in Altenhaßlau bei Gelnhausen im Behindertenzentrum der Lebenshilfe. Bis dahin waren es vielleicht zehn Minuten mit dem Auto. Für weitere neurologische Maßnahmen würden sich auch Orte und Personen finden. Und einen fähigen medizinischen Betreuer, der diese Maßnahmen dann auch verschreiben und anordnen und auch begleiten würde, gäbe es mit Sicherheit in der Kinderabteilung des Kreiskrankenhauses Gelnhausen. Der dortige Chefarzt, Prof. Dr. Palitzsch, hatte in der Region einen ausgezeichneten Ruf, und der arbeitete ohnehin mit dem Zentrum zusammen. Mit dem Mann wollten sie unbedingt Kontakt aufnehmen. Und sie wollten ihre Gedanken in einem Gespräch mit Dr. Haupt schon einmal andeuten.

Das geschah noch in derselben Woche, stieß aber bei dem Bad Homburger Arzt auf energischen Widerstand. Jacqueline habe doch in allen Bereichen ihrer Unfallschädigungen erhebliche Fortschritte gemacht. Er halte es für nicht verantwortbar, die Maßnahmen abzubrechen und das Mädchen bereits jetzt nach Hause in eine ambulante Weiterbehandlung zu entlassen. Seiner Einschätzung nach sollte die Patientin noch wenigstens vier bis sechs Wochen in der Klinik bleiben. Danach sei er gerne zu einem Gespräch über eine Entlassung und über eine Überweisung an einen anderen Ort bereit. Zunächst werde er noch einmal seine Mitarbeiterinnen und Mitarbeiter anweisen, ihre Bemühungen zu intensivieren.

Hildegard und Karl Koch spürten in dem Gespräch mit dem Arzt deutlich, dass sie hier mit ihren Überlegungen auf Granit bissen. Von der zugesagten Verstärkung der Bemühungen seiner Leute spürten sie bis zum Ende des Monats dann aber wenig bis nichts. Entweder war sein Auftrag gar nicht ergangen oder die Therapeuten beachteten ihn nicht, oder aber bei Jacqueline war ein Genesungsstand erreicht, der sich nicht weiter verbessern ließ. Die Eltern beschlossen, für ihre Tochter einen Urlaub für das nächste Wochenende zu erbitten und sie in der Zeit Prof. Dr. Palitzsch vorzustellen.

Der Wochenendurlaub wurde tatsächlich genehmigt. Die Kochs holten Jacqueline am 29. August nach Hause und stellten sie noch am selben Abend dem Gelnhausener Kinderarzt vor. Dr. Palitzsch schaute sich die Fünfzehnjährige gründlich an, soweit ihm das in der kurzen Zeit möglich war, und erklärte sich sofort dazu bereit, sie zum 15. September als seine Patientin zu übernehmen, wenn die Klinik in Bad Homburg sie denn freigäbe. Darum müssten die Eltern sich aber selbst kümmern. Er würde Jacqueline dann gerne gründlicher untersuchen, um danach weitere Therapiemaßnahmen in die Wege zu leiten. Bis dahin werde er schon einmal Kontakte knüpfen.

Das hörte sich gut an und schien etwas werden zu können!

»Das ist ein lieber Arzt«, kommentierte Jacqueline den Besuch in der Praxis. »Hier komme ich wieder hin.« Ob sie aber in vierzehn Tagen noch wusste, dass sie hier schon einmal gewesen war? Ihr Kurzzeitgedächtnis funktionierte immer noch miserabel.

Ein wertvoller Mensch

Am Sonntag, dem 31. August, besuchte Jacqueline zum ersten Mal nach dem Unfall wieder den Gottesdienst in Rothenbergen. War das eine Freude, das Mädchen wieder einmal dabeizuhaben, sie singen zu hören, mit ihr lachen zu können, zu hören, wie sie ein paar Töne auf dem Klavier klimperte. Ein wenig bedrückend war es allerdings schon, dass sie immer noch recht verkrampft und mit leicht angewinkeltem rechten Arm auf ihrem Stuhl saß und dass sie sich später beim Kirchkaffee an manche Namen nicht sofort erinnerte, sondern dazu immer wieder Nachhilfe brauchte. Ob sich das wieder gänzlich regulieren würde? Wenn sie etwas über ihren Unfall sagen sollte, sagte sie jedes Mal, sie könne sich selbst nicht an den Unfall erinnern. Sie wisse nur etwas davon, weil ihr davon erzählt worden sei. Sie sei halt krank und müsse im Krankenhaus sein. Aber sie komme bestimmt bald nach Hause. Endlich nach Hause kommen, das sei das Schönste!

Dafür werden wir sorgen, ging es den Kochs durch den Sinn, nachdem sie diese Bemerkung ihrer Tochter zum x-ten Mal gehört hatten. Gleich morgen würden sie die Entlassung in die Wege leiten. Und sollte das wider Erwarten nicht zum 12. September klappen, dann würden sie die Tochter halt zu dem Wochenende wieder nach Hause holen und sonntags verhindert sein, sie zurückzubringen. Na ja, dieser Weg wäre vielleicht ein bisschen riskant wegen der Krankenversicherung. Mit denen müssten sie wahrscheinlich vorher reden. Aber auch das lag in Gottes Hand!

Während der Rückfahrt am Abend war Jacqueline im Auto sehr unruhig. Der Tag hatte sie offenbar stark mitgenommen. Sie wäre zudem doch viel lieber zu Hause geblieben, statt wieder in diese Klinik zurückfahren zu müssen! Dass das so ohne Weiteres nicht ging, war ihr mit menschlichen Worten und gutem Zureden nicht wirklich deutlich zu machen. Von daher war die Stimmung im Auto traurig und dumpf, wie das Wetter dieses Tages über dem Kinzigtal und der südlichen Wetterau. Und dann schaute unterwegs plötzlich die Sonne durch ein Wolkenloch über dem Taunus und warf ihre warmen und hellen Strahlen gerade von vorne ins Auto, sodass Fahrer und Beifahrer schier geblendet wurden.

Bei Jacqueline auf dem Rücksitz löste dieses Ereignis eine merkwürdige Reaktion hervor. Sie jauchzte auf: »Schön! Die Sonne!«, und fing plötzlich an zu singen. Sie sang ein Lied der Gruppe »Die Rufer« aus Frankfurt mit allen seinen Strophen, das sie im Religionsunterricht gelernt und auch im Jugendkreis schon gesungen hatte. Sie sang das Lied zwar mit der rauen Stimme, die wohl inzwischen zu ihr gehörte, aber mit der richtigen Melodie, ohne einmal stecken zu bleiben und ohne den Text im Gedächtnis besonders suchen zu müssen:

Gottes Liebe ist wie die Sonne,
sie ist immer und überall da.
Streck dich ihr entgegen, nimm sie in dich auf.
Gottes Liebe ist wie die Sonne,
sie ist immer und überall da.
Sie kann dich verändern, macht das Leben neu.
Gottes Liebe ist wie die Sonne,
sie ist immer und überall da.
Mag auch manche Wolke
zwischen dir und Gottes Liebe stehn:
Gottes Liebe ist wie die Sonne,
sie ist immer und überall da.
Gib diese Liebe weiter
auch an den, der dich nicht lieben will.
Gottes Liebe ist wie die Sonne,
sie ist immer und überall da.

Hildegard Koch stiegen auf dem Platz vor ihrer Tochter die Tränen in die Augen. Was war das nur, dass Jacqueline angesichts der Abendsonne über den Taunusbergen plötzlich dieses Lied sang? Und welch eine Gedächtnisleistung! In der Weise hatte es die bisher noch nicht gegeben. Blitzartig schoss ihr in den Kopf, was Pastor Lutz Heil am Vormittag im Gottesdienst als Jacquelines Einsegnungswort zitiert hatte: *»Du wirst erfahren, dass ich der Herr bin, und dass keiner enttäuscht wird, der mir vertraut.«* Spontan wandte sie sich nach hinten und fragte die Tochter: »Kennst du deinen Einsegnungsspruch, Jacky?«

»Natürlich kenne ich den«, kam es wie selbstverständlich zurück, und dann zitierte sie ihn, wenngleich ihr das Sprechen deutlich mehr Mühe machte als zuvor das Singen: *»Du wirst erfahren, dass ich der Herr bin, und dass keiner enttäuscht wird, der mir vertraut.«*

»Weißt du, wer der Herr ist, Jacky?«, hakte die Mutti nach. Sie wollte testen, ob der Text nur aus dem Gedächtnis dahergesagt war, oder ob das Mädchen gedanklich mit seiner Aussage umgehen konnte.

»Natürlich weiß ich das, Mutti. Das ist Gott und der Herr Jesus«, erwiderte das Mädchen und lugte dabei zwischen den Sitzen hindurch nach vorne.

»Hat dich der Herr Jesus enttäuscht?«

»Warum soll der mich enttäuschen? Er ist immer da, wie die Sonne. Und er hat mich lieb«, kam es von hinten.

»Vertraust du dem Herrn Jesus, Jacky?«

»Natürlich vertraue ich ihm«, antwortete sie bestimmt.

»Glaubst du, dass er dich ganz gesund macht?«

»Das weiß ich nicht«, offenbarte das Mädchen ihren eigenen Zweifel. »Ich möchte das. Ich bete das. Ich will nach Hause. Ich will in die Schule. Ich will Poldi reiten und Lumpi ausführen und in die Jugendgruppe gehen.«

»Hältst du es noch zwei Wochen aus?«, forschte der Papa.

»Sind zwei Wochen lang?«, fragte Jacqueline zurück. Sie schien wieder etwas unruhiger zu werden.

»Zwei Wochen sind nicht lang, Jacky«, versuchte der Papa die Tochter zu beruhigen. »Die packst du leicht. Du musst nur noch ein paarmal dort schlafen und ein paarmal zur Therapie gehen.«

»Wenn ihr das sagt, Papa und Mutti, dann pack ich das.« Ein paar Momente später fragte sie: »Sind wir gleich da? Ich muss mal.«

»Wir sind gleich da. Ein paar Minuten kannst du noch aushalten.«

»Kann ich, Mutti«, bestätigte das Mädchen und verfiel für den Rest des Weges in Schweigen. Die Sonne hielt sich leider inzwischen wieder hinter den Wolken verborgen. Aber ihr kurzer Blick durch das Wolkenloch hatte Wunderbares bewirkt.

Auf dem Weg vom Parkplatz zum Klinikgebäude begegnete Eltern und Tochter eine der Therapeutinnen, die Jacqueline bis vor Kurzem behandelt hatte. Die Frau war inzwischen aber von einer Kollegin abgelöst worden, mit der die Kochs gar nicht zufrieden waren. Die kurze Begegnung vor dem Haus ergab beinahe zwangsläufig auch ein kurzes Gespräch, das die Frau bald beendete, weil sie es eilig hatte. Dann hielt sie Jacquelines Mutter doch noch am Arm fest, während Vater und Tochter eingehakt schon auf den Eingang zugingen. »Einen Moment noch, Frau Koch.«

»Was kann ich tun oder muss ich wissen?«, fragte die Angesprochene erwartungsvoll.

»Ich muss Ihnen noch etwas sagen, was mich hier den Kopf kosten könnte, wenn es vor die falschen Ohren kommt. Aber Jacqueline liegt mir am Herzen. Ich habe den Wechsel auch nicht gewollt.«

»Sagen Sie mir, was Sie sagen wollen. Ich habe schweigen gelernt«, versicherte Hildegard Koch, gespannt, was die Frau ihr sagen würde.

Und dann kam es wie ein Hammerschlag: »Holen Sie Ihre Tochter hier raus, Frau Koch. Möglichst bald. Sie verblödet hier. Es kümmert sich kaum noch jemand mit wirklichem Interesse um sie. – Aber bitte, ich habe Ihnen nichts gesagt, Frau Koch. Tschüss! Machen Sie's gut!«

»Nein, Sie haben mir nichts gesagt, gute Frau. Aber die Aussage bestätigt meinen eigenen Eindruck von dem, was hier inzwischen läuft, trotz des Lichtblicks vorhin im Auto. Wir holen Jacky hier raus. Möglichst bald – verlassen Sie sich drauf.«

Von dem, was Hildegard Koch mehr für sich selbst und vor sich hin gesprochen hatte, hatte die Therapeutin kaum noch die ersten Wörter gehört. Die Frau hatte sich nach ihrem Rat schnellstens davongemacht. Die Mutti eilte ihren Lieben rasch hinterher; die Frage ihres Mannes, worum es gegangen sei, wies sie mit dem Hinweis: »Später!« zunächst ab. Hier im Haus mochten die Wände Ohren haben.

Erst auf der Rückfahrt gab sie die Antwort, und beide waren sich erneut einig, dass sie Jacqueline in spätestens zwei Wochen hier herausholten.

Es erwies sich allerdings als sehr schwierig, Dr. Haupt davon zu überzeugen, dass es für seine Patientin tatsächlich besser sei, künftig von zu Hause aus weiter medizinisch betreut und therapiert zu werden. Von einer zunehmenden Vernachlässigung seiner Patientin in den vergangenen Wochen wollte er auch nichts wissen.

Da seien sie als Eltern falsch informiert und nicht auf dem Laufenden. Jacquelines Kurzzeitgedächtnis sei nun mal noch nicht wieder da, leider. Und die Aussagen ihrer neuen Stubengenossin – Epilepsie-Hannelore und Mofa-Heidi waren inzwischen zu Auto-Jackys Leidwesen aus der Reha entlassen – seien immer mit Fragezeichen zu versehen. Die rede zuweilen wirklich nur Unsinn. Das sei bei der Frau krankheitsbedingt. Leider.

Schließlich war der Arzt dann aber doch bereit, der Entlassung für Freitag, den 12. September zuzustimmen. Er werde in seinem Abschlussbericht allerdings vermerken müssen, dass die Entlassung auf ausdrücklichen Wunsch der Eltern und gegen den dringenden ärztlichen Rat des Hauses erfolge.

Selbstverständlich werde er auf die Besserungen der Beschwerden während des stationären Aufenthaltes hinweisen. Es sei ja doch unverkennbar, dass ihre grobe Kraft rechtsseitig deutlich zugenommen habe, dass Jacqueline inzwischen völlig ohne fremde Hilfe gehen könne, wenngleich ihr Gang immer noch ein wenig unsicher sei. Ihr Tempo sei weiterhin verlangsamt und in ihrem Allgemeinbefinden zeige sich immer noch eine sogenannte Antriebsminderung. Bestimmte neurologische Tests zeigten leider auch weiterhin Defizite, wobei auch er wie schon Dr. Müller damals eine Neigung zu epileptischen Anfällen ausschließen könne. Das sei doch wohl gut so. Übrigens, den täglichen Blasentee und die Verabreichung von dreimal täglich einer Tablette Nootrop 800 dürften sie auf gar keinen Fall vernachlässigen. Aber das sei dann alles ausführlich in seinem Bericht nachlesbar. Er könne die Entscheidung der Eltern nur bedauern und wünsche dem Mädchen weitere Genesung und einen guten weiteren Weg.

Nach diesem Gespräch der Kochs mit dem verantwortlichen Arzt stand es fest und war nicht mehr umkehrbar: Jacqueline würde am 12. September entlassen. Hildegard und Karl Koch atmeten auf. Gott sei Dank, das hatte geklappt.

Die Tage bis zu dem vereinbarten Termin hielt das Mädchen dann auch noch einigermaßen durch, aber sie machten ihr große Mühe. Dass das so war und dass sie den Tag ihrer Entlassung herbeigesehnt hatte, war unschwer dem Brief zu entnehmen, den Jacqueline nach dem Aufstehen noch geschrieben hatte und den sie der Mutti noch in der Reha-Klinik am besagten Freitag überreichte. – Hildegard Koch hatte alleine fahren müssen, um die Tochter nach Hause zu holen. Ihrem Karl war plötzlich etwas dazwischengekommen, sodass er nicht mitfahren konnte. So zumindest erklärte sie es ihrer Tochter. – Die Anreden »Liebe Mutti« und »Liebe Eltern« waren von fünfzehn kleinen Herzen eingerahmt. Der Text zeugte von großer innerer Erregung, und sein Inhalt sprach für sich:

Ich habe noch einbißchen Angst wegen Angst, aber Papa hat gesagt ich brauchte keine Angst zu haben. Ich werde mich bemühen OK. Jetzt in mehrheit ich mag Euch richtig ich habe Euch gans gerne. 17 Wochen ohne Euch war gans schlimm für mich. Es kamm für mich vor wie paar. Es war sehr daß ihr mich jeden Tag besucht habt es war auch gut so. Ich mag Euch: Meine lieben Eltern Ich mag Euch ganz ganz arg Eure Jacqueline Koch

Hildegard Koch las den Brief zweimal. Sie musste ihn selbst zunächst ein wenig sortieren, ein paar Begriffe gedanklich austauschen und andere ergänzen. Schade, dass Karlheinz nicht erwähnt war, wie in Jacquelines Brief neulich. Aber der Junge hatte seine Schwester ja auch höchst selten besucht, und durch den Unfall war das ohnehin nur oberflächliche Verhältnis wahrscheinlich noch seichter geworden. Die kommende Zeit würde es erweisen, wie die beiden miteinander umgingen, wenn sie sich wieder täglich begegneten.

Mit diesen Gedanken nahm die Mutti ihre Jacky in die Arme; dabei standen beiden Tränen in den Augen: »Jetzt wird alles gut, Kind. Die siebzehn Wochen sind vorbei. Für eine so lange Zeit lassen wir dich auch nie wieder weg.«

Jacqueline ließ sich die Umarmung gerne gefallen. Dann fragte sie plötzlich: »Bin ich wertvoll, Mutti?«

Hildegard Koch erschrak bei dieser Frage. Was sollte das? Wie kam Jacqueline auf die Frage, ob sie wertvoll sei? Sie nahm das Mädchen noch einmal in die Arme und drückte es fest an sich: »Natürlich bist du wertvoll, Jacky. Du bist ein überaus wertvoller Mensch. Wie kommst du auf diese Frage?«

»Ich bin krank, Mutti, okay, und noch lange nicht gesund, hat die Frau gesagt.«

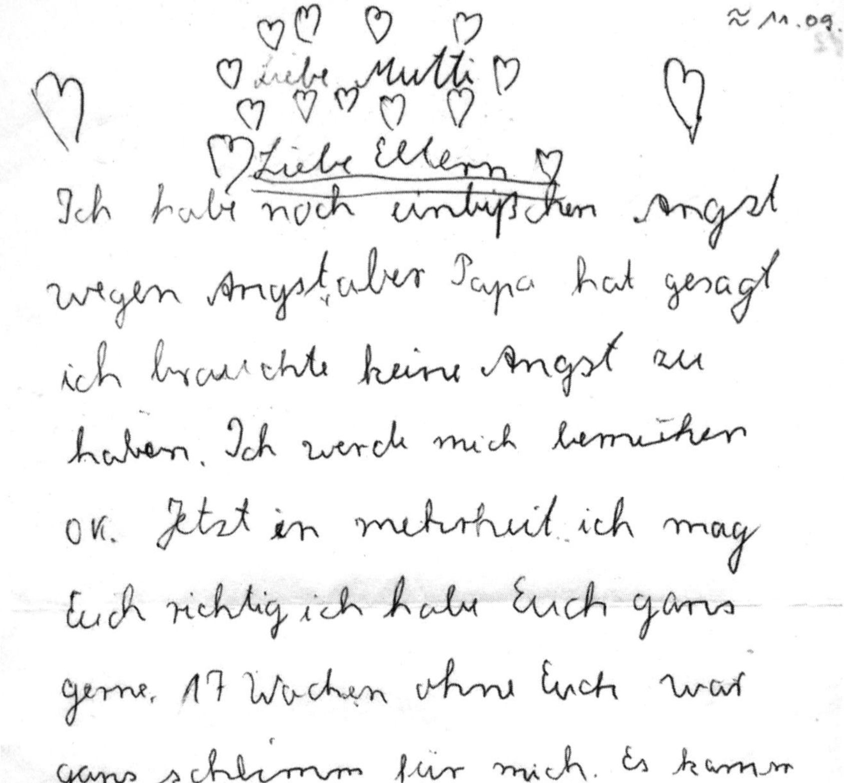

≈ 11.09.

Liebe Mutti

Liebe Eltern

Ich habe noch einbißchen Angst
wegen Angst, aber Papa hat gesagt
ich brauchte keine Angst zu
haben. Ich werde mich bemühen
ok. Jetzt in mehrheit ich mag
Euch richtig ich habe Euch ganz
gerne. 17 Wochen ohne Euch war
ganz schlimm für mich. Es kamen
für mich vor wie paar. Es war
sehr daß ihr mich jeden Tag
besucht habt es war auch gut
so. Ich mag
Euch!

Jacqueline Koch

Meine lieben Eltern
Ich mag Euch ganz ganz arg

Jacquelines zweiter Brief aus dem Krankenhaus (September 1980)

»Welche Frau hat das gesagt, Jacky?«

»Das weiß ich nicht mehr. Ich glaube, die in meinem Zimmer hat das gesagt, dass ich krank bin und behindert. Das weiß ich nicht genau, okay?«

Hildegard Koch holte tief Luft. Da war plötzlich dieser Begriff, von Jacqueline selbst ausgesprochen, der sich längst in ihrem und wahrscheinlich auch in Karls und auch in Karlheinz' Bewusstsein eingehakt hatte, den sie alle bisher aber konsequent vermieden hatten. Dabei waren sie sich längst sicher, dass der Begriff mit hoher Wahrscheinlichkeit im Blick auf die Tochter seine Berechtigung hatte. Das Mädchen musste wahrscheinlich inzwischen als behindert gelten. Ihr Leben konnte durch den Unfall und das schwere Schädel-Hirn-Trauma sicher nicht mehr das eines normalen fünfzehnjährigen Mädchens und einer heranwachsenden Frau sein. Dabei blieb nur die Hoffnung, die jetzt noch vorhandenen Einschränkungen könnten noch weiter gemindert werden. Dennoch: Künftige Behandlungen würden den Grad der Behinderung feststellen und den Weg zeigen müssen, den Jacqueline dennoch gehen konnte.

Ob es dieses Empfinden oder Bewusstsein war, das das Verhalten von Karlheinz gegenüber seiner Pflegeschwester beeinflusste? Vielleicht sollte sie mit dem Jungen einmal darüber reden.

Hildegard Koch riss sich selbst aus diesen Gedanken heraus, seufzte ein wenig auf und sagte, indem sie Jacqueline an den Schultern fasste und ihr in die Augen schaute: »Jacky, Kind, dir geht es inzwischen schon wieder sehr gut. Aber du bist auch wirklich noch krank. Und ob du wieder richtig gesund wirst, weiß nur Gott. Und wenn du es nicht mehr wirst, dann gilt es trotzdem, was in deinem Denkspruch steht. Weißt du es?«

»Natürlich weiß ich das, Mutti«, gab Jacqueline in der ihr inzwischen eigenen langsamen, holpernden und rauen Art, aber doch fest zurück. »Gott enttäuscht nicht und ist immer bei mir. Und ich will immer bei ihm bleiben. Okay?«

Der Mutti lief bei dieser Antwort eine leichte Gänsehaut über den Rücken. Wenn die äußere Gesundheit ihrer Tochter tatsächlich reduziert bliebe, dass sie also tatsächlich künftig als behindert gelten musste, so war doch ihre innere Gesundheit offenbar erhalten geblieben oder inzwischen wiederhergestellt. Herrlich! Gott sei Dank!

»Dann bleiben wir gemeinsam bei dem Herrn und Heiland, Jacky, und gehen gemeinsam mit Jesus unseren Weg. Okay?« Hier benutzte Hildegard Koch die Formulierung, die aus Jacquelines emotionalen Tiefen und aus der Erinnerung an ihre frühen Kindheitstage wieder aufgetaucht sein musste, denn sie gebrauchte dieses amerikanische »in Ordnung« seit einigen Tagen ständig und immer wieder, passend und unpassend.

»Okay, Mutti, so machen wir das. Und jetzt will ich endlich nach Hause. Okay?«

»Ich auch, Kind. Aber wir müssen erst noch fertig packen. Dann tragen wir alles ins Auto und verabschieden uns von den Leuten im Haus. Dann muss ich noch kurz telefonieren. Und in fünfzehn Minuten sitzen wir im Auto. Dann geht's los. Okay? Dann sind wir bis zum Abendessen zu Hause.«

»Okay, Mutti, so machen wir das!«

Und so geschah es auch. Etwa eine Viertelstunde später waren Hildegard und Jacqueline Koch auf dem Weg nach Hause und ließen Bad Homburg endgültig hinter sich.

Eine gute Stunde später fuhr das Auto in Rothenbergen die Kirchbergstraße hinauf, um an ihrem Ende in die Zufahrt zum Haus mit der Nummer 16a einzubiegen. Aber was war das? Da standen Leute, eine Menge junger und alter Menschen mit allen möglichen Dingen in den Händen.

»Sind die wegen mir da?«, fragte Jacqueline ganz erregt.

»Kind, die sind alle wegen dir da. Die freuen sich alle, dass du nach Hause kommst. Die wollen dich begrüßen.«

»Das ist schön! Okay!«, kam es aus tiefer Empfindung. »Und was haben die da für ein ...?« Ihr fehlte für den Moment wohl das Wort »Transparent« oder »Spruchband«.

»Das Spruchband haben die jungen Leute von der Jugend geschrieben. Okay, Jacky, steig aus, dann kannst du es besser lesen.«

Die Heimkehrerin kletterte aus dem Auto und ging mit unsicheren Schritten auf das Begrüßungskomitee zu. Im selben Moment intonierte der Posaunenchor aus dem Hintergrund eins ihrer Lieblingslieder: *»Herr, deine Liebe ist wie Gras und Ufer, wie Wind und Weite und wie ein Zuhaus.«* Für einen Moment blieb Jacqueline starr stehen, hielt sichtbar die Luft an und begann, vor Erregung am ganzen Körper zu zittern. Mit einem solchen Emp-

Jacqueline mit ihren Adoptiveltern 5 Monate nach dem Unfall (Oktober 1980)

fang hatte sie nicht gerechnet. Wie denn auch? Umso größer war jetzt die Freude. Nachdem sie im Arm ihrer Mutti die erste Überraschung überstanden hatte, begann sie den Text dieses bekannten schwedischen Liedes mitzusingen. Das Langzeitgedächtnis gab ihn plötzlich frei, diesen nicht ganz einfachen Text.

Frei sind wir, da zu wohnen und zu gehen.
Frei sind wir, Ja zu sagen oder Nein.
Herr, deine Liebe ist wie Gras und Ufer,
wie Wind und Weite und wie ein Zuhaus.
Wir wollen Freiheit, um uns selbst zu finden,
Freiheit, aus der man etwas machen kann.
Freiheit, die auch offen ist für Träume,
wo Baum und Blume Wurzel schlagen kann.
Herr, deine Liebe ist wie Gras und Ufer,
wie Wind und Weite und wie ein Zuhaus.
Herr du bist Richter! Du nur kannst befreien,
wenn du uns freisprichst, dann ist Freiheit da!
Freiheit, sie gilt für Menschen, Völker, Rassen,
so weit wie deine Liebe sie ergreift.
Herr, deine Liebe ist wie Gras und Ufer,
wie Wind und Weite und wie ein Zuhaus.

Welch eine bewegende Szene! Vielen der anwesenden jungen und alten Freunde wurden die Augen dabei feucht, und sie dachten ihre eigenen Gedanken zu dem, was die »Freiheit«, von der dieses Lied sang, für ihre Jacky alles bedeuten mochte.

Erst nachdem das Lied verklungen war, registrierte Jacqueline, was die jungen Leute zu ihrer Begrüßung auf das Spruchband geschrieben hatten. Ihr fiel es wahrscheinlich nicht auf, dass der zweite Teil des Textes nachträglich ergänzt worden und die Farbe noch gar nicht richtig getrocknet war. Sie las die Worte und rief sie laut über die Szene, als wolle sie die anderen damit begrüßen:

Herzlich willkommen, Jacky! – Okay, du bist wertvoll!

Während der Posaunenchor »Großer Gott, wir loben dich! Herr wir preisen deine Stärke …« blies, ging das Mädchen von einem zum andern und begrüßte jeden mit Handschlag und sprach es dabei immer wieder aus, was sie bei dieser Begrüßung offenbar bis in die Tiefen ihres Gemütes erfüllte: »Okay, Jacky, du bist wertvoll! Ja, okay, du bist krank, aber wertvoll!«

Im Gottesdienst am folgenden Sonntag bekam die endlich heimgekehrte Jacqueline die Gelegenheit, ein paar Worte an die Gemeinde zu richten. Sie hatte dringend darum gebeten. Ein wenig nervös stand sie vorne und doch sichtbar glücklich. In der Hand hielt sie einen Zettel. Sie holte ein paarmal tief Luft, blickte von links nach rechts und zurück und noch einmal zu ihren Eltern in der dritten Reihe. Die nickten ihr aufmunternd zu. Jetzt gab sich das Mädchen einen Ruck und las:

Weil ich so aufgeregt bin, habe ich mir aufgeschrieben, was ich sagen möchte: Ich möchte der Gemeinde danken, dass sie für mich gebetet hat. Ich möchte dem Herrn Jesus Christus danken, dass er mich wieder gesund gemacht hat und dass ich wertvoll bin. Ich möchte immer bei ihm bleiben. Amen!

Der anhaltende Beifall der Gemeinde mochte Jacqueline ein Signal dafür sein, dass jeder an seiner Stelle in ihren Dank einstimmte und zugleich versicherte, den Weg des Bei-ihm-Bleibens mit ihr gemeinsam zu gehen, wie auch immer die Zukunft für sie und ihre Familie aussehen würde …

Ausblick

Wie es gesundheitlich mit Jacqueline Lee Koch seit ihrer Heimkehr aus der Reha-Klinik weitergegangen ist, ist nachzulesen in einem Gutachten vom 9. März 1983, das der Gelnhausener Kinderarzt Prof. Dr. Dieter Palitzsch, der ab dem 15. September 1980 die heranwachsende Jugendliche behandelt und ihre weitere Rehabilitation betreut hat, im Auftrag der Versicherungsgesellschaft zu erstellen hatte, die als die Haftpflichtversicherung des Unfallverursachers die Regulierung des entstandenen Schadens zu übernehmen hatte. Der junge Mann war bereits im Dezember 1980 vor dem Jugendschöffengericht des Amtsgerichts Gelnhausen der fahrlässigen Körperverletzung für schuldig befunden worden. Das Urteil enthielt eine Geldbuße und die Pflicht zur Übernahme der gesamten Verfahrenskosten einschließlich aller notwendigen Auslagen.

In dem Gutachten des Kinderarztes ist unter anderem zu lesen:

Ich hatte bereits am 4. 11. 1981 festgestellt, dass nach anfänglicher Besserung ein Stillstand eingetreten ist, der bis zum heutigen Tage angehalten hat. Die geistigen Fähigkeiten haben sich bei Frl. Koch nicht mehr weiterentwickelt. Nach wie vor ist das Kurzzeitgedächtnis außerordentlich schlecht. Das Langzeitgedächtnis ist stehen geblieben beim Zeitpunkt des Unfalleintritts. Die schulischen Leistungen haben sich in den vergangenen zwei Jahren erheblich verschlechtert, auch hier konnten keine Fortschritte mehr erzielt werden. Der Erhalt bereits erlernter Fähigkeiten ist rückläufig gewesen, sodass auch von der Summe der vor dem Unfall vorhandenen Kenntnisse und Erkenntnisse deutliche Abstriche zu machen sind.

Mit Mühe gelingt es im praktischen Bereich, d. h. in der praktischen Intelligenz, kleine häusliche Verrichtungen selbstständig auszuführen. Das Mädchen ist aber z.B. nicht in der Lage, sich eine einfache Mahlzeit selbst zuzubereiten.

Sämtliche Tätigkeiten werden nur durch wiederholte Ansprache, Aufforderung und Überwachung möglich, sodass ein selbstständiges Eigenleben unmöglich erscheint. In Bezug auf die Motorik ist die Entwicklung erfreulich. Es besteht eine minimale cerebrale Bewegungsstörung mit einer vor allem manuellen Ungeschicklichkeit.

Fräulein Koch hat jetzt die Schule verlassen ohne Abschlusszeugnis und wird in ein schulisches Rehabilitationsverfahren eintreten müssen. Das Erlernen eines Berufes ohne die beschützende Hand einer Aufsichtsperson wird unmöglich sein. Auch die sprachlichen Äußerungen des Mädchens sind infolge des gehemmten Gedankenablaufes außerordentlich verlangsamt. Antworten werden nur auf einfache Fragestellungen gegeben.

Den Prozess einer Besserung muss man als abgeschlossen betrachten. Es kann nicht mit einer weiteren positiven Entwicklung gerechnet werden. Derzeit beträgt die Erwerbsminderung aus diesen Gründen 100 % bei geringerem Behinderungsgrad.

Der körperliche Zustand ist zufriedenstellend, zu Krampfanfällen ist es nicht gekommen. Die Behinderung betrifft im Wesentlichen den intellektuellen Bereich.

Aufgrund dieses Berichts und weiterer medizinischer und psychologischer Gutachten war die Versicherung nach langen rechtlichen Auseinandersetzungen und dank des unermüdlichen Einsatzes des Gelnhausener Rechtsanwalts und Notars J. Szymanski schließlich bereit, dem Unfallopfer eine größere Entschädigungssumme im sechsstelligen Bereich zuzusprechen. Da Jacqueline wegen ihrer verbliebenen Langzeitschäden aber nicht dazu in der Lage war, ihre Vermögensangelegenheiten selbst zu regeln und zu verwalten, wurde mit ihrem Einverständnis und auf Antrag der Eheleute Koch im September 1983 ihre Mutter vom Vormundschaftsgericht des Amtsgerichts Gelnhausen zur Gebrechlichkeitspflegerin »mit dem Wirkungskreis Vermögenssorge« bestellt. Auf diese Weise war und ist für Jacqueline Lee Koch ihr leider doch sehr eingeschränktes Leben geordnet und sie ist versorgt. Sie lebt übrigens tatsächlich seit dem Unfall ohne Geruchssinn, was zugleich den Geschmackssinn stark einschränkt. Und auch für den

Ehepaar Koch, Jacqueline, Karlheinz und seine Familie (2007)

Fall, dass die Eltern, die inzwischen in den Siebzigern sind, einmal nicht mehr für sie sorgen können, ist ihre Zukunft bereits geordnet und finanziell abgesichert. Seit dem 1. Februar 2007 bekommt Jacqueline zudem eine kleine Rente, nachdem sie zweiundzwanzig Jahre lang ihren verbliebenen Möglichkeiten und Fähigkeiten gemäß als ungelernte Kraft in derselben Firma arbeiten konnte, in die ihre Mutter inzwischen gewechselt hatte.

So haben Jacqueline und ihre Eltern in diesen wichtigen Lebensfragen die Erfahrung gemacht, dass sich die Aussage von Jacquelines Konfirmationsspruch vom 30. März 1980 auch in diesen Bereichen bewahrheitet hat. Sie durften bei allem Schweren erfahren, dass sich Gottvertrauen auszahlt und Gott keinen enttäuscht, der ihm vertraut.

Dieselbe Erfahrung durften die drei Kochs auch in anderen Fragen des Lebens machen. – Karlheinz verließ übrigens nach seinem Realschulabschluss Rothenbergen, um andernorts neue Ausbildungswege zu beschreiten. Er kehrte auch nicht mehr nach Rothenbergen zurück, hält aber heute noch einen guten Kontakt zu seiner Pflegefamilie.

Dass alle Bemühungen der Gründauer Hauptschule und anderer Bildungseinrichtungen scheitern mussten, gehörte zu den Folgen des Unfalls, die Jacqueline zu tragen auferlegt waren. Dennoch bot die Schule ihr bis zu ihrer Entlassung ein Stückchen Lebensraum, in dem sowohl die Schülerschaft als auch die Lehrerschaft sich der Schülerin und ihrer Schwächen annahmen und sie nach ihren Möglichkeiten im Unterricht zu fördern suchten. Auch in besondere Aktionen wie Klassenfahrten und Schulfeste bezogen sie Jacqueline immer so gut wie möglich ein.

Ihr Klassenlehrer, der zugleich ihr Schulleiter und schon vor dem Unfall auch ihr Klavierlehrer war, kümmerte sich mit viel Liebe und Engagement um Jacquelines Klavierspiel. Das tat er sogar mit erfreulichem Erfolg. Es war erstaunlich, wie trotz gebliebener »manueller Ungeschicklichkeit« und der cerebralen Störungen das Klavierspiel klappte, nicht gerade virtuos, aber doch recht annehmbar. So annehmbar, dass nach einiger Zeit ihre Gemeinde Jacqueline danach fragte, ob sie nicht ab und zu die Lieder im Gottesdienst begleiten wolle. Sie hat damals Ja gesagt und sitzt noch heute beinahe an jedem Sonntag nach entsprechender Vorbereitung an ihrem Instrument und begleitet den Gemeindegesang und gestaltet zuweilen auch ein Vor- oder Nachspiel. Zudem wird sie auch heute noch immer wieder darum gebeten, bei Beerdigungen das Instrument der Friedhofshalle zu spielen. Das macht ihr Freude, verschafft ihr Genugtuung und gibt ihr die Bestätigung: »Ich bin wertvoll!«

Die Christen der EMK Rothenbergen haben gehalten, was sie versprochen hatten: Sie gingen und gehen den schwierigen Weg mit, den ihr behindertes Gemeindeglied – Jacqueline Koch wurde »nach der Ordnung der Evangelisch-methodistischen Kirche am 10. Mai 1981 durch Pastor Lutz Heil in die Evangelisch-methodistische Kirche zu Rothenbergen aufgenommen« – zu gehen hatte und weiter zu gehen hat.

Besondere Höhepunkte in Jacquelines Leben sind Freizeiten zur »Erholung für Menschen mit Behinderungen«, wie sie von zahlreichen christlichen Veranstaltern angeboten werden und an denen sie mehrmals im Jahr teilnimmt – auch, damit sich ihre Eltern wieder einmal »von ihr erholen« können, wie sie selbst sagt. Kurt und Monika Stotz vom Verein »Dienet einander e.V.« in Loßburg im Schwarzwald sind ihr für solche Zeiten längst zu Ersatz-Eltern geworden. Auch sie und ihre zahlreichen Mitarbeiter lassen Jacqueline Lee Koch immer wieder erfahren und erleben, dass sie so, wie sie durch den Unfall geworden ist und heute lebt, vor Gott und ihren Mitmenschen ein liebenswerter Mensch ist.

Und sie freut sich riesig, wenn wieder einmal jemand zu ihr sagt: »Du bist wertvoll, Jacqueline!« Dann strahlt sie über ihr ganzes Gesicht und antwortet mit ihrer rauen Stimme in der ihr eigenen langsamen Weise: »Okay, du hast recht! Ich bin wertvoll! Ich bin Jacqueline!«